Fugu oji ha tensai renkinjutsushi
著 うめー
イラスト かわく
JN070332
不遇皇子は天才錬金術師 2
～皇帝なんて柄じゃないので弟妹を可愛がりたい～
TOブックス

Fugu oji ha tensai renkinjutsushi

Contents

イラスト/かわく　デザイン/アオキテツヤ(musicagographics)

Characters キャラクター紹介

アーシャ

本作の主人公。
前世の記憶に目覚め、
継嗣でない不遇も
子供らしからぬ冷静さで
受け入れる第一皇子。
錬金術を趣味として、
前世にはいなかった
弟と仲良くしたいと思っている。

テリー

アーシャの弟。
第二皇子にして皇帝の嫡男。
次の皇帝となるべく
英才教育がされている。
アーシャは敵だと教え込まれ、
悪い噂しか耳にしなかったことで
誤解していた。

ワーネル

アーシャの弟。
フェルの双子の兄で第三皇子。
庭園で迷子になる。
アーシャがアレルギー対策を
教えたことで
フェルの状態改善に役立った。

フェル

アーシャの弟。
ワーネルの双子の弟で第四皇子。
アーシャのお蔭で
アレルギーが回復したため、
錬金術に興味を抱く。

ヘルコフ

熊の獣人。
武芸の家庭教師で
元軍人。

イクト

海人。
宮仕えの宮廷警護だが、
皇帝の指名でアーシャを守る。

ウェアレル

獣人とエルフのハーフ。
魔法の家庭教師。

ディオラ

ルキウサリア王国の姫で、
幼くして才媛として頭角を現していた。
アーシャと出会いその知性と
優しさに惹かれ、結婚を望む。

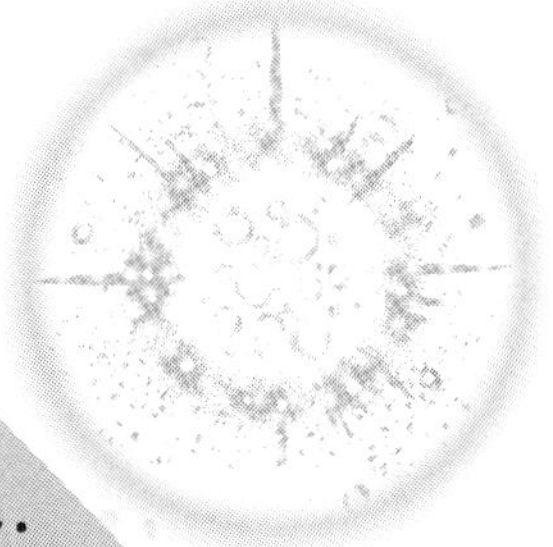

セフィラ・セフィロト

無色透明で、肉体があるかも
わからない知性体。
アーシャが生み出したが
謎が多く、成長途中。

序章　二人の新人

朝、鳴き交わす鳥の声で目が覚める。

何年も使ってるけど、大人でも持て余すような広さの寝台って無意味だなぁと思ってみたり。天蓋が下りたままの暗いシーツの上で、眠い目を堪えて辺りを窺いつつ考える。

これが夢だったらどうだろうと。

アーシャと呼ばれる帝国第一皇子に生まれ変わったのは夢で、僕自身本当は二十一世紀の日本で生きているんじゃないか。目が覚めたらある日、病院のベッドの上で、長いながい夢を見続けていたんじゃないか。

「…………なんてね」

僕は一人、闇に呟いた。

耳を澄ませても思考に混じり込む声はない。どうやら睡眠が必要ない知性体のセフィラは、まだ情報収集中のため宮殿を徘徊しているらしい。

「ご起床の時間にございます、第一皇子殿下」

眠気と戦いつつ待っていると、規則正しい足音と共に侍女が天蓋の向こうから声をかけて来る。

そしてそのまま窓に向かい、カーテンと内窓を開く音が淡々と続いた。

その音で眠気が再来する。何か考えることをしないと、瞼《まぶた》が落ちそうだ。

えっと、確か宮殿の窓って、採光を意識して大きいんだよね。帝都でも五指に入る大きなガラスを使ってるって知り合いのガラス職人が言ってた。

この世界、電気がないから夜は暖炉や手燭が光源だし。天蓋の向こうで火が動いているのも、暗い室内で活動するために侍女が持ち込んだんだろうな。

朝とは言え、木製の内窓まで閉められてカーテンを引かれていると真っ暗で何も見えないんだよね。

(うーん、あんまり人はいらないけど、あの大きな窓を開けたり閉めたりするのを侍女一人に押しつけてるのは罪悪感あるなぁ)

欠伸をしつつ待っていると、ようやく窓を開き終えた侍女が、今度は寝台の天蓋を柱に寄せて紐で結んで固定し始めた。

十代だろう侍女は、薄暗い中では黒くも見えるほど深く赤い髪の持ち主。その表情はひたすらに無表情。愛想を振りまくこともなく、無駄口もないどころか、視線が合うことさえない。

(変に絡まれるよりもいいと思うべきかな？　仕事は早いし)

侍女は休むこともまごつくこともなく、宮殿で働く分には見苦しくない急ぎ足で、僕が身だしなみを整えるのに必要な道具も揃えた。

「ご用意が終わりました。失礼いたします」

「ありがとう」

やっぱり表情はピクリとも動かないな。けど礼を取って退室する動作、皇子の侍女になれる貴族

ためだ。

僕が寝台から降りて室内を見回すと、窓の上方だけが開かれている。外から着替えを覗かれない令嬢って感じだ。

「足りない、できない割りに、色々考えられてるものだよね」

僕には前世がある。庶民というこの世界にはない身分制度で回っていた世界で、電気を動力に科学文明を謳歌《おうか》していた記憶だ。不便なこの世界とは大きく違う。

だから他人に世話されること前提の皇子だとかは柄じゃない。一人で顔は洗えるし、髪だって整えられる。服もパンツも他人に穿かせてもらわないといけないなんて、逆に皇帝である父とか苦行を強いられていないか心配なほどだったりする。

（服も布地が硬いから、一人じゃやりにくいってのはあるんだろうけど）

（青の間にて待機する宮中警護を呼ぶことを推奨）

いないと思ってたのに、いつの間にか戻って来たらしい。突然話しかけてくるセフィラとは、もう四年の付き合いだ。今さら驚いたりはしない。

「僕が行くからいいよ。今日は財務官が来るから、錬金術の時間ずれるんだ。前みたいに急かさないで、セフィラ・セフィロト」

着替えを続けつつ、最近不満の多いセフィラに釘を刺す。理由はさっき現れた侍女と、最近やってくるようになった僕専門の財務官のせいだ。

人員一人ずつに抑えられたのは良かったけど、どっちも愛想がないんだよね。しかもそれで仕事に不備があるかというと、そんなことは全くないとくる。

「あ、おはよう。ヘルコフも来てたんだ」

「おはようございます、殿下。朝食はもう置いてありますよ」

僕が寝室のある金の間から青の間に抜けると、家庭教師の熊獣人ヘルコフが、クロスの敷かれたテーブルを指した。

その横で、宮中警護の制服に身を包み帯剣した海人のイクトが、金の間のほうに目を向ける。

「どうやら、アーシャ殿下がお部屋を移られたことを察して片づけに動くようですね」

「イクトが気配に敏感なのは知ってたけど、侍女もそういう技能必要なの？」

何も声かけてないのに、侍女って僕の動きわかる特殊能力でもあるのかな？

僕が出てきたのとは別の扉を使う侍女の姿は、もちろんここからじゃ見えない。ただイクトを真似て耳を澄ましてみれば、確かに寝室のほうで物を動かす音がする。

「さすが妃殿下が選んだ侍女ってことじゃないんですか？」

言って、ヘルコフは手早く朝食の毒見を済ませた。以前から料理全体を隠すようにかけられたソースが気になってたけど、あれ、乳母のハーティが毒見した痕跡を隠してたんだと今ならわかる。

そんな身分に生まれ育ったという記憶はあるんだけど、たまに前世三十年の人生との違いに現実味を失くすことがあるんだよね。十歳の今、二十年もすれば前世を夢の世界だと思うようになるのかな？

「アーシャ殿下、朝食を取りながらですが、今日の予定の確認をしても？」

「うん、いいよ。イクトも食べよう」

用意された朝食は、僕一人分を取りわけたスープ、茹で野菜、肉の煮込み、そしてパンとフルーツ。ただし、明らかに僕一人では食べきれない量のお代わりがワゴンに載せられて置いてある。これは侍女が、側近と一緒に朝食を取ると知って用意したもの。

皇子とか高位貴族は下々と食事を共にしない。だから普通は僕一人が食べて終わり。つまり一緒に食べること自体が常識外れで、止められる可能性もあることだ。けどお代わりを多めに持っていくこと自体は問題ない。

別に僕からこういう形にしろなんて言ってないし、そんな気回しも僕にはなかった。父の妻である妃殿下から紹介された侍女が、自分で判断してこの形にしてくれてる。

ヘルコフが言うとおり、さすがってところなのだろう。

そんな朝食を終えて、僕は午前の授業の最後、お昼前に財務官と面談した。

「失礼いたします、第一皇子殿下。過去予算の使用が適当と判断された物品の目録が完成しましたので、確認をお願いします」

やって来たのはダークエルフ。うん、いや、この世界エルフはいるんだけどダークエルフはいない。単に相手の財務官の見た目がそんなだからだ。

黒髪に浅黒い肌、そしてエルフらしい尖った耳。こちらも不愛想で、侍女と同じく愛想笑いの一つもしない。

別に阿《おもね》ってほしいわけじゃないけど、関わるからには人当たりがいい人がいいなと思ってしまう。

馬鹿にしてきたり、邪魔してきたりする貴族よりかは全然ましなんだけどさ。

「うん、問題はないと思うよ。ウェアレルも見落としがないか確認して」

「はい、アーシャさま」

もう一人の家庭教師、獣人とエルフのハーフである獣耳のウェアレル。僕の授業をしてくれた後でも、書類の確認に応じてくれる。

「やはり項目が少ないですね。これは、新たに歳費を支給される場合の判断材料にされるでしょうか？　元より予算もなく、購入もままならなかった故の最低限の支出であることは、考慮されるのですよね？」

「もちろん。これはあくまで過去歳費で賄《まかな》わなければならなかった物品を遡《さかのぼ》って確認するためのものです。歳費は第一皇子殿下へ当初皇帝陛下が予算配分なさった金額が適用されます。足りない、もしくは余るようでしたら見直しはありますが、この目録自体が影響することはありません」

ウェアレルの質問に、財務官は生真面目に応じた。もちろん子供の僕には口を挟める雰囲気じゃありません。

いや、前世社会人経験あるから何言ってるかはわかるけどね。

財務官は僕を見たままの子供だと思っているようだ。だから説明の類は側近の誰かとのほうが話しやすそうなので、こうしてる。

そしてやっぱり仕事が終わるとさっさと去っていくのも侍女と同じだった。

「うーん、仕事してくれるのはいいんだけど、やっぱり対応しなきゃいけない人増えると外に出られないなぁ」

「お散歩は定期的になさっているでしょう」

ウェアレルはとぼけるけど、揺れる尻尾からもちろんわかっていて言ってる。

僕は今、なかなか宮殿を抜け出して帝都へ行く時間が作れないでいた。

一章　客ともてなし

春も終わり、夏が来る季節。

肌感はやっぱり暑い。けれど前世で暮らした日本と気候が違うせいか、頭から頭巾を被って顔を隠していても気にならない。いっそ日陰になって涼しいくらいだ。

「ヘルコフ、暑いなら帽子被ったら？　舌出てるよ」

「おっと、失敬。ただ耳圧迫されるの嫌なんですよねぇ」

前世の感覚的に、今はまだ二十度超えてるかなくらい。なのに毛皮が標準装備の獣人であるヘルコフは、すでに暑いみたい。

高台にある宮殿は風があるし、今から向かう湖に近い方向は、やっぱり水面を渡る風があるから暑いのも少しの我慢だ。

今回ようやく帝都にお忍びで出られたから、僕の足も速い。

もちろん行く先は蒸留酒を作る工場。湖に面した港から続く倉庫街近くなので、人の多い街中よりも涼しいはずだ。そこまでの気晴らしに、僕は思いつきを口にした。

「ねぇ、今年も夏毛になる時に刈るんだったら見てみたいな」

「えぇ？　面白いもんじゃないですよ？」

獣人は全身を被毛《ひもう》に覆われている。夏と冬で換毛《かんもう》するんだけど、どうするのか聞いてみたら、獣人の換毛専用理髪店なるものがあるという。全身しっかりブラッシングした上で、夏は暑さ対策にトリミングもするんだとか。

うん、前世で言うトリマー的職業、あるんだなってすごく驚いた。

そしてそんな話をしている内に、倉庫街の端へと辿り着く。

「殿——じゃなかった、ディンカー。離れんでくださいよ」

倉庫街が近いと、途端に荷馬車の往来が増える。しかも貴族の馬車を扱うようなお上品な御者や人足じゃないため、事故もそれなりに多い場所だ。

今時分は日が傾く夕方。予定が遅くまでかかった者は急いで目的地に向かう途中。仕事が終わった者は、一杯やろうとやはり目的地に向かう途中の時間帯。

僕が荷車の脇を通っても絶対気づかないし、ぶつけても気づかず轢《ひ》き逃げされる可能性大だった。

「もうちょい、静かなところに建てられなかったもんかね」

「人多いよね。でも外れのほうだし、僕はいつもと違う賑わいがあってここに来るの嫌いじゃないよ」

「たまに喧嘩騒ぎもあるんで、めちゃくちゃ心配されるんですよ」

誰と言わなくても、宮殿に置いて来てるウェアレルとイクトなんだろう。未だに抜け出してることも、お酒を造ってることも父には言ってないけど、もし知らせたら心配どころの話じゃなくなるんだろうな。

（行く手に異変あり）

突然のセフィラの警告に、ヘルコフは僕の前に手を広げて足を止める。頭上にある熊の耳を小刻みに動かして様子を窺うようだ。その上で異変がわからなかったらしく、姿の見えないセフィラに聞いた。

「すぐさまの危険は？」

（なし。ただ工場内部において人員の行動に不明点あり。作業を行っていない者たちが出入り口から動きません）

音にせず僕とヘルコフに様子を伝えるセフィラ。確かに帰りもせず出入り口に固まってるのはおかしいね。

「事情探るにも様子を見るしかないよね。行こう」

僕の言葉でヘルコフも前に進み出す。工場で落ち合う予定の商人のモリーは、もともとヘルコフの知人だ。心配だし、困っているなら手を貸すつもりもあるだろう。

「あ、誰かいるけど、あれって………」

「出入りの商人ですね」

工場から距離を取って荷車を止めているのは、猫の獣人たち。卸《おろし》業者のような業態の商人で、猫の獣人一族でやっている。アイディアだけで商売ごとに関わらない僕でも、何度か見た相手だ。

「おう、お前さんら。モリーの所に用があるんじゃないのか？　こんな所に立ち止まってどうした？」

ヘルコフが声をかけると、赤毛で大柄な熊という目立つ外見のため、猫商人たちも関係者としてすぐに応じた。

「それが、工場の所にがらの悪い人がいるんですよ。様子見に行った者が絡まれて、どうも奴らがいなくならないと出入りできそうにないんです」

一番年かさの猫獣人が言うには、モリーに注文されていた地酒を運んで来たそうだ。普段ならこの時間、早く仕事を終えようと搬入担当者が外で待っているのに、今日に限っていない。だから様子見をしたところ、異変が発生していることに気づいたという。

どうやら小一時間留まっているそうで、人足代わりの猫獣人たちは、道の端で休みつつ工場を窺っている。その中から明らかに子供の体つきの錆猫の獣人が立ち上がった。

「親父、誰か来る」

どうやらまとめ役の商人の息子だったようだ。僕と変わらないくらいなのに、家業を手伝ってるなんて、偉いなぁ。

僕もそういうことしてみたい気はするけど、相手が皇帝だし。やるなら皇子として動くことになるから、絶対面倒ごとが増えるだけだし。表立たずに何か父を手伝う子供的なことができたら嬉しいんだけどな。

そんなことを思っている内に、小さな体をさらに屈めて、工場から離れる人影が僕にも見えた。

橙《だいだい》、黄色、紫の被毛を持った小熊獣人の三人。モリーと蒸留器制作に取り組む職人の三つ子で、ヘルコフの甥たちだった。

「あ、叔父さん！　ちょうど良かった！」

「うわ、卸しに来ないと思ったら待ってたのか」

「もうちょっと待ってくれ、今近づくとまずい」

「おう、どうしたお前ら。近づいたらこっちの商人らは絡まれたらしいぞ？」

小柄な甥たちが口々に訴える姿に、ヘルコフは慌てず事情を聞く。

「それ、モリーさんが怪しんで取引拒否してた商人の連れなんだよ。店のほうには何度も来てた商人で、そいつが工場にまで押しかけて来てさ」

「しかも、すっごい強面《こわもて》の奴ら引き連れて来てんの。モリーさんが相手方三人限定で中に入れる代わりに他は外で待機させてたんだけど」

「外の奴が仕事終わった工員捕まえようとしてさ。固まってたから全員で振り払って工場に逃げ込めて、誰も被害ないけど出られなくて」

どうやら三人は小柄さを生かして、二階の窓から綱を降ろし抜け出したそうだ。情報漏洩を心配して出入り口の数を少なくし過ぎたせいかもしれない。

「ヘルコフ、行ける？　追い散らすよりも相手を固めて、その隙に工員には散り散りになってもらったほうがいいと思う」

「了解。相手の腕次第じゃそうしましょ。レナートは工員出すタイミング計れ。テレンティはもう一度中に戻って今の内に搬入口開け。エラストはディンカー頼む」

ヘルコフは僕を置いて強面たちの対応に向かう。紫被毛のエラストを残したのは形だけで、本命の護衛としてはセフィラで行けるという信頼だろう。

（セフィラ、走査範囲をできるだけ広く保っておいて。状況に変化が生じたらすぐに報告）

（了解しました）

僕はテレンティが搬入口を開けるまで、猫獣人たちと待機。ただ待ってるのも時間が惜しいから、エラストに詳しいことを聞くことにした。

「何度も来てた商人って、どんな人？　モリーが怪しんでたって言ってたけど」

モリーはせっかちで好奇心が旺盛だ。だから僕が持ちかけた、錬金術を使った蒸留技術も受け入れて商売にしている。

ヘルコフという知人の紹介があったとしても、相当怪しい商売を持ちかけた自覚があるんだよね。なのに、そんな僕は拒否されず、商人という身分を持ってる相手は拒否した。そこには理由があるはずだ。

「なんか、すぐ商会立てては潰してとんずらこく奴らしいんだよ。モリーさんも知り合いがそいつのせいで不渡り出して借金負って大変だったって」

どうやら悪徳商人として知っていた相手に似ていたため、即座に商談には応じなかったそうだ。その上で調べると、やはり件《くだん》の悪徳商人だったという。

「で、その借金負った知り合いに報せたんだけど、なんかがらの悪い用心棒が出て来て回収できずに泣き寝入りだと」

公式に訴えようにも、相手方の商会はすでになく、後は当人同士の話し合いでの解決になる。そこをまず話し合いにさえ応じず、逆に暴力に訴えて拒否している状態の相手だそうだ。

「それは確かに商売相手としては拒否一択だよね。けど、拒否したらしたで、嫌がらせめいたやり口で押しかけて来たわけか」

そんな話をしている内に、テレンティが内側から搬入口を開いて手を振る。気づいた猫獣人たちは、急いで配達の荷物を運び込むため動きだした。

僕たちもそれに続いて工場内部へと向かう。

「正直、あの悪徳商人がうろついてる間、ディンカーが来なくて良かったぜ。あいつら、どうやらドワーフが技術の根幹握ってるって噂拾って、それらしい奴捜してたんだ」

「ドワーフ………？」

「あ、そうか。ディンカー本人は知らないか。お前、顔隠してうろついてるから、大きさからドワーフだと思われてるんだよ」

「え、そうなの？　たまに店の近くにいる子供と一緒になって遊んでたんだけど」

だいたい行くのは夕方だけど、たまに昼間にも行くことがある。そういう時に子供が遊んでいるのを見て、何やってるか気になったんだよね。見た感じ鬼ごっこなんだけど、なんか妙な言葉叫んでて。

前世のカバディって叫ぶ謎ゲームに見えたけど、実際は缶蹴りに近いゲームだった。

「その子供に頭脳戦するようなゲーム教えたんだろ？　だからお前、子供くらいの身長の大人、ドワーフだと思われたんだって」

「ただのマルバツゲームだよ？」

最初は簡単な九マスから始めて、飽きたと言われたからマスを増やし、いっそ角から四人で対戦していく形にしてみた。あと直線作るの難しかったから、自分のマークが連続した状態で四分の一のマスを制覇したら勝ちとか、二対二のチーム戦考案とか。

小学生低学年くらいにやったなぁ、なんて思い出に浸ってただけなのに。それが大人認定になるなんて。

「俺たちは弟と遊びたいだけの頭いい子供だって知ってるけど、そんなの知らないとなぁ。まぁ、叔父さんから離れるなよ。たぶん、ドワーフだろうがなんだろうが、攫《さら》って技術奪うつもりなんだろうし」

怖いよ？　え、そういう話？

どうやらそうして僕を捜したけど見つからないから、やはりモリー自身を落とそうと今回の工場への押し込みとなったらしい。宮殿抜け出せないなんて思ってたら、大変なことになってたようだ。

「相手は何回も商会潰してるなら、商人としての信用とかマイナスじゃないの？　どうしてまた商会立てられるの？」

「商人ギルドのお偉いさんを買収してるんだよ。なんだかんだ商人ギルドって儲けた奴が勝ちって不文律あるから」

「それは、ギルドとしてどうなの？」

ギルドは職人の互助会や同業者組合に端を発する組織機構だ。つまり、所属することで権利を守られ、同時に所属するからにはギルドの規則を遵守することが求められるはず。

「商人ギルドはそこら辺特殊っていうか、俺のいるガラス職人ギルドのほうが良心的ではあるけど。

まぁ、商人なんて商売敵より多くの収益出すのが目的みたいなもんだし。そこら辺の競争意識をあえて煽《あお》る方向性らしい？」

ガラス職人であるエラストも、商人ギルドの詳しい内情がわかっているわけではない。それでもギスギスした様子が聞こえるくらいには、商人ギルドは収賄が横行しているようだ。

「モリー、そんな所に所属してて大丈夫？」

「今のは帝都の商人ギルドの話でしょう？」

僕とエラストの会話に入って来たのは、猫商人だった。すでに工場の中に入り終えて、搬入口もしっかり閉め直してある。

「もしかしてモリーって、帝都の商人ギルドの所属じゃない？」

「えぇ、そうですよ。帝都には各種ギルドの支部がありますので、確か竜人商人のギルドにいらっしゃったはず。どうも竜人の国の何処かの大農園に血縁があるそうで、竜人商人のギルドはモリーさんを憚るそうです」

そう言えば、親族揃って大収穫をした後、お酒を大量に仕込んで飲むっていう風習を教えてくれたことがある。あれはモリーの実体験だったようだ。

そしてそう語る猫商人も、猫商人のギルドに所属しているらしい。

「獣人は体格差が激しいですから、それぞれの身体的特徴でギルドをわけ、必要になったらその仕事が得意な獣人系のギルドに応援を求める。横の繋がりが特徴になりますね」

「俺たち兄弟が所属するのは、帝都の職人ギルドだ。そこは種族関係なく、帝都で仕事する奴らの

ためのギルドだな。そっちは素材や燃料の配分や場所の確保で取り決めするための集まりって意味

合いが強い」

「へー」

なんだか興味深くて聞いてたけど、結局悪徳商人は悪徳商人のまま、帝都の商人ギルドも目を瞑《つむ》ってるってことでいいのかな？

前世でも汚職事件はあったし、この世界にはないなんてこともないか。

（皇帝権力で何処までギルドに手を入れられるか――）

（やる必要はなんでしょう？　金策の一環でしょうか？）

セフィラが妙な誤解をしてきた。

（いやいやいや、僕や陛下が収賄したいわけじゃないからね）

（組織体を敵に回すことの危険性を懸念）

（確かに派閥で陛下も身動きできなくされてるから、敵に回したら厄介だよ。でもさ、調べを入れて是正勧告とかするだけでも、衆目に晒されることになる。それで商人ギルドの収賄に対する動きが鈍くなれば、皇帝のお蔭って言う名目にはなるでしょう）

もちろん父が手を出して火傷するだけなら勧めない。でも貴族から血筋で皇帝と認めないと言われるんだから、いっそ民衆を味方につけるように動いてもいいと思うんだよね。

こういう考え方は、民主主義の時代に生まれ育った前世があるせいだろうけど。

そんなことを考えている内に、猫商人は受領書をやり取りして搬入口から急いで退散を始める。

「モリーさんのことだからおおごとにはならないでしょうが、君らも気をつけてな」

猫商人にそう忠告されて、また搬入口は閉じられた。

これで身の危険を感じたから取引をやめるとか、そんながらの悪い奴に絡まれる相手は信用できないなんてぬるいことは言わない。街から街へ移動すれば盗賊も山賊も出てくる世界だ。きっと宮殿育ちの僕より荒事に対しての耐性はあるんだろう。

「テレンティ、叔父さんはどうしてるんだ？」

エラストが聞くと、テレンティはその場を工場内部にいたモリーの部下に任せて僕たちと一緒に移動する。

「強面だったけど、叔父さんに比べたら大したことない顔だったよ。勢いもイカレ具合も産卵期の鮭のほうが数倍あるし」

テレンティの言葉で、僕はヘルコフに対する心配が薄れてしまう。というか、この世界の魔物化した鮭ってどれだけ強いんだろう？

僕たちが出入り口に着いた時、工場から出られなくなっていたはずの工員たちが歓声を上げていた。しかも出入り口は大きく開かれていて、そっちから情けない声が聞こえてくる。

「わ、悪かった！　もう許してくれぇ！」

「おいおい、つれないこと言ってくれるなよ？　まだまだこっちはようやく肩が温まってきたところだぜ？」

工員たちの足元から潜り込んで出入り口まで行くと、ちょうどヘルコフが吊し上げた相手を殴り飛ばすところだった。僕に稽古をつける時とは全く違う荒々しさで、一撃を食らった相手は地面に転がり動かなくなる。

「うへー、顎に完全ヒット。ありゃ立てねぇって」

声のほうを見ると、橙被毛のレナートが、熊の顔だけど苦笑いしているようだった。そして他にもすでに地面に倒れている人たちが五人以上いる。

人っぽい見た目が多く、どう考えても獣人の中でも体格のいいヘルコフと比べれば見劣りがする。ちなみに工場にもモリーが選んだ用心棒が配置されているんだけど、そっちは数に囲まれて負傷し、工場の中で休んでいた。たぶん工員を守る仕事は果たしたんだろう。

力で戦意をへし折ったヘルコフは、もう危険はないと判断して工場のほうへ。もちろん僕や甥が見ているのを見つけると、途端に気恥ずかしそうに耳を下げた。

「いやぁ、向こうから突っかかって来たんですよ。相当血の気の多い奴らみたいで。その、一発肩に受けてみたら、後はもう流れで……」

どうやら最初はヘルコフも言葉で解決しようとしたそうだけど、向こうから手を出してきたため撃退したという。

「ちょうどいいし、だったら――」

僕はヘルコフに耳打ちして指示を出した。

一度は工場に入りかけたヘルコフは、僕の指示を受けて振り返ると懐に手を入れる。取り出すのは紋章の書かれた証書。ヘルコフが宮殿の門を通行するための許可証だ。

「お前ら、相手を選ぶくらいの頭使え。この紋章の意味がわかるようになってから出直しな」

そう言ってヘルコフが指すのは許可証の一番上に堂々と描かれた帝室の紋章。父に雇われた家庭教師のヘルコフが持つ許可証は、皇帝から発行されているので、目立つ場所に帝室の紋章が入っていた。

「……何処かで…………見たような？」

「ってことは有名な貴族？」

「おい、やべぇぞ…………！」

外れているけれど、喧嘩を売るとまずい相手であるということには気づいたらしい。出入り口を塞いでいた強面たちは、動けない者を引き摺って撤退を始めた。

「あれ？　悪徳商人がいるんじゃないの？」

雇い主だろう相手を残して逃げて行ったけど、それもどうなんだろう。

「叔父さん、それって……あ、帝室の紋章だ」

「そうか、そう言えば叔父さん宮仕えだもんな」

「これただの通行証だぞ」

「それでもこれなら中の商人も引いてくれるんじゃない？」

黄色被毛のテレンティのひと言で、ヘルコフはモリーがいる応接間に向かうことになった。僕は小熊三人と一緒に、給湯室から応接間を窺うことに。

そっと給湯室の扉を開けると、こちらが見える所には座るモリーがいた。そしてモリーの対面には、僕たちに背を向けて立っている男が二人。座っているのはどうも小太りな人間の男のようだ。対面しているモリーは窺う僕らに気づいたようだけど、目を向けない。そして何やら言い募る悪徳商人だろう小太りの男の声を聞き流していた。

そこに荒々しさを隠しもしない足音が迫る。

「おうおう、先約押しのけて店主独占してるなんていう礼儀知らずは誰だ？」

ヘルコフは出入り口に通じる応接間の扉を大きく開いて踏み込んだ。途端に背を向けて立っていた男二人が動こうとするけど、現れた赤い被毛の大柄な熊獣人に足を止める。たぶん用心棒的な立ち位置の二人なんだろうけど、それってどうなの？

ヘルコフも喧嘩上等な雰囲気を出して睨《にら》みつけると、モリーは余裕を持って白い髪を払い、振り返った。

「だから、先約があると言いましたのに。これ以上のお時間は割けませんよ」

ヘルコフを確かめたモリーは、悪徳商人に声をかける。

「提携の必要はありませんし、融資に関する口利きも必要ありません。こちらが困ったことになるとか言っておりましたが？　やったなら、やられた分返されるお覚悟はおありかしら？」

「ははは、なんのことやら。こちらは商売の上で起こり得る危険を先達として助言しただけのこと。それを何やら悪しざまに言ってくれる。こちらとしてもそう曲解されては不快を催すものだよ」

しらばっくれる悪徳商人は、先約だというヘルコフが来ても帰るつもりはないようだ。居座って困らせて、モリーに音を上げさせたいらしい。

「あーら、積み荷が潰されるだとか、従業員が攫われるだとか、取引先が突然手を切るなんて脅しにしか聞こえませんでしたけどぉ？」

「ふふん、一人味方が増えたくらいでずいぶん馬脚を露すものだ。それではいずれ商人として躓《つまず》くのも近いだろう」

嫌みの応酬のさなか、モリーは鼻で笑う。次の瞬間、部屋中に響き渡る音でテーブルを殴りつけた。

「こちとら酒を愛してるからこそ売ってんのよ！　それを金のためだけに使い捨てるような馬鹿を相手にしてられるか！　時間の無駄！」

モリーの動く気配に、用心棒の男が一人取り押さえようと手を伸ばす。あえて手首を掴ませたモリーは、痛みに怯むどころか唇の端を持ち上げて強気に笑った。

「手を出したからには客扱いしなくていいわ」

「了解」

返事をしたヘルコフは、もう一人に素早く近づくと、大きな手で首をわし掴む。慌てた相手の足元が揺れた途端、痛いほどの音を立てて足払いを決め、首を押さえてそのまま床に押し倒した。

ヘルコフに組み敷かれることになった男は、割れたんじゃないかと思うような音を立てて、床に後頭部を強打。覗いていた僕はもちろん、三つ子も揃って自分じゃないのに頭を撫でて無事を確認する。

「いつまで掴んでるの、よ！」

モリーは手首を掴んだ相手が怯んだ隙を逃さない。自分の手首ごと、空いた手で相手の手を掴み止めると、体の外側に手を回して重心を傾け、体勢を崩させた。そうしてがら空きになった相手の脇腹に、鋭い蹴りを叩き込む。

決着は呆気なく、悪徳商人の用心棒だっただろう二人は、瞬く間に床に沈んだ。

今まで後ろ姿しか見えてなかったけど、用心棒の一人の額には目立つ傷がある。そしてもう一人は耳から頬《ほほ》にかけて刃物を振られたような物騒な傷があった。こんな見た目の男二人を同席させた理由なんて、脅し以外の何物でもないんだろうね。

「え……あ…………？　ば、馬鹿な。こいつらは腕利きで……」

「おいおい、俺がどうやって入って来たと思ってんだよ」

「表の邪魔な奴ら、七人いたはずだけど。全部転がした？」

「転がしてお帰り願った。あいつらこの紋章が何かわからなかったらしい」

「そ、それは⁉」

ヘルコフが通行証を出すと、さすがに悪徳商人は帝室の紋章だと判別がついたようだ。

帝室の紋章って、実は公爵家も使えるからよく見て個人を判別できる特徴探さないと誰を敵に回すかわからないんだよね。実権の少ない皇帝と言っても、さすがに喧嘩売ったら商会一つくらいじゃ抵抗できない身分差がある。

「こ、これは、この者たちの独断で、私は決して乱暴などは――」

「へーそー」

「なんにしても、俺が先約してたのを横取りしたのは変わりねぇだろうが」

言い訳しようとする悪徳商人に、モリーは棒読みで返し、ヘルコフはあえて悪徳商人に近づいて圧をかける。

「いえ、これは、ちょっと、行き違いが」

「うるせぇ」

「はい！」

ヘルコフに低い声で唸《うな》られた悪徳商人は、形勢が逆転した状態で背筋を正す。暴力で従わせようとした分、やり返される状況に脂汗を滲《にじ》ませていた。

「先約がいるって言ってたでしょ。いつまでいるの？　邪魔よ、さっさとそのごみ連れて帰って」

「はい！」

続くモリーの言葉に、悪徳商人は一人応接間の扉にダッシュ。頭と脇を庇《かば》った物騒な傷を持つ用心棒たちも、痛みに呻《うめ》きつつその後を追って消えた。

給湯室から出入り口まで見に行ったレナートが、悪徳商人と他二人が工場を出て行ったと報告する。安全が確保できたことで、僕たちもヘルコフとモリーがいる応接間に入った。

「ごめん、ディンカー。時間無駄にして。もう、本当に邪魔だったらありゃしない……！」

僕に謝りつつ、モリーは疲れた様子で歯噛みした。

「モリーでも追い返すの苦労したの？」

「女相手だからって元軍人舐め過ぎなのよ！　こっちの言うこと聞きゃしない。三対一で自分が優勢だなんて馬鹿な考えで居座って！」

どうやら脅しかけてくる相手にモリーも脅し返していたそうだ。けれどヘルコフという目に見えて実行力のある存在が現れるまで信じていなかったとか。

「まぁ、現役時代みたいに即座に乱闘するよりまだましだろ」

「商人やってるんだからそれくらいの計算はできますぅ。けど腹立つのよ！」

舐められていたことにご立腹なモリーは、ヘルコフの暴露にも噛みつく。どうやら今よりもっとせっかちというか、短気な時代があったようだ。そんなモリーに、仕事仲間である三つ子が口々に対処を挙げた。

「もういっそさ、出資してくれてる貴族の紋章借りれば？」

「竜人商人のギルドからでもいいし、後ろ盾見えるようにすればいいんだろ？」

「帝都の商人ギルドに登録すれば、商人同士の潰し合いはさすがに止めるって話じゃん」

なんだか色々あるらしい。そしてモリー曰く、そうして他人の権威を借りると、口を出される可能性が高くなるんだとか。

「錬金術を使ってるし、できる限り横やりを入れられる可能性はなくしたいのよ。紋章を借りたりギルドに関わらせることも、技術の流出があるからしたくないし。貴族相手なんて首輪つけられるようなものだし」

「でもこのままだと、またあの悪徳商人来るんじゃない？」

僕はヘルコフに促されて、悪徳商人が座っていた上座のソファに座る。すると給湯室からノックの音がして、モリーの部下がお茶を出してくれた。

出されたのはくびれのある足のないグラスで、宮殿では見ないデザイン。中の赤いお茶はたぶん紅茶だろうけど、名前だけ皇子な僕に銘柄なんてわかりません。

「……う……濃い」

「あ、子供には濃いめはきつかった？　無理に飲まなくていいわよ。これはおもてなしの一杯。無理強いするべきじゃないもの」

モリーが僕の呟きに対してそう言ってくれるけど、見れば三つ子もヘルコフも牙が見えるくらい口が歪《ゆが》んでいた。

「いや、うん。不味くはないよ。渋みが強すぎる気はするけど、後味はすっきりだし。香りも爽やかな感じで、舌に触った時には渋いけど喉ごしはいいって言うのかな？　確かにやって来たお客にまず飲んでもらう感じかも？」

「うぇ、さすがお坊ちゃん」

「ぷぇ、よく褒められるな」

「んぐ、ぜったいこれ甘くしたほうがいいって」

口をもごもごさせながら小熊たちが不満を漏らす。ヘルコフは黙ってるけど、同じようなことを思ってそうだ。

「まぁ、うちの地元のいいお茶だもの。これ食前にさっと飲むものよ。その後にお茶とお菓子で歓迎するの」

「あぁ、竜人って酒も飲めば茶もすごい量飲むもんな」

ヘルコフ曰く、竜人の国は茶葉の産地でお茶の時間って風習があるらしい。

「え、一日五回？」

「そうよ。もっと多いところもあるけど、まぁ、一杯飲むくらいの小休止ね」

「軍でも竜人が入ると毎度茶の時間要求して来たな。せめて一日二回にしろって言い聞かせるところからだった」

ヘルコフが無闇に口を動かしながら、軍人時代の話をしてくれる。どうやら舌に残る渋みと戦っているようだ。

種族ごとに文化が違うから、別の国に行くと生活習慣から摩擦が生まれるのは前世と変わらない。

ちなみにモリー、軍時代は一日二回で堪え、今は一日五回に戻しているらしい。

「いつものミルクと砂糖の入ったやつならまだ飲める」

「モリーさん、腹立つことあるとお茶するよな」

「たまにめちゃくちゃに甘い茶も出る……」

過ごす時間の長い三つ子も、モリーのお茶の習慣を一緒にすることがあるそうだ。僕は基本的に夕方、昼に来てもごく短い時間しか一緒にいないから知らなかった。

「はいはい、じゃあ、いつもの口直し」

モリーがそう声を出すと、給湯室からまた部下の人がやってくる。その手に持つ銀盆には、糖衣で光る一口大のお菓子がびっしりと並んでいた。

「うん、イライラしたらやっぱりお茶の時間よね」

上機嫌になるモリーの横で、僕は今までに感じたことのない顎の痛みに戦《おのの》いていた。そんな僕に、三つ子の小熊がモフモフの手で肩を叩いてくる。

「ディンカー、知ってたか？　行き過ぎるとなんでも辛味並みにダメージ来んの。甘味もそうなんだぜ」

「お茶の渋いのもな、もっとひどいの出たことあるから。モリーさん、それをちょっと渋い程度で飲み干すんだ」

「なんか渋いのと甘いのに強いのは竜人の血で、塩辛い味に強いのは海人の血なんだって。耐性があるらしいぞ」

見た目が違う分、種族差ってやっぱりあるんだね。僕これ、人間以外に転生してたらどうなってたんだろう？　まず自分の体質わからなくて、今以上に変なことしてそうだな。

今はともかく甘みが強すぎて、なんか顎の変な神経が機能しなくなってる。大量に唾は出るのに一口大のお菓子を飲み込むことを喉が拒否するって、前世でも経験したことない。

僕が不用意に食べたお菓子と戦っている内に、さらに渋いお茶を二杯と、甘すぎるお菓子を五つ食べたモリーは、ようやく悪徳商人に絡まれた苛立ちを鎮静化させた。

「それで、結局あの悪徳商人ってどうするの？」

「今のところはどうもしないわね。向こうも商人だし、これ以上絡んでも無駄くらいの計算はできることを祈るわ」

「エラストが言うように、帝都の商人ギルドに口利きできる人だから？」

「あら、その話聞いたの？　けど関わりたくないくらい厄介なのは、あいつ本人じゃないの。今回のことで確信したわ」

元から商会を立てては潰すやり方が罷《まか》り通ることに、モリーは金以外の力が働いていることを疑っていたんだとか。

「あの目立つ傷の二人組、犯罪者ギルドの下っ端なのよ。ただ上に目をかけられてるらしくてね。粋がって色んな所に顔出してるから、もう商人の間じゃ人相広まり出してるわ」

うん、え？

「ちょっと待って」

僕が待ったをかけると、全員が不思議そうにこっちを見る。どうやら今の台詞でついて行けないのは僕だけらしい。ただ、ヘルコフは手を打って納得する。

「犯罪者ギルドなんて聞いたことないだろうな」

「「「あぁ…………！」」」

小熊は毛に覆われた手を打って、モリーは指を鳴らして納得した。

「本当にそんな物騒なギルドあるの？」

確認してみると、確かに頷かれてしまう。僕はあまりの物騒さに息を呑んだ。

「そうよねぇ、発足時のことを思えばカルテルって言ったほうがいいんでしょうけど。なんか私が帝都に来た時にはもう犯罪者ギルドって呼ばれてたわよ」

モリーがどれくらい帝都に住んでるかなんて知らない。それでもすでにあったと言うなら、根の深い組織ってことか。

「叔父さん、教えなくていいのか？　犯罪者ギルドって金次第で貴族攫うって聞いたぞ」

レナートがさらに物騒なことを言うので、僕はヘルコフを見上げた。

「教育的にこれ、教えていいことか？」

「よその子供って言っても、こうして連れて来てるなら注意喚起は必要だろ？」

「どうせ帝都で暮らせばその内事件の噂くらい聞こえるもんだと思うけど」

エラストとテレンティの言葉から、どうも犯罪者ギルドなんて危ない組織が活動していることは、帝都に暮らす者なら常識の範囲らしい。

（大きな戦争ないのは知ってたけど、大変な犯罪はあるんだぁ）

（外出を許された当初、三者三様に忠告をしていました）

ちょっとショックを受けている僕に、セフィラが淡々と指摘する。セフィラは実体のない知性体であるためか、人間のような記憶の限界が今のところない。だから僕たちが交わした会話も忘れるなんてことないし、好奇心の塊だから結構聞いてる。

セフィラによる側近三人のお小言の脳内再生は無視して、僕はレナートに話を振った。

「貴族にまで手出して、どうして無事なの、その組織」

「だって、貴族攫えって依頼するの、貴族だから」

「…………これ、僕が聞いちゃ駄目な範囲じゃない？」

ヘルコフに聞くと、熊顔の眉間に皺《しわ》を寄せて審議している。そこにモリーが口を挟んだ。

「ディンカーなら下手に他言しないし、たまに外で遊んでることもあるんだから、知らないほうが問題あるわよ、きっと」

「それもそうだな」

モリーの言葉で方針を決めたらしいヘルコフは、犯罪者ギルドについて教えてくれた。と言っても、ヘルコフ自身出身は北のロムルーシという獣人の国。帝都に暮らす間に聞き知った真偽不明も混じった話だと前置きされる。

「下っ端はそこらで喧嘩するだけの若造ですが、上に行くと貴族相手に商売できる奴らが揃ってるって話です。それと、組織として中で所属する一家ごとに方針は違うみたいで、過激なことする奴らもいれば、まぁ、詐欺だけひたすら働いてとんずらする奴らもいるとか？」

「組織犯罪を行う一家って？　え…………、家族ぐるみなの？」

聞き直すと、ヘルコフが赤い被毛に覆われた手を横に振って笑った。

「本当の血縁関係じゃないですよ。親子の契《ちぎ》りというような形式で、絶対服従と裏切りの重罪化を謳《うた》うのは組織犯罪集団では一般的でしてね」

それを一家と呼ぶそうだ。つまりあれだ、ファミリー。あ、確かヤクザもなんとか一家って言うね。

そしてそれが一般的って、相当まずくない？　前世では丸暴とか刑事ドラマで聞いたことあるけど、こっちに転生してから聞いたことないな。そこは僕の生まれ育ちのせいかもしれないけど。

「そんなのいるなら、役人は取り締まらないの？」

「取り締まってもいるけど、まず犯罪被害が表に出にくいんだよ」

「恐喝《きょうかつ》や暴力は当たり前。報復は執拗《しつよう》に、悪質に。そうして稼いだ金でさらに他の者の口を塞ぐ始末よ」

テレンティの言葉を、モリーが補足してくれる。どうやら市井《しせい》では、本当に乱暴で非情な犯罪が起きているのは一般常識っぽい。

「じゃあ、犯罪者ギルドは？　犯罪者があえて集まって何かいいことあるの？」

「そっちはさらに面倒な形態だって聞くぜ。元は力の強い一家が帝都に四つ集まって、不可侵の条約を結んだのが始まりとか」

エラストが言うには、競合を避けるために作られた組織らしい。そして商人や職人と言った帝都で商売をする住人は、嫌でも一度は絡まれるため関わることになるんだとか。

「今じゃ傘下《さんか》の一家も入って巨大化して、犯罪によって知りえた情報の売買や、獲物の競合を避けるための談合、その他あくどい手で金を稼ぐ方法の研究とか。噂では貴族も噛んでるって聞きますね」

ヘルコフが結局僕の教育に悪いことを教えてる。まぁ、レナートが言うとおり貴族に害をなしても、平民じゃ利益は少ない。お金を稼ぐにも一度で大金得て終わりなら、組織化する意味もないだろう。

貴族同士の足の引っ張り合いに、犯罪者ギルドは上手く絡んで立場を保っているようだ。貴族にも需要があるから帝都に根を張ってるってことなんだろうね。

そもそも帝都の警察組織ってどうなってるんだろう？　交番なんて見たことないし、警官も見たことないな。

前世ならテレビや新聞、日常生活の中でごく当たり前に知って覚えることだけど、今の僕は皇子だ。そもそも帝都と宮殿では住む人の身分が違いすぎて常識も違っている。

「………ディンカー、何考えてます？」

おっと、僕の沈黙にヘルコフが疑いの目を向けてるぞ。

「うーん、警護みたいな人、帝都ではいないのかなって」

濁《にご》したけど、ヘルコフにはちゃんと宮中警護のことを言っているのは伝わったようだ。

「取り締まる部署は色々ありますけど、上手く説明できる気がしないんで、帰ってから家庭教師に聞いてください」

ヘルコフも僕の家庭教師だけど、それ言ったらモリーたちに僕が皇子だとばれてしまう。その上でヘルコフがあえて家庭教師と言ったのは、たぶんウェアレルに聞いたほうがわかりやすいってことなんだろう。

そんな僕たちを見て、モリーは笑う。

「最初出会った時はとんでもない子供がいたものだと思ったのに。普段天才的な分、年相応に物を知らない姿を見ると、なんだか心配になるわね」

橙、黄色、紫の小熊もそれぞれに頷いた。

「親の再婚でまともに世話されてないとか言ってたと思ったら、弟に会えるってだけで浮かれてて」

「錬金術を俺らに教えてる時はすっごい頭良さそうなのに、ちょっと港のほうに連れ出したらきょろきょろしまくるし」

「継母に服選んでもらったって喜んでると思ったら、俺たちのおさがり変装用にやってもすっごい喜ぶし」

「それ心配の種なの？」

ただの事実の羅列でしかないんだけど。

僕の反応にモリーが補足してくれた。

「なんて言うか、ディンカーはバランスが悪いのよ。両極端というか、思い切りがいいっていうか……善し悪しよりも、好悪を優先しそうなわりに、悪感情がほとんどない純粋さが、ねぇ…………？」

モリーの語尾が怪しくなる。けど、大小の熊さんたちは揃って頷いてる。

「わかる。何されたとか、されなかったなんて他人の思惑無視するところあるんだよ」

「それで言うと犯罪者ギルドも使えるなら使いそうなとこあるよな」

「珍しい酒の材料になるものとか情報あるなら乗り込んでいきそう」

「気づいたら繋ぎ取って知らない間に上手く利用してても驚かないな」

そこの叔父と甥たちは僕をなんだと思ってるんだろう。

「犯罪者ギルドなんて危ない名前ついてる人とお近づきになる気はないよ。そんなこと知られたら……………さすがに気絶しそうだし」

「各方面から俺が怒られるんで、本当やめてくださいね。それと危険な組織なのは本当ですから」

うん、僕も各方面で気絶する人出そうだなって。だって十歳の子供がヤクザの事務所に出入りするようなものでしょ？

さすがに僕の外歩きを知ってるウェアレルとイクトも揺らぎそうだ。乳母だったハーティに知られたりしたら、絶対泣いて怒られる。他にも父とかストラテーグ侯爵とか意識が遠のきそう。

「まぁ、僕のことドワーフだと思って接触しようとしてるなら、いっそ捕まってもしらばっくれるよ。逃げ出すなり、隠れるなり身を守る方法はあるしね」

そういうことをセフィラができるようになったから、この外歩きを許されてるわけだし。

「………………いっそ捕まると、向こうが慌てるでしょうけど」

なんかヘルコフが呟いた。けど、確かにそうだろうね。

ただの商人関係の人間捕まえたと思ったら皇子でした。はい、国賊不可避なんて。僕が重要性低いって言っても地位は皇子だし。そうなると皇子が平民に攫われたなんていう不名誉な前例ができるわけだ。これで対処しないと、僕を排除したいルカイオス公爵も孫であるテリーたちに害が及んだ時動ける大義名分を失う。

つまり僕に手を出した時点で、貴族があまり興味のない民間の犯罪から、貴族ががっつり絡む政治的犯罪にランクアップしてしまうわけだ。

「だから、気をつけるならモリーたちだよ」

「あっちの動きを様子見する必要はあるけれど、今回の様子だと後ろ盾がすでにあると勘違いしてくれそうよ」

モリーが言うには急に台頭したからこそ、後ろ盾もなく才能一つで成り上がったと思われたそうだ。だからモリーを脅して頷かせれば簡単に乗っ取れると舐めてかかったんだろうって。

乱暴すぎるけど、そういうことをやるのが犯罪者ギルドに関わる者のやり口だとも教えられる。

やった者勝ち、奪った者勝ちという短絡で野蛮で、それでいて阻止するには難しい拙速なやり方。

（うーん、組織だから末端削っても意味はないよね。逆に集合してるなら、そこをガツンと攻めないと根絶やしにする機会を失うことになりかねないし）

（主人は犯罪者ギルドの撲滅《ぼくめつ》を画策しているのでしょうか？）

（そこまでじゃないけど、あっても害になるなら、いつかはなくす方向で考えておいてもいいでしょ）

（であるならば、現状犯罪者ギルドという呼称以外詳しい形態がわかっていません。過去行われた犯罪行為、構成員、指揮系統を把握すべきであると提案）

（そうだね。モリーたちも噂程度だし。ヘルコフに聞いたっていう態《てい》で、陛下に聞いてみようか。もっと詳しいこと知ってるかも）

計画を立てようとしたところで、ヘルコフの分厚い肉球のある手で肩を叩かれた。

「なんか相当教育に悪い話した気がするんで、今日はこれで帰りましょうね」

「え、別に――」

「ディンカーが何考え込んでたか知らないけど、今の話で真剣に考えるって嫌な予感しかしないわよ。頭いいのはわかってるけど、子供なのも事実なんだから、危ないことは考えず大人に頼りなさい」

そう言ってモリーに頭を撫《な》でられる。ここ最近なかった年上からの子供扱いに、ちょっと照れてしまい、僕はその日久しぶりだった工場で、お茶をして帰ることになったのだった。

＊＊＊

夏に入って日差しは暑い。

けれど広大な宮殿の庭園には、いたるところに木陰ができるよう植栽されていて、小休止のできるベンチとセットになっている。僕は散歩兼錬金術の素材収集のために、木陰を渡り歩くように庭園を歩いていた。

「今日は何をお求めですか？」

宮中警護として僕を守るイクトが、後ろから声をかけて来る。普段無駄口はしないんだけど、たぶん暑さにやられてるんだろう。

海人という種族は、人間を始めとした他の種族よりも長く深く海の中にいられる。どうやらクジラやイルカのように長く息を止めていられる上に、冷たい水に強い耐性があるらしい。

だから逆に乾燥と暑さに弱いっていう特徴もあることは、海人であるイクト本人から聞いたことがあった。

「もう薔薇《ばら》も終わるから、花を大量にもらえないかなって。薔薇から匂い成分抽出してみようと思うんだ」

前世でも香料としてよく使われた薔薇。抽出方法は蒸留と似たような行程で、やり方は竜人の国から伝わったっていう記述が、帝室図書館の書物にもあった。

ただ今までしてこなかったのは、材料となる薔薇の花の部分が大量に必要になるから。やり方を知った時は、なかなか庭園の草花をいっぱい欲しいと言えない状況にあったから断念していたんだよね。

でも今は、少し変わっている。父に会う機会を邪魔されることはなくなったし、妃殿下は僕を招いてくれる。テリー、ワーネル、フェルという弟たちにも会えれば、まだ赤ん坊の妹の顔を見ることもできた。

「弟君方に見せるためでしょうか？」

「まだ火を使うのは不安があるし、見せるにしてももう少し慣れてからかな」

十歳になってから交流が増えた中で、出入りを許されなかった宮殿の本館には僕も行くことができるようになっている。それと同時に、テリーと双子たちが僕のいる左翼棟に出入りするようにもなっていた。

「まだ幼い殿下方は興奮していらっしゃいますからね」

「そう、フェルのほうが錬金術したいって意欲的で、ワーネルは楽しいことしたいって前のめりなんだよね」

自分でも話してて、声が弾んでいるのがわかる。

でも思い出しても楽しいんだ。元気いっぱいに訪ねて来る双子の後ろで、行儀よくしていながら好奇心で目を輝かせるテリーとか。彼らにとってエメラルドの間は、ちょっとしたテーマパークになってる。

危なくない程度のことから始めて、錬金術を実演してみせている最中だ。

「見せるだけなら、薔薇の花を蒸留して匂い成分を取り出すのは興味を引くかもしれないけど、本を読む限り、相当な回数を繰り返さないとまともな量取れないらしいんだ」

「そうですね。あの幼い殿下方を思えば、同じ作業の繰り返しは飽きてしまわれるかもしれません」

「うん、だから今回の薔薇の花は完全に僕の趣味。新しい蒸留装置の試運転も兼ねてね」

「あぁ、試作品が持ち込まれましたね」

周囲に人はいないけど、イクトは明言を避ける。

持ち込んだのはヘルコフで、蒸留器を試作したのはその甥であるガラス職人のエラスト。つまりディンク酒に関わることだった。

一から蒸留酒を作る器具を作成するために雇った職人だ。まずは一から、既存の蒸留器具を作れるようになろうと試作したという。その中でも上手くいったと本人が及第点の物を作れたので、じゃあ次は使い心地を知りたいということだった。

小熊はもちろんモリーにも蒸留の仕方は教えてるんだけど、そこは僕のほうがやってる年月は長い。だから感想が欲しいとヘルコフが預かった。

本当なら、前回工場に行った時話そうと思ってたんだって。悪徳商人とか犯罪者ギルドとか物騒な話で言い出せなかったそうだ。

「たぶん器具に匂いがつくからちょうど新しいのでやってみたかったんだ。薔薇の蒸留」

「すでに色々、匂い成分の取り出しはなさっていたと思いますが」

やっぱり濁すのはお酒関係だから。新しいレシピを模索して、庭園で手に入るハーブ類を扱ったんだよね。中には側近たちがすっごく嫌がる臭いもあった。

「アーシャ殿下、少々お待ちを」

目的地が近くなると、イクトが一度僕を止める。前に出て、見通しの悪い庭園に耳を傾けるみたいに沈黙してた。

(気配探ってるらしいけど、本当なんでこれでわかるんだろう?)

(不明。人体が立てる微弱な振動を検知しているようにも思われません)

(まぁ、風も吹けば草木も揺れてるからね。けどセフィラが見て来るのとあまり変わらない精度で人の動き把握してるんでしょ?)

(肯定。主人の見解を求む)

(って言われても、こればっかりは磨いてきた勘だろうし。理屈じゃなく経験で、相手を察知してるってところでしょ)

(勘……………直感、第六感、感じ取り判断する心の働き。理解するには情報が不足しています)

不満そうに言われても、僕もこれ以上言語化できないよ。イクトの勘を出し抜くだけの光学迷彩できるんだから、それで十分だと思うんだけどね。

そんなことを話している間に、イクトは行く先に危険がないことを確かめて、僕を促した。

向かう先からは鋏《はさみ》の音や、端的に指示を出す声、草花を掻き集める音がする。ここは今日、庭園を維持する庭師たちによって手入れされる予定の区画だった。

「こんにちは。お仕事ご苦労さま。見てもいいかな?」

「うっす、殿下。いって⁉」

「馬鹿もん！　挨拶《あいさつ》一つまともにできねぇで口開くな！」

顔見知りの庭師見習いの青年が答えると、五十はいってるだろう庭師が歳に見合わない素早さで弟子を叩く。そして次には、僕相手に丁寧に挨拶を返してくれる。この辺りは宮殿に出入りして長い歳の功ってやつなんだろう。

この庭師たちに出会ったのは、まだ乳母のハーティがいる頃で、その時も棘《とげ》のある植物があるから触るなと見習いくんが一早く声を上げた。そして今と同じく師匠の庭師に怒られている。変わらないやり取りは、もうそれが彼らのコミュニケーションなんだと思う。

「今日は薔薇の選定と養生《ようじょう》ですが、どうしました？」

庭師が聞いてくれるので、できる限り薔薇の花の部分だけが欲しいことを説明する。

「また錬金術ってやつっすか？　あ、こないだ貰った白い塊、本当にいい肥料になったんすよ」

庭師が他の庭師に花を集めるように言ってくれてる間、残った見習いくんが手近な薔薇の垣根から花をもぎつつ話す。

「土を入れ替える時に灰を混ぜるって言ってたから、その灰の成分を固めてみたんだ」

言うなれば、前世のホームセンターにあった石灰肥料を自作してみた。もちろん僕はそんなの詳しくない。けどこの帝国って、錬金術で土壌改良してる前例がある。だから図書を当たったらそれらしいのがあったんで、作ってみた。

どうやら上手く行ったらしいので、使った場所も教えてもらう。セフィラが実際の土の様子を調べたいってうるさいからね。

「よくわかんないっすけど、すごいっすね」

うーん、純粋な笑顔。けど本当に、この見習いくんは理屈をわかってなさそう。

そうしている間にも、辺りの薔薇の木からは花が次々にむしられていく。僕としては結構太さのある根元を片手でブチブチしてるその指の力をすごいと思うんだけど。

「錬金術ってあれっすよね。魔法の苦手な人がやるやつ。あんな便利なことできるんっすね。知らなかったっす」

「いや、うん、別に魔法が苦手とかは関係ないんだけどね」

「くぉら！　また殿下に失礼なこと言って困らせてんのか⁉」

「え、あ！　すんません！」

「違うから、気にしないで。錬金術の説明難しいなって思っただけだから」

怒られる見習いくんは、僕を指して魔法が苦手だろうと言ったことを謝ってるらしい。けど別に苦手ではないんだよね。特別使いはしないけど。

（魔法、自分で使うよりもセフィラにやってもらったほうが簡単だし幅広く使えるんだよね）

（人は感情によるぶれが大きく、魔法習得に不向きであると思われます）

（そうだね。失敗したらどうしようと思っただけで魔法が不発に終わるって、逆に使いにくいよね）

前世を持つ僕としては、呪文一発でパッと魔法が使えるようなものを想像してた。けど実際習得してみると、相当に面倒だ。

プログラミング言語みたいな長ったらしく、情緒のない呪文。意味を覚えて組み合わせるところからして面倒な呪文の詠唱《えいしょう》。それと同時に魔力を集中。そして発動時にはきっちりどんな現象が起こるかを想像の上で、動揺やストレスはご法度と来る。

逆にそれだけのことをこなせるからこそ、魔法使える人すごいってなるのかもしれないけど。

僕の場合はイメージ頼りで前世の水道の蛇口や、台所のコンロを思い出して使うほうがよっぽど安定する。

「殿下、籠一つでよろしいか？」

そう言って庭師が持って来てくれたのは、僕なら膝抱えて入れるくらいの背負い籠。中にはすでに色とりどりの薔薇が詰められていた。

花は開ききったら枯れる前に摘み取るのが、庭園での手入れの基本。なので薔薇はほとんどが綺麗なままだ。

「ありがとう、十分だよ。また次に薔薇の手入れをする時に取りに来てもいいかな？」

「えぇ、ここは皇帝陛下の庭ですから」

応じた庭師は、ちょっと申し訳なさそうな顔をする。

本当に、ここが皇帝の持ち物で、その子供である僕は望むように持って行っていいと思っているからこそだ。同時に、僕にあげられるのはこうしていらなくなった物だけであるため、申し訳なく思ってくれている。

そこは庭師に指示を出す庭園管理の貴族のせいなので、目の前の有情な庭師たちには感謝の言葉を返した。

「さて、枯れない内に茹でないと」

「これを全てですか？」

左翼棟へ帰るため歩き出すと、庭師に借りた籠を背負ったイクトが聞き返す。確かに全てをいっぺんに茹でられる鍋はない。鍋をかけるための火に関しては、宮殿の暖炉は無駄に大きいのでこと足りるけど。

「試しだから鍋に入る分ずつでやるけど、本当に一度にできる量は少ないから。たぶん全部使うよ」

「それはよろしいのですが、明日は弟君方がいらっしゃる予定です。準備のお時間はどうしますか？」

「あ…………。よ、夜に」

「日が沈んでからの火の使用は許可できません」

もちろん夜更かしなんて絶対許してくれないんだよね。わかってます。

これは早く戻ってウェアレルとヘルコフにも手伝ってもらわないと。それと明日、弟たちを喜ばせるためには完璧に準備しておきたいし。

これはちょっと忙しいぞ？

けど正直楽しい。本館からわざわざやって来てくれる弟たちをどうもてなそうか、今から楽しみでしょうがない。

僕は明日を待ち遠しく思いながら、今はまだ静かな左翼棟へと戻ったのだった。

二章　積み重なる問題

　薔薇を大量に貰った翌日、普段必要以上に喋らない侍女が、呟くように質問を投げかけて来た。

「香水でも零《こぼ》されましたか？」

「え？　………あぁ、そうじゃないよ。大丈夫」

　鼻についたから聞いただけで、それ以上の追及はないようだ。僕は今日の予定の上で侍女としてやってもらうことがあるため指示を出し、その後は急いでエメラルドの間に向かった。

「うわ、本当だ。まだ匂う」

　駆け込んだエメラルドの間は、濃密な薔薇の香りが今なお漂っている。僕の声で隣の部屋から顔を出したウェアレルなんて、獣人の血が入っているせいか、見るからに辟易《へきえき》した顔をしていた。

「窓を開けて、魔法で風を循環させたのですが。昨日よりもまし、といった程度ですね」

　昨日好奇心から薔薇の匂い成分を抽出する実験を行ったせいだ。結果として上手くはいったんだけど、匂いのことを失念してた。

「煮る時点で匂いしてたし、窓全開でやるべきだったね。ついてたイラストが外で釜茹でしてる時点で気づくべきだったかも」

　僕もウェアレルを手伝って風を起こし、換気を促進する。セフィラにも手伝ってもらっての三人がかりだ。

「ハーブ類も匂いはしたはずだけど、ここまでじゃなかったと思うんだよね」

「ハーブであれば、普段からエメラルドの間ですりつぶすことも乾燥状態にすることもしていたので。ただ、薔薇のような香りはあまりこの部屋でしたことがないため気になるということもあるかと」

ウェアレルの指摘に、僕は思わぬことを知る。

「え、もしかしてここって青臭い？」

「いいえ、そうでは………いいえ、違うとも、言えないのですが」

「どうしよう。いつもテリーたち臭いの我慢してたのかな」

「ここが独特の匂いがするのは今さらなので、そこまで気にされる必要はないかと」

大丈夫だと繰り返すウェアレルに宥《なだ》められ、僕は弟たちを迎えるための準備を始めた。

今日行う実験は、以前ウェアレルたちにもやった錯視の実験の一種。鏡像の実験だ。

「殿下、お、もう準備してますか。お手伝いしますよ」

そこにヘルコフがやって来たので、僕は片づけた作業台にクロスを引いてもらう。これは無駄な視覚情報を排除するためのひと手間。そしてそこに壁かけの鏡を設置。もちろん倒れないよう支えを作る。

「彫刻《ちょうこく》が邪魔だなぁ。枠のない鏡ってないもんだね」

「宮殿ですからね」

鏡の設置を手伝うヘルコフは、人間と同じ五本指の手で彫刻の施された鏡を支えて言う。まず宮殿って装飾過多だ。その上で取り外しなんてことが気軽にできる装飾も少ない。部屋の広さと暖炉の大きさ以外に、実験場としての利点がない場所なのかもしれない。

「よし、これで万が一ワーネルとフェルが触っても、倒れないかな。じゃ、次は上手く位置を合わせるために台を据えて………」

鏡の枠の分、台になるようにクロスの下に適当な本を入れて鏡面に映る高さを調整する。さらにその上に三センチ四方の木材を接着して作った階段状の模型を置いた。

「これ、何度見ても頭が混乱しますよ。変な魔法でもかけられてるみたいだ」

「理屈はわかっても、受け入れがたい気がしますね。それこそが錯視というのでしょうが」

僕が鏡を確認しつつ調整してると、ヘルコフが唸り、ウェアレルが首を傾げる。

鏡像が左右反対になることを利用した、錯視アートだ。僕から見れば、こちらに降りる形で並んだ階段が、左右から合流する造形の積み木だった。

けど鏡を見れば、左右が逆転したことでまるで上りの階段に見える。これは肉体の側が視覚情報を調整した結果、そう見えるというもの。

(だまし絵みたいなものだけどちょっとわかりにくいかな？　ここが始点で、こっちが終点で。そうなると鏡像は……)

(反転しているとわかる目印を置くことを推奨)

(あ、さすがセフィラ。それいいね)

模型はあまり大きくないため、僕はフラスコを固定するための螺子《ねじ》を取って、積み木の左端に乗せた。僕から見ると下り階段の一番上。けれど鏡像では上り階段の一番下に、螺子が置かれているように見える。

これは思ったよりいいかも。テリーたちも動かして遊べるだろう。他にも階段の形をいくつか作っており、テリーたちも作れるように積み木は用意してあった。

僕は満足してエメラルドの間を見回す。

「うん……まだ窓は開けておこうか」

薔薇の匂いってこんなに強いんだなぁ。いや、僕が濃縮したからなんだけど。

薔薇の濃縮液は、念のため瓶に詰めた上に布で巻いて、さらに箱に放り込み、テリーたちを招くのとは別のエメラルドの間の部屋に隔離しておいた。

そして普段静かな左翼棟に元気な足音が響く。

「兄上、来たよ！」

「兄上、今日は何するの！」

「こら、まずは挨拶だと言ったのに」

元気よく駆け込んでくるワーネルとフェル。追い駆けて来たテリーが、お兄さんらしく注意する。

なんだか初めて妃殿下の所へ行った時と同じだ。

「いらっしゃい、三人とも。まずは休憩と、今日やることの説明からだよ」

興奮してはしゃぐ双子だけど、正直宮殿内部って広すぎるんだよ。僕が使う区画だけでも広いのに、左翼棟はもっと広い。しかもここは本館から一番遠いせいで、無闇に弟たちを歩かせることになる。

ワーネルとフェルは無邪気に笑って近づいてくるけど、テリーは目が合うとまた人見知りを発揮してしまう。

「さ、行こう。テリー」

「は――あ、うん」

僕はテリーを促すと、はしゃぎ疲れることもある双子の手を取って移動する。案内するのは、金の間のグランドピアノが置いてある部屋。ここは部屋面積を大きく占めるピアノがあるから、比較的ものがあるように見えるんだ。

関係改善してから妃殿下が絨毯《じゅうたん》や家具を見繕《みつくろ》ってくれるようになったんだけど、やっぱり僕一人が使っているだけだといまいち生活感出ないんだよね。だから勉強部屋としても使ってるここは、比較的小慣れ感があるように思う。

これも年月が経てば馴染《なじ》むのかな？

僕がテリーたちを案内して座らせると、侍女が見計らったようなタイミングで現れる。いや、実際見計らってるんだろう。

そして冷えた蜂蜜水が出された。そのまま蜂蜜を溶かした水なんだけど、水を冷やす氷を使用できるのは、冷蔵庫のないこの世界では相当な贅沢。その上蜂蜜もいいものだそうで、すごく華やかな香りがする。

もちろん、僕はそんなおしゃれな飲み物用意してなんて言える知識ないです。なんか、弟たちが来るから飲み物ちょうだいって言ったら、これが出て来たんだよ。前の時には冷えた葡萄《ぶどう》ジュースだった。

わざわざこの季節に冷えた飲み物用意してくれてるのも、侍女の采配だ。

うーん、ルカイオス公爵関係の貴族なんだろうけど、やっぱり人材は良質なんだよね。弟たちも満足そうだし、ここは素直に気を回して侍女を斡旋《あっせん》してくれた妃殿下に感謝しよう。

「今日は錬金術できる？　僕も錬金術するの！」

「飲んだよ、休んだよ！　今日何するの？」

「そんなに慌ててると危ないって言ったでしょ、フェル。ワーネルもまずはお話聞こうね」

頬を紅潮させてまで、楽しみにしてくれている双子の反応に悪い気はしない。けどやっぱり怪我が心配だから、まだまだ火やガラス器具は使わせられないなぁ。

（っていうか、僕が四、五歳の時ってこんなに落ち着きなかったっけ？）

（六歳の頃にはすでに現状と変わらぬ落ち着きであったと記憶）

そう言えばその頃にセフィラ作ったね。まぁ、アーシャとしての僕が落ち着いてるのは前世があるからだ。僕が思い出そうとしたのは、その前世の頃の記憶。

幼稚園に行ってたのは覚えてるけど、ぼんやりしすぎてて何を感じていたかも思い出せない。思い出そうとすると、お遊戯会で転んだ記憶が出て来た。演目も覚えてないのに、なんでそんな恥ずかしい記憶だけ刻まれてるんだか。

「いい子にしてたらいいんだよ。まずは注意事項をもう一度。それを聞かないと駄目だからね。ほら、宮中警護の人たちも注意をきちんと聞いてるでしょ」

僕は埒《らち》もない以前の記憶を振り払って、そわそわし続ける双子に言い含める。僕の言葉で、壁際に待機する警護を見る双子。その動きにテリーもつられ、普段目も合わない侍女もちらりと窺う目の動きが見えた。

テリーたちはこの左翼棟に来る時、必ず一人につき一人の宮中警護を連れて来る。だから六人でやってくる計算になるんだけど、うん、普段いる僕たちよりも多いんだよね。

そこはいいんだ、部屋余ってるのは今さらだし。問題は、壁に並べられた三人の宮中警護が、イクトと正面から対峙している状況だ。

抑揚のない声でつらつらと注意事項を挙げているイクトの声は距離があって聞き取れず、ただその威圧感だけが背中からわかる。

(実は怯《おび》えてるって、レーヴァン情報だったけど。あながち冗談じゃなかったんだね)

(無礼者であることに間違いはありませんが、明らかな虚言を弄《ろう》する以外に情報に過誤《かご》があったことはございません)

僕たちが言いすぎたせいか、セフィラまでレーヴァンは無礼者と覚えてしまったようだ。

そして、うん。実は壁に背中を張りつかせた宮中警護三人は怯えてます、イクトに。そして僕にも怯えているそうです。

宮中警護の中で、僕の所に付き添う仕事は不人気だそうだ。簡単に言ってしまえば、ここへの同行を嫌がるらしい。宮中警護は、二人から三人が皇子にはついてるのが通常で、嫌がる理由が僕とイクトだって。

「兄上、なんだか緊張しているようだけど、今日は危険な実験をするの？」

おっと、テリーが違和感を覚えてしまったようだ。ここは弟たちの気を逸らさないと。

「危険はないけど、鏡を使うから引っかけないように上着脱ごうか？　この部屋の中でだけね」

僕ら皇子だから、上等な上着を今も着てる。刺繍《ししゅう》や飾りが多くて、本当に引っかけたら危ないんだよね。

「お手伝いしましょう、君も」

ウェアレルが動いて、侍女に声をかけるとまずテリーから。僕は自分でと思っていると、侍女が視界の端にやって来た。

「僕はいいよ」

「では、第一皇子殿下の衣装かけをお借りしてもよろしいでしょうか」

淡々と伺いを立てる侍女は視線を下げたまま、目を合わせないようにしてる宮中警護たちのようだ。けれど僕が許可すると、滑るように動きだす。

「兄上、兄上の警護は一人だけ？」

「兄上の侍女も一人だけ？」

手持ち無沙汰になった双子が核心を突いてくる。朝から自分で着た服を脱ぎつつ、僕は当たり障りのない返答を考えた。

「全体を見ても左翼棟には僕しか住んでないから、人が多くても仕事がないんだ。それに宮中警護は他にもいるよ」

実はいる。その宮中警護はレーヴァンだ。書類上じゃ僕の宮中警護なんだって。

実際はいなくていいし、いても追い払うだけだから、ストラテーグ侯爵がレーヴァンを使ってる状態。それで余計な人員増やすことしないからいいんだけど、上手く言い訳に使われてるだけな気もする。

話している内に侍女が戻って来て、脱いだテリーの上着をウェアレルから受け取り一時的に僕の衣装部屋に保管する。それをワーネルとフェルにも。

すると今度はテリーが手持ち無沙汰になって、また宮中警護を窺う。

「あれほど注意されるなんて、兄上を困らせるようなら、その、僕が………」

「大丈夫だよ、テリー」

単にイクトに何を言われるかと警戒してるだけだし。

実はここに警護が来るにあたって、この区画では、僕専属のイクトの指示は絶対厳守、失態あらば辞めさせることが決められた。ストラテーグ侯爵も、面倒を起こされるよりいいと承認したらしい。これもレーヴァン情報で言質は取ってあるそうだ。

なので、ここでイクトに逆らうと、皇子の警護という重要で出世の見込みが高い役職から外されてしまうため、必死になってる。もちろん僕は、テリーの警護を辞めさせた前科というか、風評被害があるせいで恐れられてる。

宮中警護で皇子付きに抜擢される人たちって、相当身分が高いか実力者だから、辞めさせられることに耐えられないんだとか。実はテリーが三歳の頃、僕を相手に剣の柄に手をかけた宮中警護は、外されたことを恥じとして自主退職していたとも聞く。

「剣を置くか、部屋に入らないかの二択だ」

早速無茶を振ってる声が漏れ聞こえた。宮中警護にのみ許された剣を置くのは、職務的にもプライド的にも問題だ。だからって部屋に入れないと警護として仕事ができない。そしてこの脅《おど》し文句みたいな問答、初めてじゃない。

僕はイクトたちが揉めていることを弟たちに気づかれないよう、改めて注意喚起をする。

「今日はガラス器具は使わないけど、あるにはあるから走るのは絶対駄目」

「ぶつかっただけでひびが入って使えなくなるんだよね。覚えてる」

テリーは落ち着いて注意事項を復唱した。すると元気な声が続く。

「はい！　僕も覚えてるよ。中に触ったら痛いお薬入ってることあるんでしょ」

「僕も！　急に動いたり、いきなり触るのも駄目！　兄上の言うこと聞くの」

注意事項をちゃんと覚えてた双子を撫でると、何故かテリーが一歩引いてしまう。ついでに撫でようとしたんだけど、駄目だったかな？

目が合っても逸らされた。七歳だし、子供扱いが嫌ってところかな。スキンシップしたいけど、ここは我慢だ。

ともかく、弟たちに守ってもらう注意事項があるから、剣をぶら下げたままの宮中警護なんて入室させない。危険すぎる。

注意事項を復唱した後、エメラルドの間に移動しようとした時、ノックの音がした。ここに来る人間なんて限定的だ。それと同時に来る予定のあった一人が現われないから、ヘルコフがずっと青の間で待機してたんだよね。

ヘルコフが連れて来たのは、ダークエルフっぽい見た目の、僕担当の財務官。

「遅かったね。何かあった？」

「いえ、問題ございません。遅参《ちさん》お詫《わ》びいたします」

「そう、じゃあ、移動するから注意事項はイクトに聞いて」

愛想笑いの一つもない。けど、何処か元気がないっていうか疲れた感じだ。

財務官にもまだエメラルドの間は見せてなかったから、見学ついでにいてもらおうと今日は呼んだ。武装をしてないから剣を置けなんて言わないけど、危ないからすぐには入るなとイクトに言いつけられている。

それにも覇気なく応じる姿を肩越しに見て、僕は目の前のことに意識を切り替えた。

「「わーい！」」

双子は興奮すると走り出しそうになるので、僕とテリーが一人ずつ肩に手を置いて止める。もちろん、双子も注意事項を思い出して止まるんだけど、拳を握って胸の前に添えるワクワク体勢で、今日も弟が可愛い！

「こほん。さて、今日の実験は、鏡を使った実験だ」

僕は空咳を一つして、用意しておいた鏡の前に弟たちを案内する。まだ積み木はしまったままで、まず鏡に映る像は左右が反対であることを教えた。

「でも右手動かすと右手動くよ？」

「じゃあ、鏡の中のワーネルの右手ってどっち？」

「あれ？　鏡のワーネルの、左手だよ？」

「そうだね。フェルが言うとおり、鏡の中だと逆だ」

「当たり前に見てたのに、言われて見ると……気づかなかった………」

テリーも目から鱗《うろこ》が落ちたような顔をする。僕は弟たちと鏡を覗き込みながら、せがまれるままに疑問に答え、鏡像の説明をする。

取り合うように質問を投げかけられ、ちょっと弟たちに人気者気分だ。自分でもデレデレしながら返事をしてる自覚はある。

ただ気を緩めることはできない。エメラルドの間の実験器具は全て止めて、危険な薬剤はエメラルドの間の別の部屋へ移動させた。それでもガラスは割れれば鋭利だし、彫刻された枠のある鏡は、倒れたりしたらそれなりの重量がある。

まだ幼い双子たちはもちろん、テリーも怪我がないよう気を配らなきゃいけない。安全は期してるけど、こうしてエメラルドの間に弟たちを招くといつも僕はドキドキだ。

そしてそんな危惧は、部屋の外から見守るしかない宮中警護たちも同じ。ハラハラしてて緊張が顔に出ている。たぶん僕たちが何してるかまで気が回ってない。

（それに引き換え――）

「兄上、いい？　…………あの、僕らの警護が何かした？」

おっと、テリーも宮中警護の異様な緊張に気づいてしまった。あの説明じゃ納得してくれてなかったようだ。やっぱり駄目か。

さすがに何度もあんな場面見てたら、確執ありますって気づいちゃうよね。

その上で、双子が鏡像の前で積み木を作るのに夢中になっている今を狙ういい子。そうだよね、テリーもお兄ちゃんだもんね。

とは言え、どう説明したものかな？

「――テリーって、三歳の頃にいた宮中警護のこと、覚えてる？」

「あまり……ごめんなさい……」

あぁ、僕のこと覚えてなくて気にしてるのに。さらに俯かせてしまった。顔を上げさせるためにも、僕は笑顔を作って見せる。そして積み木で遊ぶ双子を指した。

「病弱だと思って不安がっていたワーネルも、苦しい思いをしていたフェルも、もっとずっと楽しい記憶を重ねて、去年までのことを忘れてくれたらいいと僕は思ってる」

「う、うん…………そう、僕も思う」

何かを言おうとして、テリーは言葉を飲み込んだように見える。本当に覚えてなかったことなんて気にしてないのに。テリーはこうして来てくれるけど、基本的に僕には遠慮がちだ。妃殿下の所でお茶をしてても、人見知りのような反応をしている。

「テリーもだよ」

「え?」

「僕は、テリーにも僕と一緒に楽しい記憶を重ねてほしい」

「……うん………」

やっぱり控えめだけど、今度はしっかり頷いてくれたので、良しとしていいかな?

「兄上、なんのお話?」

「三歳がどうしたの?」

鏡越しに目のあった双子が、断片的に聞こえていたらしく尋ねて来る。

「二人は三歳の頃何してたか覚えてる? 僕あまり覚えてないんだ」

実際はその年齢で前世を思い出して大人の意識があったから、結構覚えてる。というか、この世界について学びたかったから、積極的に周囲を意識して過ごしてた。

「いっぱい走ったよ」

「いっぱい隠れたよ」

「うーん?」

どういうことかテリーを見ると、叱るような表情で双子を見ている。どうやら本当に宮殿本館で、ワーネルとフェルは走って隠れて遊んでいたようだ。

「あ、そう言えば、三歳の頃のあれは覚えてるな」

遡れば、そもそも三歳で前世を思い出したきっかけがあったんだ。

「鐘の音がしたんだ。今までに聞いたことないくらい大きな鐘の音が」

「鐘、もしかして大聖堂の？」

「そう。大聖堂で、君が生まれたことを祝福している鐘だったよ、テリー」

あの時は乳母のハーティもいて、僕の世界はとても小さかった。この部屋にもまだ錬金術道具なんてなくて、からだったことを思い出して笑う。

「嬉しかったなぁ。弟がいると知って」

「え？　鐘の音で、知ったの？」

「……あ、えっとね、ちょっとあって、僕がテリーのこと知るのは遅くなったけどね。誰かが何かしたとかじゃなくて………」

逆に知らせてくれる人いなかっただけ、とも言えずに言葉尻が怪しくなる。そんな僕を前に、テリーは考え込む様子を見せた。

「――ワーネルと、フェルの鐘は聞いた？」

「うん、聞いてたよ。二人分鳴らされてたよね。ちょうどここにいる時に聞いたかな」

その時にはもうここは錬金術の部屋になっていたからね。僕は思い出しながら、窓辺に寄って、テリーに応じる。

実は妹が生まれてたのも、鐘の音で知ったんだよね。生まれて数日で洗礼のために、宮殿の大聖堂行くから。よく考えると僕に弟や妹のことを教えないようにしてた人たちって、本当無駄な努力だよなぁ。

どうやっても鐘鳴らして報せるんだからわかるのに。

そんなことを思って窓の外を見ていると、ガラスの反射で室内のテリーの表情が見えた。すごく眉間に皺を寄せて考え込んでいる。その上で僕に質問を重ねた。

「兄上は、あっち、行ったことある？」

そう言ってテリーが指す方向からして、あっちってたぶん右翼棟だよね。

「な──あ、………あぁ、えーと、庭園側からなら？」

テリーの悲しそうな顔に気づいて言い直すけど、行ったことないのばれたみたいだ。その上、そんなテリーの様子で、双子まで不安げに声を上げる。

「どうしたの、兄さま？」

「何があったの、兄上？」

「な、なんでもないよ。二人はどんな積み木作ったか見せて。テリーも、ね？」

「う、うん。見せてくれ」

僕たちは慌てて表情を誤魔化し、双子のいる鏡の前に戻る。でも何か不穏な雰囲気を察してしまったようで、双子たちは僕たちから離れない。

「──よし、ちょっと別の実験もしようか」

僕は弟たちの気を引くため、予定にないことを提案する。途端にまた護衛たちが心配してガチャガチャ音を立てた。剣って金属の塊だから結構音するよね。

「あの、私は入っても？」

ずっと静かにしていた財務官が、控えめに声を出した。どうやら入り口を塞ぐ形でいた宮中警護三人の後ろに追いやられていたようだ。それじゃもう慣れてないとか言ってられない。だって何も見てないし、何してるかも全くわかってないんだから。

「あぁ、そっちは僕が呼んだんだから入っていいよ。けど、不用意に触れないでね」

「はい、それでは、失礼を………」

僕の許可を受けてエメラルドの間に入ってくるんだけど、不満そうな宮中警護の視線を浴びて財務官は小さくなる。

「何故、許可が下りたかはすでに申し渡しているはずですが？」

冷たいイクトの声に、宮中警護たちは財務官を威嚇《いかく》するのをやめた。代わりにイクトから無言の圧力で剣を手放すよう迫られている。

怯えてる風なのは気のせいかな？　気のせいだよね。いい職に就いた人たちがまさかね。まさか、イクトも、手出ししてたり、しないよね？

なんだか心配だなぁ。

「第一皇子殿下、私は何処にいれば良いでしょうか」

「作業台が見える範囲にいてくれたらいいよ。ちょっと準備するから待っててね。ウェアレル、手伝って」

僕に応じて財務官はテリーたちとも離れた壁際に立つ。ついて来ようとするフェルを止めて、僕はウェアレルを呼び寄せた。

「どうなさるんですか、アーシャさま？」

もちろん今日の予定を知っていたウェアレルは、声を潜めて聞いてくる。緑の被毛に覆われた尻尾も心なしか下がりぎみだけど、実際問題できることは多くない。だって、弟たちの安全第一だ。

「今あるもので気を逸らすくらいってなると、エッセンス使ったやつかな。驚かせすぎるのも危ないし、火を使うのはなしで」

「では、昨日の薔薇の蕾《つぼみ》が残っていますし、促進剤を作ってはどうでしょう?」

昨日庭園で貰って来た薔薇の花の中には、開いていない蕾が混じっていた。大半の花を処分すれば見栄えがしないため、蕾ももう一緒に切ってしまっていたんだろう。

そして促進剤は、肥料について調べた時に知ったエッセンスで作る薬。エッセンスはそのままだと大した力はない。けれど素材と混ぜ合わせて使うことで、魔法では難しいことも再現できてしまう。

もちろん威力を求めるなら相応の量と物理的な効果が必要になるけど。錬金術の優れた点は、魔法のように属性だ相性だと気にする必要がないところだろう。

「よし、それでいこう。必要なエッセンス持って来て。僕は薔薇の蕾とエッセンスの調合に必要な道具を出すから」

「かしこまりました」

ウェアレルには、テリーたちが間違って触らないよう隔離した薬品を取りに行ってもらう。そうして必要な道具を用意して、その中でも大きめのビーカーを作業台に据えると、裾を引かれた。

見れば、フェルがほっぺたを膨らませて僕を見あげてる。

「え、え? どうしたの?」

慌てて屈むと、フェルの後ろから同じ顔をしたワーネルも頬を膨らませて来た。

「僕も錬金術する！」

「するー」

「だから覚えるの！」

「教えてー」

言い募るフェルの後ろで、ワーネルが合いの手を入れる。どうやら僕が説明もせず、さっさと準備をするので拗《す》ねてしまったようだ。

（………………かっわ⁉）

（主人の血圧の上昇を確認。異常事態でしょうか？）

（異常事態並みに可愛いけど！　いや、ちょっとセフィラは黙って周囲の警戒よろしく）

（了解しました。改めて主人の奇行の理由を質問します）

奇行って言われたよ、ひどくない？　いや、ただ弟が可愛いなって話でさ。

「大丈夫だよ、やってもらうことはあるから」

「「本当？」」

期待いっぱいの顔で聞き返されて、僕の顔が緩んでいる間に、ウェアレルが必要なエッセンスと石のくずのような物を持って来てくれた。

僕は受け取って、じっと考え込んでいるテリーを呼ぶ。

「この石を乳鉢で潰してほしいんだけど、テリーできる？」

「え、あ、はい。…………できる、と思う」

「砂くらい細かいほうがいいんだ。疲れたらやめていいから言ってね」

反射的に返事をして、恥ずかしそうに言い直す。そして言ってしまってから、石を砕くという重労働にまごついて、僕の補足に答える余裕を失くしていた。

素直、素直なんだけど、これは噛み合わない感じだなぁ。ワーネルとフェルみたいに突撃してくれればいくらでも受け止めるんだけど。テリーは年齢が上なせいか、考えることが先に来て人見知りっぽい反応になるんだよね。

「あ、意外と脆《もろ》い。…………兄上、ワーネルとフェルにもさせていい？」

すぐさまの危険はないけど、あまり素手で触らないほうがいい石灰系の石だ。けどテリーのお兄ちゃんらしさを応援したい気持ちもある。

「――うん、そうだね。じゃあ、まずは乳鉢と乳棒の扱いについての注意点だよ。二人とも、きちんと覚えてね」

「「うん！」」

打ち付けるとひびが入るとか、落とすと危ないから持ち上げないとか。基本的なことを教えて、中の石くずには素手で触れないようにもお願いする。テリーは真剣に聞いて覚え、逸《はや》る双子に注意をするお兄ちゃん感を出していた。

三人で一緒にやってる姿も微笑ましいけど、その自然な対応を僕にもしてくれないかなぁ。いや、うん、テリーが悪いわけじゃないし、もしかしたらまた変に負い目感じてるかもしれないんだよね。

ここは急かさないほうがいいだろう。

僕と二回目に会った時、テリーは完全に敵認定だった。そしてその後、誤解だとわかって、ひどく落ち込んでもいる。

錬金術、楽しんでいるとは思うんだけど、ここに来る度に難しい顔させちゃうんだよね。どうせなら最初から最後まで笑顔で帰ってほしいのが、僕の目標だ。

「三人とも手伝ってくれてありがとう。じゃあ、ちょっと錬金術で薬を作るから、静かに、急に動かないで見ていてね。説明はするけど、質問は調合が終わってから受けつけるよ。で、途中刺激臭がするからハンカチで鼻を押さえておいて」

僕の指示で弟たちがポケットからハンカチを出す。少量作るだけだから、害はないと思うけど念のためだ。

僕は熱対策で、灰で満たされた金属製の火鉢を置き、その上に金網を設置した。これだけでも実験感が出て双子の目は輝きを増す。

「それじゃ、やるよ。この三角フラスコにさっき砕いてもらった石の粉を入れて、塩少々と水を加え、水のエッセンスというすでに作ってある錬金術の薬を入れます」

僕も正直、どうしてこの配合で三角フラスコに水が溜まっていくのかわからない。けれど錬金術の本に書いてあったとおりにすると、三角フラスコの中に第一関節が浸るくらいの水が生じていた。

どうもエッセンスは混ぜる物によって生じる現象が異なる。そんなこと魔法でもできないし、科学でもできない。昔の人がマナから取り出したエッセンス、精髄液なんて仰々しい名前をつけただけのことはある。

「あれ、水？　魔法？」

「兄上、これ魔法？」

「違うよ。これは錬金術。僕は今、魔力を一切使ってないんだ。それでも魔法みたいに水が現れたのは確かだよ」

僕は一度三角フラスコの上にコルク栓をつける。そのコルク栓はガラス管がはめられていて、ホッチキスの針のような形をしていた。ガラス管の反対の端にも、コルク栓がついている。

「次にもう一つ三角フラスコを用意して、中に吸血花の球根を入れます」

名前は物騒だけど、実際は無害な花。なんか、伝説で英雄の血を吸って咲いたってあるからこんな物騒な名前らしい。使っているのは表皮を剥いた球根だから、見た目がラッキョウなんだけどね。

「吸血花を入れた三角フラスコには、火のエッセンス、さらに風のエッセンスを加えます。この時、急激に発熱するから三角フラスコには絶対直接手を触れてはいけないよ」

そう言って僕は用意していた耐熱手袋をつけて、ガラス管が嵌められたコルク栓の反対側をつけた。これで、ガラス管に繋がれた三角フラスコが二つできる。発熱しているほうは、作業台が焦げないように灰の上の金網に据えた。

「発熱してるほうから上がっている水蒸気は、ガラス管を通るうちに冷えて、最初の水の入った三角フラスコに移動して、少しずつ混じっていくよ。けど、その間にもう一工程」

うーん、突発的だったから段取りが悪い。いつもだったら必要な分は作っておいて、喜ぶ結果だ

ている。

けをパッと見せられるのに。今回は準備から、必要量を秤《はかり》で測ったりと手間取ってるのを見られて

僕は後悔しつつ手を動かして、地のエッセンスを使った混合液をビーカーに作る。これがちょっと刺激臭を発するんだよね。直後にツンと来るだけだから、その後は平気なんだけど。

「うわぁ、何これ!?」

「あははは！　何これ!?」

「え、なんだろう、この臭い？」

双子は大笑いして、テリーも初めての刺激臭に興味を示す。どうやら大事に育てられた皇子たちは、初めてすぎて臭いという忌避《きひ》感よりも、興味が湧いたようだ。

逆に大人たちは一瞬の刺激臭に眉を顰《ひそ》めたり、口を固く引き結んだりと百面相してる。ウェアレルはすでに嗅いだことがある上に、獣人の血が入っているので退避済み。ただ同じ部屋の中にいる財務官は、鼻を覆いつつもじっと作業台を見ていた。

（…………仕事熱心ではあるんだよね。いや、なんだかいつもよりも熱がこもった目をしてる？　あ、セフィラ。今、何滴落ちた？）

（五滴です）

セフィラに聞きつつ、僕は三角フラスコの様子を見る。

「あと七滴こっちのフラスコに雫が落ちるのを待つよ。数えてみようか」

「「はーい！　いーち！　にーい！」」

「ほら、テリーも」

「え、え…………さ、さーん」

元気な双子に合わせて、テリーも数え始める。もちろんやらせるだけはなく、僕も一緒に声に出して数えた。

「「「ななー！」」」

耐熱手袋を装備して待っていた僕は、それ以上入らないように、まずコルクを抜く。発熱していないほうの三角フラスコは生ぬるい程度であることを確認して、テリーに差し出した。

「それじゃ、この別に作った溶液を混ぜて。零さないように気をつけて、回すように揺らすんだ。砂と水分が良く混ざるようにね」

水蒸気を雫《しずく》にして落とすから、後から粉を入れるとフラスコの口にくっついてしまうんだよね。その上ビーカーじゃないから、ガラス棒を入れてかき回すこともできない。結果、三角フラスコを手で回して混ぜることで、中身を完成させるという物理的な方法を取る。

「あ、色が、変わって来た？」

三角フラスコを振っていたテリーは、混ざるごとに薄紅色に変わる溶液に目を瞠った。

「うん、色が変わったなら成功だよ。それじゃ、次はこれだ」

僕は石を砕いたのとは別の乳鉢に薔薇の蕾を据えて差し出す。

テリーから受け取った三角フラスコは、ピペットを使って中の溶液を取り出した。そしてピペットの使い方を説明して、僕は一滴だけ薔薇の花の上に落とすことをしてみせる。

「何も変わらないよ？」

「まだ待つ？　どうなるの？」

「気になるならワーネルとフェルも一滴ずつかけてみようか、ほら、テリーも」

「…………うん」

言うと素直に側にも来てくれるんだけどなぁ。

悩みながらも僕が五滴目をかけた時、変化が訪れた。硬い蕾だった薔薇が、微かに音を立てて花弁を開き始めている。

「これは花を開かせるための薬で、かけ過ぎると枯れてしまうんだ」

肥料を作ってみている時に見つけた調合で、本当に花を咲かせるためだけの効果の促進剤だった。しかも花の個体差によってどれくらいかければいいかが違うから正直使い勝手はよろしくない。

それでもこんなことできちゃうんだから、この世界の錬金術ってやっぱり面白いんだよね。双子も声を上げて喜び、まだあった薔薇の蕾を開花させて遊んだ。

「と、まぁ…………楽しい雰囲気になったと思ったんだけど。うーん、やってしまったかな？」

僕は弟たちが帰ったエメラルドの間の片づけをしつつ反省する。この日、テリーは興味を示したりはしたけど笑わず、難しい顔したまま帰って行ってしまったのだった。

＊＊＊

テリーの様子が気にかかりつつも、僕は左翼棟から見送るしかない。次にテリーと会うのは、妃殿下に招かれる時だ。その時には笑顔になっていてほしい。

とは思うものの、僕も対応しなければいけないことがあるんだよね。

「セフィラ、侍女はどうしてる？」

片づけと称してエメラルドの間で音を立てつつ、僕は実体のない知性体に話しかける。あえて声にしたのは、一緒に片づけをしてくれてる側近たちにも聞かせるため。

「言いつけどおり、日中は赤の間にて待機。今は時間どおりに食事、風呂の用意をするため、厨房及び女中への指示内容を確認しています」

うーん、普通に有能。これで敵側じゃなかったら手放しで喜べるのに。

「指示内容の確認を終えた後は、今日の業務内容をしたため、掌に収まる大きさにして隠し持ちました」

これなんだよねぇ。

侍女の名前はノマリオラ。伯爵令嬢で、生家に特別ルカイオス公爵との繋がりは見つからない。そこは紹介してくれた妃殿下が、実家との繋がりのない家を選んでくれたんだろうと思う。

けどセフィラに調べてもらったノマリオラのルーティンは、毎日の業務内容をしたため、来客があれば記入。普段と違うことがあれば記載。それをルカイオス公爵家に連なる妃殿下の侍従に渡すこと。

さらにセフィラが追ったところ、侍従の手から妃殿下ではなく、ルカイオス公爵の私邸に送られています。うん、スパイです、あの侍女。

「もう、ほぼ赤の間に閉じ込めてるのに、書くことあるの？　エメラルドの間に入ろうとしてイクトに睨まれた宮中警護より、ずっと気配殺して窺ってたのはわかってたけど」

すっと気配消すのが上手い感じなんだよね。弟たちの休憩後は気配を殺して、こっちで何してるかをずっと窺ってた。

けどやってることは理科実験だし、今日はちょっとテリーが落ち込んじゃったけど、僕と会う時に人見知りっぽくなるのは今さらだし。

セフィラに報告内容を調べてもらったこともあるけど、ひたすら事実が箇条書きされてるらしいし。

「うーん、気にかかるところとしては、接触が本当にそれだけかってところじゃないですか？　侍女仲間みたいなのは、貴族令嬢ならいるんじゃないんですかね？」

ヘルコフの問いに、セフィラは端的に答えた。

「ありません。帰りに侍従と接触する以外は、左翼棟使用人とも必要最低限の関わりです」

「セフィラからまで必要最低限と言われたとなれば、本当に侍女としての仕事と侍従と接触する以外はしていないのでしょうね」

ウェアレルもちょっと困った様子で応じる。

ノマリオラの行動は、宮殿内ならセフィラに追わせた。その上で侍従の動きは、宮殿から望遠機能をつけてセフィラに監視させたんだけど。その望遠機能を使っても、ノマリオラは友人と待ち合わせをしたり、一緒に帰ったりしている様子はないという。

「報告に嘘や誇張を混ぜるならば害でしかありませんが、現状侍女の仕事も淡々とこなすだけ、アーシャ殿下の侍女になったことの愚痴や不満を零すこともない。ならば今はまだ泳がせて良いと思います」

イクトの言うこともっともだけど、ノマリオラ、まず必要以上に喋らないから判断に迷うんだよね。それで言えば、愛想がないわりに考えていることが表情に透ける財務官のほうがまだわかりやすい。

しかもノマリオラのわかりにくさは、ルカイオス公爵側の人間と会っても変わらないらしい。僕に特別愛想がないわけじゃなく、どうやら相当クール系女子なようだ。

僕が考え込んでいると、片づけを終えたヘルコフがちょっと声を落とす。

「切る段になってから、向こうさんの足元掬《すく》うような情報流して慌てさせるくらいしか、今は使い道ないですよ」

そんな悪い大人の発言に、イクトも頷く。

「元の才能はあるようですが、足さばきなどは素人のそれなので、突然暗殺者になるわけでもなし」

いや、想定が怖いよ。

「使わない時には施錠を心がけましょう、アーシャさま。絶対あの侍女と二人きりにはならないでくださいね」

最後にウェアレルにそう忠告されて、僕は片づけを終えたエメラルドの間の施錠をして部屋を後にした。

＊＊＊

気落ちした様子のテリー、ルカイオス公爵のスパイらしい侍女ノマリオラ。それとはまた別の問題を処理しようとしたら、邪魔者がやって来た。

「あれ？　何してるんですか、第一皇子殿下？」

問題処理しようとは思ってたけど、決していきなり来た無礼者のレーヴァンの相手をしようとしてたわけじゃない。僕にだってたまには予定があるんだから、来るなら前もって言ってほしいな。

「あれ………そう言えば、レーヴァンだけが来る時って、ほぼいきなり来るよね。先触れとかせずに」

「え、あぁ。嫌だなぁ。俺はここでお仕事なんですから、そんなの必要ないんですよ」

いや、絶対その言い訳今考えたでしょ。それに書類上はそうでも実際に来ること少ないし、先触れするのもストラテーグ侯爵が一緒の時だけだし。

出会ってからずっとそうだから麻痺してたけど、やっぱり無礼者だ。それに比べて、今僕と相対している財務官は、前日には必ず来訪の旨を報せて来る。その差が仕事であっても弁《わきま》えるべき礼儀があるんだって示していた。

「それで、そちら。新しく配属された財務官？」

レーヴァンは話題を変えるように声をかけると、ダークエルフ風の見た目をした財務官が真面目に応じた。

「ウォルド・クリテン・スクウォーズと申します。お名前を伺っても？」

「クリテンのご一族。それはそれは——。レーヴァン・ダフネ・ヤーニ・シルトアディスという、よろしくスクウォーズ財務官」

レーヴァンはいつものように軽く言うけど、何故か財務官のウォルドのほうは警戒ぎみになってる。レーヴァンがすでに何かしたってわけじゃなさそうだったから、今の短いやりとりで？……クリテンのご一族ってところかな。聞いたことない名前だけど。

この世界の名前には名字の前に氏族名が入る。僕の場合はモビノーで、実はこれニスタフ伯爵家側の氏族名。今の帝室の氏族名はビオノーだ。だから公爵家もビオノー氏族が多いけど、そのビオノー氏族は帝国ができてからの分家として生まれた比較的新しい氏族名。実はモビノーのほうが歴史の古い氏族という貴族の血筋の面倒さが表われている。

こういうのも僕が皇帝なんて柄じゃないと思う面倒さの一つだ。今の権威の証明だからか、血筋と同じくらい名前にこだわるんだよね、貴族って。

まぁ、つまり。クリテンのご一族とレーヴァンが言うくらいには、僕の財務官は名の知れた血筋らしい。そしてそれをあえて言われるのはいい気がしないようだ。

もちろん僕と違って貴族としての教育も受けてるだろうレーヴァンが、どんな一族か知らずに言うわけもない。これは僕と初めて会った時と同じく、ウォルドを煽って反応を見てるんだろう。

「大怪我してまだやるなんて」

思わず呟いたら、レーヴァンはすっごく深い皺を眉間に刻む。当時レーヴァンのうざったい絡みで怪我したのは僕だけど、立場的に大怪我をしたのはレーヴァンだ。

「それで？　レーヴァンは何をしに来たの？　僕は今、ウォルドと歳費について話そうとしてたんだけど？」

まぁ、僕がいったん話を止めて招いたんだけどね。レーヴァンがここに来る理由の大半は、手紙の配達だし。ルキウサリア王国のお姫さま、ディオラから手紙が届いたのかと思ったんだ。

「ルキウサリア王国からの御一行が来た際の予定が決まっているようならお聞きしようと思いまして？」

「どうせまたストラテーグ侯爵が口を挟むんでしょう。場を設けてくれるならそれでいいよ。そっちに任せる。詳しくはまだ聞いてないから、次の妃殿下との面談の際に確認しておく」

ディオラが帝都にやってくることは、すでに手紙で知らされていた。その手紙を配達したのもレーヴァンだし、やり取りの内容も確認されてる。

僕とディオラが会う場所のセッティングは、ストラテーグ侯爵が主導するということも決めてあった。来訪が近くなって改めて確認、なんてするほどレーヴァンは真面目じゃない。つまりは、今日僕が改めてウォルドを呼んだことを聞いて、様子を見に来たってところなんだろう。

「…………ルキウサリア王国で、魔力回復薬に使われる薬草の安定栽培の方法が確立されたというあの件でしょうか？　表彰のために国王と姫君がいらっしゃる式典に、第一皇子殿下は、参加のご予定が？」

僕たちの会話で、ウォルドが勘違いしてしまった。レーヴァンも察したようだけど、思い出した様子で僕を見る。

「そう言えば、皇子殿下。いつもみたいに馬鹿のふりしないんですか？」

「頻繁《ひんぱん》に顔合わせる相手にそれは面倒だもの」

そんな会話にも、もう普段の無表情を保てなくなってるウォルドは、橙色の瞳に明らかな動揺を浮かべていた。そんなわかりやすいウォルドから、レーヴァンの探りの標的は僕に移ったようだ。

「というか、ここらへんでバーンと言ってみたらどうです？　ディオラ姫の相談に乗って、ルキウサリアでの行き詰ってた薬草栽培に活路を見出す助言をしたのは自分だと」

「その程度のことで何がバーンなの？　出資したり人手を集めたならまだしも、一から十まで成果を出したのはルキウサリア側じゃないか。そんなことしても、自己顕示欲さえ満たせやしないよ」

「…………あれだけお姫さまから褒め称えられて？　それはそれでディオラ姫からの手紙にどれだけ淡白なんです？」

なんでそこでレーヴァンがいっそ心配そうに聞いてくるの？　そしていつもなら無礼に鉄拳制裁するイクトまで、ちょっと不安そうに視線下げてるの？

「もう、無駄話しに来たならレーヴァン帰って。ウォルドもそろそろ現実に戻って来てほしいんだけど」

「は⁉」

思考が追いつかないウォルドがフリーズしてしまっていた。声をかけたら再起動して、ようやく僕を見る。

「ふーん、半信半疑か」

「レーヴァンは本当邪魔するなら帰って」

レーヴァンの呟きにウォルドがまた身構えてしまうので、僕は釘を刺す。するとレーヴァンは嫌そうに答える。

「本当、俺も仕事なんで、そこら辺は注意しないといけないんですぅ」

「本当、貴族って僕をここに押し込めていたがるよねぇ」

「まさか。追い出したいんですよ、誰とは言いませんけど？」

「今はその気ないから、無駄な努力だって言っておいてよ」

「………………可愛くない」

軽口のふりした嫌みも言えなくなって、レーヴァンは呻くように呟く。これはやっぱり、僕を嫌う貴族筆頭の、ルカイオス公爵かユーラシオン公爵から何か言われてる感じかな。

いや、これだけ食い下がるってことはストラテーグ侯爵のほうかも。懐刀として仲はいいみたいだし、ストラテーグ侯爵はルキウサリア王国贔屓《びいき》。ルキウサリア王国の学術的成果が表彰されるって時に、問題起こされたくないってところだろう。

だったらすでに動いているんだろうし、その内調べもつくだろうから、この場でウォルドに対するスタンスは伝えておこう。

「ウォルドが、僕の所に回されただけで左遷《させん》扱いなのは知ってる。宮殿での周囲との交流も途切れてしまったようだし、僕の風評と相まって何を言っても信用されない状態だ。だったら、別にいいかと思ってるよ」

「うっわ……俺スクウォーズ財務官が可哀想になりましたよ………」

レーヴァンが引くけど、当のウォルドは鳩《はと》が豆鉄砲食らったような顔をしている。ちなみにそんな状況を調べたのはセフィラだ。ついでに先日の錬金術の様子を見る時に、遅れた理由も探ってみた。

どうやら財務部に所属はしているため、ウォルドは実質窓際扱いで周囲の目は冷たいらしい。ここ数カ月そんな状態だったのが、どうも下に見て絡む人も出てきているそうだ。セフィラは確認した様子を一言一句漏らさず僕に伝えるので、まぁ、すごく肩身の狭い様子を図らずも知ってしまった。

ウォルドは外見がダークエルフかと思うくらい、エルフの特徴を持った人間とのハーフだ。そしてエルフは風属性の魔法が使える種族。

どうやらウォルドは見た目で魔法が使えないことを笑われている。人間は魔法を使えない者も多く、全属性に適性があると言っても、魔法を使えるかどうかは個人の素養に左右されるというのに。

左遷扱いでも真面目に仕事をしても、外見の特徴を貶《けな》され、大した仕事もしてないと僕の所に来るのを妨害されて遅くなったんだとか。

僕が状況を知っていたことに目を瞠《みは》っていたウォルドは、口を引き結んだまま俯いてしまう。現状をどうするかはウォルド自身の判断だ。けど、僕としても噂を鵜呑《うの》みにして態度を変えるようなことのない、その真面目さには報いたい気持ちはある。

「ウォルド、一年は辞職しないで。そうじゃないと退職金出せないし。あと財務のやり方教えてくれるなら別で家庭教師代出すから、いっそ純粋にお金を稼ぐ場所だと思って割り切ってほしい」

「そんなの覚えてどうするんです？　帝室追い出される前提で官吏《かんり》目指すんで？」

何げない風を装ってるけど、レーヴァンは警戒してるようだ。疑われても特に下心なんてないんだけどね。

「しないよ。出て行く時は出て行く。けど、それまではまだいるんだから、今後また財務関係で問題抱え込むことしたくないんだ」

ウォルドは顔を上げて何度か口を動かすけど、言葉が出ないようだ。完全に混乱してる。まぁ、僕が見た目どおりの子供だと思って接してたしね。こんな踏み込んだ話題も今までしてなかったし。

様子を見ていると、ウォルドは一度唾を飲み込んで一つの疑問を投げかけて来た。

「な、何故、是正しないのです」

ウォルドの目は何処までも真剣で、レーヴァンのような探る様子はない。心の底から現状を是正すべきだと思って言っている。

「帝位に興味がないからだよ」

はっきり告げると、ウォルドは口をぽかんと開けた。けれどレーヴァンも含めて、もっと小さい頃から僕を見てるウェアレル、ヘルコフ、イクトたちは驚きもしない。

「何より、僕が無理に立つよりテリーが立ったほうがスムーズにことは運ぶ。それは帝国や国民にとっては良いことだ。自己満足のために他人を不幸にしようとは思わない」

僕の答えを聞いて、ウォルドがまた困惑した様子で目が泳ぎ始めた。

「僕のことは伯爵家生まれの皇子ということだけ覚えていればいいよ。その伯爵家の後ろ盾もなくなったけどね。だから難しく考えず、仕事相手とだけ思って今までどおりでいいから。定時に来て、定時に帰って、歳費の運用と記録をきちんとしてくれれば悪いようにはしない」

　言い聞かせるんだけど、ウォルドはまともに返答もできず、結局その日はレーヴァンの追い出しと共にウォルドにも帰ってもらった。歳費についての詳しい話を聞きたいからもう一度呼ぶことは伝えたし、次はもう少し落ち着いて話せるといいな。

＊＊＊

　十歳になってから、環境が好転した。その上で、僕は結構やることがある。

　その一つに、邪魔されることも妨害されることもなくなった父との面会があった。おめかしをして上の階へ移動し、父と会う気軽な親子の触れ合いは昔から楽しみにしてるし、決して嫌なことではない。

　ただここのところ、この面会は妙な緊張感漂うお茶会へと変わってしまっている。それというのも、父の見慣れた側近、おかっぱのせいだ。

「今日ご用意した茶葉は、ヘリオガバール竜王国から贈呈された最高級のマッサになります」

　そう言っておかっぱが出すのは、見るからにお高そうなカップとソーサー。白磁に深い緑色で模様がつけられ、金色の縁取りがされてる。テーブルを挟んで向かい合う僕と父の前で、カップの中からは白い湯気が上がっていた。

　僕と父はじっと紅茶を見つめて動けなくなっている。何故なら、関係改善してこういうふうにお茶が出るのは初めてじゃない。

もはやこれ、おかっぱの新手の意地悪じゃないだろうか。だって、僕と父に対する教養を品定めする試練でしかないんだから。

僕はじっと見つめる紅茶に、普段との違いを一つ見つけた。

「…………色が、綺麗だと思います」

「あ、あぁ、そう言えば濃いな」

僕の感想に父も気づいて応じるので、互いに目を見交わして間違いないことを確かめた。そして二人でおかっぱを窺うと、無表情で駄目出しがないことから正解だとわかる。

僕の正解に父は覚悟を決めてカップを手に取った。

「マッサは…………ヘリオガバールの平地、地名、だったな」

飲む直前に思い出したらしく、父が呟くように言うと、これもおかっぱが頷くので正解だ。つまりこの紅茶は、竜人が住む地域で最大の王国から贈られたブランド紅茶。土地の名前がついてるということは特産品なんだろう。

(あ…………これ、わからないと恥かくやつだな)

竜人の国にはお茶の時間がある。そのことは竜人のハーフであるモリーも、言っていた。お茶の時間もブランド紅茶の名前も初耳な時点で、僕の教養の度合いなんてたかが知れてる。けどその上で、モリーに出してもらったお茶と比べると、きっとこの紅茶はさらに上のいいもののはずだ。

そんな高級品には触れて来ず育った僕が聞いても、ピンとこないし知らない。さらに言えば、父も伯爵家三男でこうした教養は不得手なためピンと来ていない。

けど、皇帝と皇子を名乗る二人がそれじゃ駄目なんだよね。

だからこの面会で出されるようになった嗜好品は、何かしら宮殿での常識を踏まえた高級品になった。知らないなんて言えないし、言っても恥をかくだけ。不正解を出すと、おかっぱも知っていて当たり前だと口を酸っぱくして駄目出しをしてくる。

つまりは僕たちの交流を邪魔したい側からすると、知らないとは言えないこの試練は、いいように面会の時間をロスさせる悪辣な手でしかない。

(まぁ、僕の利になる部分のあるやり方に変えたのは、軟化ではあるんだろうけど。あとは父が知らないって他にばれないようにとか、皇帝が恥かかないようにっていう配慮かも)

そんなことを思いながら、僕もカップを手に取り慎重に匂いを嗅ぐ。うん、紅茶ってことしかわからない。モリーの所で飲んだお茶とは、匂いも違う。

口にしなければこれ以上の情報も得られないし、僕は意を決して紅茶を飲む。

舌に広がるのは酸味?　いや、苦味かな。あと渋味が残るな、これ。飲んだ後の匂いは香ばしい?

今までに飲んだことある紅茶と違って、甘い感じはない。やっぱり渋くて口がもにょもにょする。

たぶん僕は、モリーのお茶を飲んだヘルコフやその甥みたいなことをしてたんだろう。

「どうした、アーシャ?」

口を動かして渋い顔をしてるだろう僕の様子に、父が時間稼ぎも兼ねて聞いて来た。不味いとも言えないため、僕も考える時間を稼ごうと話に乗る。

黙って考え込むのは、社交的にアウトらしいからそこも駄目出しになるんだよね。

「僕としては……これ、えっと…………ミルクと蜂蜜を入れて飲みたいです」

「何故？」

父と話してるのに、なんでそこで突っ込んでくるかな、おかっぱ。嫌がらせ？　やっぱりこれって基本嫌がらせの類？

かと言って素直に帝都行った時に、渋いお茶に対して甘くするって聞いたから、なんて言えないし。

けどこれ、答え間違えたら容赦なく駄目出しされる雰囲気だ。察した父も、話を振ったことで発生した試練のため、フォローしようと必死に考えてくれてる。

「何故ですか？」

けどおかっぱの催促のほうが早い。仕方なく、僕は子供舌はしょうがないんだと自分に言い訳しつつ、思ったままを答えた。

「渋味が強いので、僕には飲みにくい、から」

おかっぱは黙って僕をじっと見据える。後ろにドラムロールの音が聞こえそうな、重い沈黙がたっぷり室内を満たした。

そして長すぎる沈黙の後、ようやく口を開いて曰く。

「そのとおりです。こちらはコクが深いためミルクティーにすることを推奨される茶葉となります」

うわ、良かった！　合ってた！　っていうか、美味しくない状態で出してたの？

おかっぱはすでに用意していたらしいミルクとハチミツを出すと、その上で飲みかけは廃棄する。

待っていると、新たに淹れてミルクティーにして出してきた。

うん、これは飲んだらわかる。お高くて美味しいお紅茶だ！

「全然違うな。いっそ飲みにくいと思っていた味のお蔭で、茶葉の良さが引き立つくらいだ」

「ミルクやハチミツに負けないいんですね」

僕と父は気が抜けて、ミルクティーを楽しむ。そうしてしっかりお茶を飲んで、ようやく今日のお話だ。

けど、竜人の国からの献上品はいい話の糸口だ。本当にこの試練は時間をかけさせられる。

「そう言えば先日、ヘルコフに軍時代の話を聞いたんです。竜人が入ると、お茶の時間を減らすよう説得しなければいけないと」

「あぁ、あったなそんなことが。徴兵のあった国から来た竜人が、軍でも一日五回の茶の時間は保証されていたとごねていた」

苦笑いを浮かべる父は、手元のミルクティーを見つめる。きっとそれで一日五回飲むのも悪くないとか思ってそうだけど、モリーの様子を見るにたぶん違う。

僕が飲んだのは食前のお茶だと言っていた。食前や食後にもお茶を飲む前提で、さらに別に小休止でもお茶を飲む。最低五回。甘ぁいお菓子込みで。

僕としては遠慮したい風習だ。

「それで、その竜人は帝都で店を開いているそうなのですが、先日ヘルコフが会いに行った時、困ったことになっていたそうです」

「商売ごとは時勢の運が必要だというしな」

「いえ、犯罪者ギルドというものに絡まれた、と」

父は口を閉じるけど、目には納得の色。おかっぱも犯罪者ギルドが何かわかっていて、なんの話をしているんだと言わんばかりに胡乱《うろん》な目を向けて来る。

あらぬ疑いをかけられる前に、僕は聞きたい内容を父に確認した。

「取り締まることはできないのでしょうか？　ヘルコフが助けたために怪我人はいなかったそうですが、乱暴をされかけたとか。何処かへ訴えて、解決はできないものですか？」

だいぶぼかして伝えると、父は難しい顔になる。

「解決を図るならまず、被害に遭った者が訴え出るところからだがな」

それが難しいのが犯罪者ギルドのやり口なのは聞いた。それに所属するギルドに持ちかけても、相手が逃げてしまうことがあるとも。

父から聞きだしたところによると、どうやらこの世界、警察組織はないらしい。あっても自警団で権力は弱いし、現行犯じゃないと捕まえられない。じゃあ、犯罪はどうするのか？　犯罪が起きた区画や、所属組織の職権で捕まえるそうだ。

それが治安維持の警邏《けいら》隊や街の衛兵で、犯罪捜査が専門ではないらしい。

「つまり、とある地区で盗みをした者が、隣の地区に逃げ込むと、捕まえられない？」

「そこまで厳格ではない。ただ、厳格ではないからこそ現場の判断で捕まえないこともある。捕まえたとしても、突き出した隣の地区では罪を裁定しないこともある」

よほど大きな犯罪でない限り、帝都全体で犯人捜しなんてしない。そしてそれほど大がかりになると、今度は軍が出て来るんだとか。

そのため、結構被害者が独自に犯人を捜して私刑にすることも容認されている。そしてその私刑さえさせないのが、犯罪者ギルド。私刑をしたところで、組織立って報復をされて被害が広がるばかりらしい。

「そもそも、犯罪者ギルドは一枚岩ではない。始まりは確か、四つの犯罪組織、だったか？」

思い出しつつ語る父に、おかっぱが応じる。

「元は自ら耕す農地を守る、自警団に端を発する者どもであったかと。地方の自警団が自ら領主と交渉を持ち、武装化、巨大化していった者たちです」

どうやら犯罪者ギルドという物騒な組織は、帝都で生まれた。けれどその大本となる犯罪者組織は、地方で犯罪になる荒事を恐れず、自らの利益を守る民から発したという。

「犯罪者ギルドの資金は罪を犯した者の上納金もあるが、年月を経て本拠地となる地元で得た確固たる足場のお蔭もある。帝都でのみ規制を強めたところで、場所を移すだけらしい」

どうやら父も対処を考えたことがあるようだ。けれど沈んだ声からして、取り締まりは却下されたんだろう。そして今も解決方法が浮かばない。

「始まりはカルテルのようなものだと聞きました」

「そう、確か四つの犯罪者組織が帝都に進出し、集まって潰し合いや抜け駆け禁止の契約を作ったのが始まりらしい」

それぞれ違う地方、違う国で生まれた組織が、一番大きな稼ぎ場として帝都に集まったと。モリーの話を考え合わせると、その傘下に入る悪い人たちも増えて、今は国でも対処が難しい規模になっている。

「もしかして、帝都から追い出しても――」

なんて言えば合ってるのかわからなくて、僕は手を広げ、また縮める仕草をしてみせた。すると父は深く頷く。

「本拠地に戻って、いずれまた追い出されない力を得て戻ってくるだけだろう」

面倒臭いな、犯罪者ギルド。追い出しても本拠地があれば潰しきれないし、帝都をただ追い出すだけではすぐに戻ってくる。

（つまり、帝都から追い出して安全を確保するにも、すぐに戻ってこようとか思わないダメージを負わせなきゃいけないわけか）

（皇帝が追い出しさえも踏み切れない状況から、貴族内部に犯罪者ギルドに有用性を見出す者があると推測）

僕の思考に混じり込んで来たセフィラの言うとおりだ。ただ害があるだけならギルドなんて呼ばれる組織になってない。つまり、益を受ける何者かが政治側にいるわけだ。

（誰かわかれば追い落としに使えるんだろうけど）

（過去、宮殿内部において犯罪者ギルドという言葉を口にした者はいません）

行動範囲と会う人が限定されてる僕なら、知らなくても不思議はない。けど宮殿を徘徊するセフィラでも知らないなら、さすがに宮殿でそんな話をする人はいないんだろう。

「犯罪者ギルドは金になることと、相手の優位を取ることに積極的だ。争う者があれば、金次第で雇われる。もしくは争う両者を叩き潰して自らの優位を確立する」

セフィラと話してる内に、父は犯罪者ギルドの危険性を語っていた。

だから住民のほうでも、軽犯罪や平民同士の問題は私刑か当事者間で解決したいという考えがあるらしい。役人を入れれば話が大きくなり、犯罪者ギルドからも金次第で介入してやると売り込んでくるんだとか。

私刑を民のほうが求める理由があるのはわかった。ただ自分や家族は自分が守るという強い意思はいいけど、それはそれで乱暴な気がする。

「もちろん行政側の不備もある。犯人を捕まえて、罪状を調べて、裁判所に送って、その間の衣食住は賄って、逃げ出さないように人を配置してと。今以上に捕り方を増やすのは、金銭と人材の問題であまり現実的ではないのだ」

役所的には、殺人も泥棒も詐欺も密輸も場所が同じなら同じところが担うらしい。それは確かに手続きだとか管理が煩雑になりそうだ。規模によっては人員も足りなくなるだろう。

と言うか、犯罪に対するノウハウとかどうなってるんだろう？　対策とか立てられる余裕なくない？　だから検挙率低くて、私刑が横行してるんじゃない？

「こほん、もちろん国として犯罪抑止の対策はしております」

おかっぱが父の言葉をフォローするように言って来た。軍人として対処した記憶でもあるのか、父は問題点を挙げる。だからこそ、何もしてないと思われないようにと言ったところだろう。

おかっぱ曰く、地区ごとに衛兵は配置されており、その衛兵へと住民は助けを求めることもあれば、衛兵が見つければすぐさま犯罪に対処する権限を持つ。放火や殺人と言った重犯罪を防止するためにも、定期的に巡回任務が課された警邏隊もいるんだとか。

「まぁ、そのせいで衛兵同士で縄張り意識ができて、隣の地区だと放置することもあるんだが」

「陛下………」

帝都に住んで実際のところを知っている父のひと言で、おかっぱのフォローが形なしとなった。

それでもこの話をあまり深めたくない雰囲気が漂う。

問題はある、けどまだ父が手を入れるには早すぎる。そんなところだろう。おかっぱなりに父の地位を思ってのことだ。

だったら僕も不必要に危ない橋を渡らせるつもりもない。

相手が組織なら、打倒が必要になった時、頼らなければならないのは組織の力だ。ここで父が先走って味方がまとまらないような悪手はさせたくない。

「大変勉強になりました。僕もまだまだ知らないことが多いようです。改めて学びたいと思います」

「そうか？　ふむ、そう考えるのか。やはりアーシャは勤勉だな」

僕の反応が予想外だったらしく父は驚いたようだ。

「……私は、父親として教えられることが少なすぎないか………？」

何やら変な方向に落ち込みだした。これは別の話に移ったほうがよさそうだ。

「でしたら陛下、テリーのこのところの様子を、教えていただけませんか？」

「テリーがどうかしたか？　私から見ても普通だし、ラミニアからも特に変化があったとは聞いていないが」

自分の落ち込みを横において、すぐに父は応じてくれた。そしてテリーの母親である妃殿下も異変を報告はしていない、か。

そうなるとやっぱり、僕だからってことになる。

「先日、左翼棟に来た時には、考え込んだまま帰っていきまして。そのこと以外にも、僕と会う時に人見知りのようになることが気になっています」

「あぁ、あれか。あれは——いや、慣れの問題だろう」

父は笑みを浮かべて何か言おうとしたのを止める。その上で、気にしすぎるなと言葉を続けた。

「嫌われてはいないのは見ていてわかるから安心するといい。テリーにも悪意はないのだ」

「それは、はい。ただ、やはり陛下から見ても僕がきっかけでテリーの様子が違うことは確かなようですね」

「いや、悪く取るな。テリーもアーシャが来る前日は、双子と一緒になって夜更かししてしまうくらい楽しみにしているんだ」

え………なにそれ、可愛い！　初耳なんですけど！

容易く喜ぶ僕に、父は優しく微笑みかける。

「時間が解決するさ。お互いに嫌い合っていないし、何より興味を持って歩み寄ろうとしている。

悪いことにはならない」

まるでそうしない兄弟を知っているような、いや、これは父の実体験か。全てを反対にすれば、嫌い合っていて、興味もなく、歩み寄ることもなかった兄弟。それが十年前まで父が家族だと思っていた人たちへの感想。僕を任せろと言われて、結局は口だけだったニスタフ伯爵家のことだ。嫌われてなかった、興味があった、歩み寄ってくれたと思わされていた父からすれば、酷い裏切りだろう。

僕は決して、テリーたちにそんな思いはさせたくない。だからと言って、今の状態を無理に変えようとするのも違う気がする。

だって、まず血の繋がった兄弟ではあるけど、一緒に育ってはいないんだよね。正直まだまだ会わずにいた時間のほうが長い。それでいきなりお兄ちゃんだよ！　なんて迫っても、テリーが余計に逃げる未来しか見えないや。

「………うーん」

「何か茶に不備が？」

悩んでたら声が漏れてた。ちょうどミルクティーのおかわりをもらってたせいで、おかっぱがすぐさま反応した。

「お茶は美味しいよ。ただ、普通の兄弟ってどんなものかと思って――あ」

僕は気づいておかっぱを見る。

この世界、少子化してないから兄弟がいることが当たり前だ。つまりおかっぱも誰かしら兄弟がいるはずじゃない？

そんな僕の視線に気づいた父は、どうやら僕がテリーのことを考えていたことを察していたらしい。すぐにおかっぱへと話題を振る。

「そう言えばヴァオラスは伯爵家の六男だったな。兄に気兼ねなどあったか？　兄弟仲は？」

父がおかっぱに忌憚《きたん》なく問いかけた。けど僕はもっと気になることが他にある。

「兄弟、多くないですか？」

「そうか？　ニスタフ伯爵家も五男までいるし、後妻を迎えて六十にして子を成す者もいる。特別多いわけではないぞ」

父的には不思議ではないようだ。と言うか、三男だから長男と次男がいるのはいいとして、弟が二人いたんだぁ。本当にニスタフ伯爵家とは何の関わりもなかったから、家族構成さえ知らないいんだよね。自分に名目上の叔父や叔母がどれくらいいるかも知らないや。

それに考えてみれば、三十代の父が六十まで子作りしたら確かに後二人くらい男の子増えるだろう。ただし、父が六十まで子供を作るとしたら、相手は肉体的なこともあり王妃以外でとなる。

そこはちょっと、考えたくないな。僕の母も産後の肥立ちが悪くて亡くなったというし、父に死別ばかり経験してほしくはない。

「おほん、私の兄弟仲よりも第二皇子殿下でございましょう」

おかっぱが話を変えるとは…………さては兄弟仲そんなに良くないいな？

僕が探りを入れる前に、おかっぱがさらに続ける。

「対応がぎこちない程度で、第一皇子殿下が悪影響ということもないので良いのでは？　少々のぎこちなさがあるのは致し方ないこと。それよりも勉学に熱心になられたことを良いこととして注目すべきでしょう」

おかっぱ曰く、テリーは僕を兄として交流し始めてから、勉強や武芸に力を入れているそうだ。今まで一番上扱いだったのが、さらに上ができて明確な目標になったのではないかと言う。

けどそれはいいことなのかな？

「僕、大したことしてないけど目標になれるの？　教育も半端だし、たぶん数年で追い抜かれるよ」

「そうご自身で自覚されている時点で、物事の理非がわかっているという優位です。それを見せつけられれば、嫡男としては奮起せざるを得ないかと」

おかっぱから見て、僕はどうやら弟の意欲向上に寄与していたらしい。なんだか上手く話題を逸らされた気がするけど、悪い気はしない。

そして父は自分よりもおかっぱのほうがテリーに詳しくて、また落ち込むことになったのだった。

三章　姫君と政略

昼に宮殿を抜け出し、僕は帝都へと繰り出す。目的は、試作品の蒸留器の使い心地を報告することだけ。試作品はそのまま好きにしていいと言われているので、荷物もない。

そのため明るい内に出て、明るい内に戻るのが今日の予定だった。

「なんだか、向こうが騒がしいね？」

僕は目深に被っていたフードの縁を上げて、周囲を改めて見る。帰るために宮殿へ向かう、帝都の道すがら。まばらにいる他の人たちも、沸くような声に大通りのほうを窺っていた。

「ルキウサリア王家の馬車でしょう。見物人が集まって騒いでいるんじゃないですかね」

ヘルコフの言葉に僕は首を傾げる。

「それ、僕たちが出た時すでに迎える準備してたはずだよね？」

二時間は経ってるのに、まだ帝都入りしてから宮殿に辿り着いてないの？　何か問題でも起きたのかな？　ディオラも一緒に来てるはずだし、大丈夫だといいんだけど。

僕が不安を覚えると、ヘルコフが手を引く。

「今ここで歓迎の声が聞こえたってことは、馬車は歓迎受けること前提で相当遅く進めてるはずですし、道なりに進んでるんでしょう」

「道なりって、もしかして旧道を進んでるってこと？」

この帝都は時と共に広がった都市だ。今でこそ街と宮殿は一体となって帝都だけど、昔の絵画なんかには、帝都と宮殿の間に空き地が描かれている。

宮殿も増改築がすごいけど、帝都も時と共に形を変えていた。つまり旧道とは、今では遠回りにしかならない昔の大通り。扇状に街が広がったせいで、昔の帝都を貫く形の旧道を馬車で行くと、帝都をひと回りして宮殿へ向かう形になる。

「表彰されるために来てるんで、王族として目立つのも仕事の内なんでしょう」

そう言いながら、ヘルコフは僕を旧道へと連れて行った。するとちょうど宮殿へ先導する、近衛の騎兵隊が通り過ぎるところ。その後に続くのはルキウサリアの近衛隊、騎士、たぶんルキウサリアでも高位の貴族の軍人。そして、王族が乗る馬車が現れた。

辺りには歓呼の声がひときわ高く上がり、ひと目見ようと詰めかけた帝都の住人が手と一緒にハンカチや帽子を振り上げて歓迎する。

ヘルコフが人の頭の向こうからも見えるように持ち上げようとしてくれたけど、僕は辞退した。あまりにも、違う世界のようで気が引ける。

「戻ろう、ヘルコフ。同じ頃に着いちゃうと、下手したら宮殿の門で止められそうだ」

「まぁ、確かに。余計な気を回しちまったみたいで――」

「ううん、見られて良かったよ。ディオラがこれだけ喜ばれることの助力をしたんだと思うと、僕も友人として誇らしい」

ただちょっと、やっぱり注目度が高すぎるなって、現実を見ただけだ。

もちろんそれで落ち込むほど、僕も純粋な子供じゃない。ストラテーグ侯爵を間に挟んでおいて良かったなとか、これで僕のほうから会おうとしても以前みたいに邪魔されて終わるだけだったなとか。

いっそ、面倒ごとはストラテーグ侯爵に丸投げする方向で上手く使えないかなってね。

そんなことを考えながら、僕はヘルコフと帝都の生活道路を徒歩で真っ直ぐ進んだ。発展して使いづらくなった旧道もあれば、歩く分には通り抜けられる道もある。

皇子として振る舞っていたら絶対知ることのなかった抜け道を通って、僕は一直線に宮殿へと帰った。

＊＊＊

帝都にルキウサリア王国御一行がやって来た。

理由は魔力を回復できる希少薬剤の、原料となる薬草を人工栽培する技術を確立したためだ。帝国でもその功績を表彰し、内外に報せるらしい。ルキウサリア王国は主要国に数えられるから、帝国でもこういう特別扱いがされるんだって。

そうでなくても抗生剤なんてないこの世界だ。薬の安定供給は大いに称賛されてしかるべき功績なんだと思う。

「兄さまね、兄上にごめんなさいって」

「兄上に会えないの、兄さま悲しんでたよ」

僕はルキウサリア王国御一行が宮殿に入った翌日、妃殿下のサロンで双子の弟たちにそう言われた。

「ルキウサリア国王が入城して忙しい時だからしょうがないよ。妃殿下も、お時間いただきありがとうございます」

「もともとの予定ですもの、アーシャ。本当はテリーも時間を空けるつもりだったのだけれど……………」

今日の面会にテリーがいないのは、家庭教師に補習授業を言いつけられたからだ。別にテリーの覚えが悪いなんてことはなく、他国の王族がいる状況で粗相をしないようにと、より良くなるよう特別授業が組まれたんだとか。

正直会いたかったんだけど、ルキウサリア王国御一行への対応で、今日は父もいない。兄として、ここは弟の成長のために堪えるべきだ。

何より弟のワーネルとフェルは、笑顔で僕に会いに来てくれてる。

「兄さまね、マナーばっかりで魔法の授業もなくなったの」

「歴史もルキウサリア王国ばっかりで剣術もしないんだよ」

うん、耐える必要ないな。今日も元気に双子がお喋りしてくれるのが普通に嬉しい。

けれど妃殿下はそうでもないみたいだ。まぁ、僕がディオラと文通してることは知ってる人は知っているし。そんな友人が来たのに、僕は公に会うことを許されない。優しい妃殿下はそれを負い目に感じているようだ。

ただ僕が表に出れば、ルキウサリア王国と姻戚であるユーラシオン公爵がうるさいことは簡単に想像がつく。そしてそれに対処することになるのは、名ばかり皇子の僕じゃなく皇帝である父になる。大事な場で、僕の存在が邪魔になるようなことにはなってほしくない。

「妃殿下、ルキウサリア王国の功績を讃《たた》える宴《うたげ》は、どのような準備をされているのかお聞きしてもいいですか？　僕も六歳の頃に初めて参加させていただいた時には、ルキウサリア王国の方々を招いた集まりでしたので、思い出深いです」

「――あの時は、ごめんなさい」

おっとしまった。話題選びを間違えたみたいだ。

そう言えばあの時、僕は貴族に絡まれたんだった。そして妃殿下とは数えるほどしか顔も合わせていなかったから、無視されるような形で同じ会場にいたんだ。

「謝るなら僕です。あの時、抜け出して勝手に帰ってしまったんですから」

「兄上、そんなことしたの？」

「兄上、怒られなかったの？」

「怒られはしなかったけど、駄目なことをしたのは確かだから反省してるんだよ。ワーネルとフェルは、僕みたいに悪いことをしちゃ駄目だからね。……何かあったら、妃殿下にお知らせに行って、正しい対処を教えてもらったほうがずっといいよ」

ワーネルとフェルは顔を見合わせると、僕ではなく妃殿下を見る。俯きがちだった妃殿下は、僕たちの視線に気づいて顔をあげると、困ったように微笑んだ。

「あの時、気づけたはずなのに――いいえ、これからは私も正しい対処ができるよう、心がけましょう。だから、あなたも困ったことがあれば私に知らせてちょうだい、アーシャ」

「はい、その時には」

「僕も！　兄上、困ったら僕も教えて！」

ワーネルが手を挙げて訴えると、出遅れたフェルは僕の袖を掴んで訴え始める。

「僕もぉ………」

本当にもう、可愛いなぁ。

あぁ、これでテリーがいたらなんて言ってくれたんだろう。いや、もしかしたらまた察して悩んじゃうかな？　うーん、弟が賢いのは嬉しいけど僕のことで悩ませたいわけじゃないんだよね。

テリーは今回のルキウサリア王国御一行の訪問に合わせて、初の公式行事参加をする。だから普段よりもマナーの授業に力を入れられるし、歴史もルキウサリア関連ばかりになっているんだろう。僕も通った道だ。

考えていると、またフェルに袖を引かれる。笑顔で目を向ければ、純粋で好奇心に満ちた目が僕を見あげていた。

「兄上、ルキウサリアって言うと嬉しそう、なんで？」

うぐ、す、鋭い。

そんなフェルの指摘に、妃殿下も途端に目元が和む。

「アーシャは、ルキウサリアの姫君とお友達なのですよ。文通で交流を持っているのです」

「文通？」

「お手紙のことだよ、ワーネル」

まだ聞き慣れない単語を補足すると、途端にワーネルの目も好奇心に輝く。

「お手紙何書くの？　兄上、どんな話するの？」

「大したことは――」

答えようとして浮かぶ、レーヴァンの顔。いつもディオラとの文通内容をチェックしては、色気がない、お勉強の話ばかりと腐《くさ》してくる。別にそれでいいと思ってたけど、なんか改めて他人に言うとなると、だいぶ、その、友人同士としても味気ないやりとりすぎない？

「……日常的な、ことを………あとは、勉強の話、かな」

最初の頃はお互いの日常や面白い話をよくしてたけど、文通四年目になると大部分が送られてきた論文の考察とか、ルキウサリアで行われてる学問の話とかそんな感じだ。

もちろん近況も入れるけど、今では挨拶代わりの短いものになっている。

「まぁ、アーシャとお勉強の話ができるなんて、やはりルキウサリア王家の才媛という評価に偽りはないのですね。アーシャ、良ければ私もディオラ姫について聞きたいわ」

妃殿下からすれば、六歳時点で迷子になった王女のイメージが強いのかもしれない。それと同時に招待客の一人でもあるので、ホスト側としておもてなしのためにも情報を補強しておきたいのかも。

もちろん僕に否《いな》やはない。思えばこうして妃殿下と友人について話す機会もなかった。話したいことはいくらでもある。

僕は楽しく、素敵な友人の自慢話を披露したのだった。

＊＊＊

ルキウサリア王国から王族がやって来て三日目。

今日はテリーの初公式行事参加と、ルキウサリア王国を表彰する式典がある。その後には祝賀会というちょっとしたパーティが本館で開かれるそうだ。

なんで知ってるかっていうと、庭園に面した部屋を使うから庭師に近づかないよう厳命が下された。それが僕にも聞こえたんだ。

宮殿の左翼棟には見張りよろしく人が配置されてるから、当日ただの散歩と称して出ようとしても、止められるパターンになっていたことだろう。相変わらず僕は宮殿の端で関わらないようにされ続けている。

もちろんそんな他人の思惑なんて、害がなければどうでもいい。

「うーん、どれを着て行くべきか」

僕は今、衣装部屋から出した服を前に悩んでいた。

場所は金の間にある寝室で、無駄に大きな寝台の前。寝台の上に並べた服は、白を基調にした黒のツートン、白が基調は同じだけど金縁、濃い青のコート型、薄い青のジャケット型、黄色の布地を白い刺繍が覆っている物など。普段着よりもずっと華やかな礼服だった。

もちろん着て行くことになったから悩んでいる。明日、ストラテーグ侯爵のお膳立てでディオラと会うからだ。

初対面シャツ一枚だったストラテーグ侯爵相手におめかしなんて考えない。文通を続けていても会うのは数年ぶりのディオラを意識した結果、難問に直面してしまっている。

流行の服装なんて知らないから、誕生月にもらった礼服から選ぶことにしたんだけど。選択肢が多いのも困ったものだ。

「ストラテーグ侯爵も同席の上での茶会ですから、やはり格式を重んじてツートンでどうでしょう？」

悩む僕に、イクトが無難なところを勧める。白で柔らかめな印象だけど、黒い襟やベストで引き締まって見える感じだ。

「お姫さまに会うには、ちと硬すぎやしないか？　殿下、案外黄色似合ってたじゃないですか。あっちのが洒落《しゃれ》てると思いますよ」

ヘルコフは今までの僕の服のレパートリーになかった色を勧めた。これは妃殿下から贈られた物で、父が誕生月に服を贈る習慣を知って、一緒に選んでくれたもの。

父が選んであつらえてくれてた礼服は、青や赤、黒が多い印象だった。けれど妃殿下は黄色やピンクという、華やかだけど僕だったら選ばない色使いを選んでいる。しかも決して似合わない物は贈らないセンスの良さ。

マリー・アントワネットの例にあるように、王妃は時流を作るファッションリーダーでもあるからだろう。父のセンス嫌いじゃないけど、妃殿下はさすがとしか言いようがない。

「以前お会いされた時と近い服装でもいいのでは？　懐かしむ話題の種にできるかと思いますよ」

ウェアレルおすすめは、青系統。ディオラと初めて会った時は、青い礼服に黒く髪を染めていたはずだ。確かに話の種にできるのは役立つかもしれない。

そうなると選択肢は二つ。シルエットがシャープな濃い青色のコートか、草花を思わせる曲線の刺繍が華やかな薄い青色のジャケットか。

見事に父が選んだものと妃殿下が選んだものの二択。うーん、これ僕の好み的には濃い青のコートだな。

転生して十歳まで育ったとは言え、前世の美的センスがなくなったわけじゃない。それで言うとこの世界の宮廷服って、僕からすると派手すぎる。だからシャープで飾りっ気の少ないコートは、まだ前世でも着られそうだなって思うデザインをしている。

ただ問題は、これ、おじさん臭かったらどうしようってことだ。十歳の女の子に会うのにおじさん臭いと思われるのは、それはちょっと、いやかなり、ダメージだ。

「…………こっちにしようかな」

ここは妃殿下の美的センスを頼りにさせていただきます。

僕は薄い色の青いジャケットを選んだ。

以前から手紙で帝都への来訪が予告されていたし、会いたいとも言われてた。どうせなら僕も格好つけたいじゃないか。

「で、髪はどうしようかな」

僕は毎日髪を黒くしている。最初は白髪っぽい銀髪が嫌だったからだけど、今はもう黒髪は第一皇子ってイメージがついてるから、今さら変えるの面倒でそのまま続けてる。

あと、髪粉が何でできてるか調べてみたり、粒子細かくしてもっと髪にむらがないようにしたりと、実験的に手を加えて使ってるんだよね。錬金術とまではいかないけど、改良版のお試し的な側面もあった。

「黒髪にしておこうかな。今さら元の髪色で騒がれても面倒だし」

言いながら、僕はベッドサイドに置いてある呼び鈴を一つ振る。ほどなく赤の間の扉が開く音がして、足音が近づいた。

「お呼びでございましょうか」

「入って、ノマリオラ」

呼び出した侍女は相変わらず愛想笑いもないし、視線も合わない。寝台の上に広げられた服を見ても一切の反応なしだ。元から視線をあげないせいで、たぶん寝起きの僕本来の髪色もよく見てはいないと思う。

ルカイオス公爵側のスパイなんだけど、どうせディオラと会うことは遅かれ早かれ知られる。だったら仕事のできる侍女をただ座らせておくのももったいない。

「明日お茶会に出ることになったから、この服の手入れをお願い」

化学繊維なんてないから、置いておくだけでも服は傷む。日常的に衣装部屋の管理も侍女であるノマリオラがしてくれてるけど、ほつれや汚れがないかを事前チェックしてもらおうと思ったんだ。

これは乳母のハーティがしてくれているのを見てたから思いついたこと。

「かしこまりました。――装飾品や靴の磨き上げはいかがいたしましょう?」

「あ、あぁ、衣装部屋に確かその服と揃いのものがあったはずだよ」

適当に身に着けて行く気だったよ。ハーティはそう言えば、一式選んで準備してくれてたな。装飾品から靴まで全部。

そうか、磨くことも事前準備か。覚えておこう。

「場所はわかる?」

「存じあげております」

まぁ、管理してくれてるのノマリオラだしね。その上で聞いたってことは、別の物使うかどうかってことだよね。本当、気が回る。

「香水はいかがいたしましょう」

ちょっとタイム。待って、え、香水?

僕が目を向けて助けを求めると、イクトが耳打ちしてくれる。

「服に香水を振りかけて、体臭予防するのではないかと」

なるほど、そう言えば前世で古典の授業をした時に、お香を焚いて衣に匂いをつけるってあったな。源氏物語だっけ? ともかく、そういうのは貴族的には当たり前のマナーっぽい。

「ハーティがどうしてたか知ってる?」

「いえ………」

う、うーん、僕も服の準備するとか手入れするって言ってるのを聞いただけで、実際何してたか知らないんだよね。けどノマリオラに言われて思い出したけど、たぶん香水は振ってたんだと思う。服からそういう匂いしてたことあるし。

前世だったら洗剤自体に匂いついてるから、わざわざ匂いつけるなんて考えなかったけど。ハーティは自分の持ち物使ってくれてたのかな？　だとしたらこれは困った。僕自身、香水なんて持ってない。

けどこんなことノマリオラに言うのも危険かもしれない。ちょっと鈍いふりをしたら、愚鈍だ鈍間だと誇大に言い立てて悪い噂が立つ場所だ。香水の一つも持ってないって事実から、どんな悪意ある話に発展させられるかわかったものじゃない。

何より、ルキウサリアのお姫さまに会うっていうのに、王侯貴族としての基本を押さえてないって失礼すぎる気がする。

この場だけ誤魔化すか、それとも何か代用………あ！

「ちょっと待ってて」

僕はノマリオラに言い置いて、急いでエメラルドの間に向かう。音もなくついて来ていたイクトは、僕が手にした瓶に目を瞠った。

「アーシャ殿下、それは――」

「他に代用できるものもないし、悪い匂いじゃないはずだから」

僕が手に取ったのは、蒸留器の試作品を使って作った薔薇の抽出エキス。翌日にまで匂いが残って大変だった代物だ。

これ、匂いが残ってた時にノマリオラが言ったんだよね。香水を零したのかって。

僕が匂い成分を抽出するのは、単純にやってみたいのもあるけど、ディンク酒の匂いつけで使えないかっていう試行も入っている。ただこれは使うとしても、もっと薄めないと口に入れるなんてできない。

きっと香水としてもそうだろう。だから僕は小瓶に移し替えた少量を持って、金の間に戻った。

「はい、これ。服に使えそうか確かめてくれる？」

無表情に受け取ったノマリオラは、小瓶を手にした瞬間に息を呑む。

「これは、なんて濃密な——。失礼いたしました、問題ございません。…………確かに承りました」

え、なんか一回僕を見たのは何？　まずかった？　…………それとも僕に薔薇似合わないって？

うん、そこは否定しない。けどそれくらいしか持ってないんだよ。

何を言いたかったのかは知らないけど、ノマリオラは衣装部屋から出した他の衣服の片付けも請け負って、まずは手入れをする服を赤の間に移動させるため部屋を出る。

「…………はぁ、僕全然駄目だな。皇子らしいってどうすればいいんだろう？」

「まずは財務官を呼びましょう、アーシャさま。今日明日はご予定があるので、その後に折を見て」

「俺らで考えるより、前の帝室関係者が歳費何に使ってたか改めて聞いたほうがいい気がします」

僕の家庭教師二人が、専門外であることを自覚してそう勧めて来たのだった。

＊＊＊

昼をすぎて、僕は庭園に出ていた。予想どおり散歩に出ることも、左翼棟周辺を見張る者にとやかく言われ。会場周辺は庭園側にも警備してる人間がいるから、仕事の邪魔するなってことを回りくどく注意された。

「ちょっと庭園側からテリーの晴れ姿覗けないかと思ったけど、無理そうだね」

僕は庭園を宮殿から遠ざかるように歩きながら、宮中警護としてついてくるイクトに漏らした。

セフィラも一緒で、見通しの悪い庭園の中に配置された警備の人の場所も把握できてる。だからこそ、ちょっとした欲も早々に諦めがついた。

テリーの邪魔をしたいわけじゃないしね。ただ次に会う予定が十日以上先だから、ちょっと寂しいなって。

「…………アーシャ殿下、少々セフィラに確認していただけませんか」

珍しいイクトの申し出に、僕は足を止めて声に出さず応じる。

（セフィラ、イクトを手伝ってあげて）

（了解しました。――垣根の上にいる庭師を発見）

イクトの指示に従っただろうセフィラが、おかしなことを報告して来た。

「声が高い場所から聞こえる気がしたので確認をしてもらったのですが」

「イクトは耳もいいいんだね」

宮殿自体が高台にあるから、風が常に吹いている。そして植物がいくらでも植えられている庭園は、葉擦《はず》れが絶えることはない。

「聞き取ることはできませんが、動物の声と人の声は森で聞き間違わないよう身につけましたから」

かつて魔物専門の狩人をやっていたイクトならではの特技らしい。言葉を聞きとれはしないけど、人の声と聞きわけることはできる、か。

そう言えば前世でも、猟師が獣と人を見間違えて誤射とかあったな。狩人っていう職業が今も現役のこの世界じゃ、有用な技能なんだろう。

「梯子《はしご》使って垣根の高さを調整してるのかな？　場所はわかる？」

「こちらです」

今日は薔薇を入れるのに借りた背負い籠を返しに来てる。それを説明したのに左翼棟から出るのを渋られたのは、無駄な時間だったと思う。

僕が何をすると思ってるんだか。いや、あわよくばテリー見られないかなっていう下心はあったけど。それともいっそ、僕が庭園出ると事件が起こると思ってる？　まさかね。散歩も錬金術の素材集めも日常的にやってるんだし。

「あ！　第一皇子殿下！　あ、ちっす！」

「どうしたの、そんなに慌てて」

僕の姿に声を上げたのは、顔馴染みの庭師見習いくん。思い出したように頭を下げるけど、言葉が追いついてない。

また師匠の庭師にどやされるかと思ったけど、姿は見えなかった。

ってていうか、見習いくんは梯子を掴んで支えてるね。あ、上にいた。

「…………なんか、梯子に登ってる庭師がみんな、同じ方向見てる？」

「あちらは宮殿の方角ですね」

僕の呟きにイクトも応じる。その間に見習いくんが、梯子の上の庭師に僕の来訪を告げていた。

「これは失礼いたしました！」

「あ、いいよ。借りた籠を返しに来ただけだから。ところで、何かあった？」

短い会話の間に、他の庭師たちも梯子を下りて来る。全員が何か気がかりがありますと言わんばかりだ。

こういう表情はよく見る。だいたい僕の身分なんかを慮《おもんぱか》ってる時。思いやってるからこそ言いにくいって時の表情だ。

「あの、女の子が――」

「こら、やめねぇか」

見習いくんが言いかけるのを、庭師が止める。けど、ちょっと聞き捨てならない単語が出たよ。

「今この宮殿にいる、女の子って呼べる人は妹か賓客《ひんきゃく》しかいないはずなんだけど？」

基本的に裏表のない庭師たちは揃って、ばれたという顔をする。

もちろん赤ん坊のライアが庭園の見える範囲にいるわけがないから、そうなると限定一人だ。

「ディオラに何があったの？　僕、明日会う予定なんだ」

「そ、そうなんですか？　あれ、じゃあどうして今日は…………」

う、説明しにくいことに気づかれた。ディオラとは友人なんだけど、色々うるさいからなんて言ってもなぁ。気を使ってくれる庭師たちに悩みの種撒《ま》くのも気が引ける。

そう思ってたら、イクトが動いた。

素早く梯子を登ると、庭師たちが見ていた方向を確認して、すぐさま降りて来る。その動きは梯子を使い慣れている庭師たちと同じくらい迷いなく速い。

なのにちょっと考え込んでしまっている。これは絶対良くないことだ。

「イクト、ディオラで間違いないんだよね？　何処？」

「…………ご案内します」

「あ、第一皇子殿下、大丈夫っすか？」

イクトはセフィラがいることを知ってるから、諦めて案内に立つ。けれど見習いくんは心配そうに聞いて来た。

実際何が起こってるかわからないけど、ディオラが困ってる様子なら行かない理由はない。僕は笑顔を作って手を振る。

「僕が勝手に行くから、気にしないで。お仕事の邪魔してごめんね、あ、借りてた籠ありがとう」

「いえ、あの、困ってるみたいで、助けてあげてください」

「もちろん」

見習いくんは師匠にまた叩かれていたけど、僕は足を止めずに庭師たちから離れる。

「その様子じゃ、ディオラがまた迷子になったとかじゃないんでしょう？」

イクトについて行きながら、状況を確認する。

「私が見たのは、六人の貴族と思われる人物に囲まれるようにして立つディオラ姫でした」

「ストラテーグ侯爵かユーラシオン公爵は？」

「おりません。見える範囲に庭園に出ている者はおりませんでした」

「………急ごう」

囲まれるなんてイクトが言うからには、穏やかな様子じゃなかったんだろう。その上でディオラ側だろう大人は周囲にいない。

わかりやすく害すとは思えないけど、宮殿には面倒な思惑が渦巻いてる。変に言質を取られてもディオラが困るだけだ。だったら、いっそ僕が割って入れば面倒な公爵たちに睨まれるのを嫌って相手のほうから去ってくれる可能性が高い。

（セフィラ、先行して。情報収集と、ディオラに害がありそうな時には木々でも揺らして誰か来たように偽装して）

（了解しました）

セフィラは行かせたものの、僕は足を緩めずイクトについて行く。けれどイクトのほうが警戒するように速度を落とした。

「周辺に警備の者がいません。人払いをされているようです。どうか、私から離れないで」

「うん、わかった。僕がディオラを確保したら、その後は任せる」

警戒を強めたイクトは、たぶん諦めた。

以前ならきっと止めようとしてくれていたように思う。けど、迷子のテリー、ディオラ、フェルと見つけた時、僕は声をかけた。だから今回も僕が、やっぱりやめるなんてこと言わないのがわかったんだろう。

僕はイクトに続いて庭園を歩き、小さな池が作られた区画へとやって来た。池の中にも噴水が作られている一画で、池に注ぐ小さな滝もある。

そのせいで人の話し声は掻き消され、誰かが困っているなんて、垣根の上から様子を見られる庭師にしか気づかれないような場所だった。

「――ささやかな歓迎の気持ちですから」

「いえ、そんな………」

「あぁ、気持ちさえも疑われるとは、いったいルキウサリアは帝国をどのように教えているのか」

「隔意はございません。ですが――」

「ならば、ほんのひと時です。いらしてくださいますね?」

「で、できません。私、戻らないと……」

うわ、本当に絡まれて困ってる。

僕たちが近づくと、ディオラに絡む男二人女一人とは別に、一歩引いていた男三人がこちらを向く。胸板が厚くて肩幅も広い。きっといる理由は、前にモリーのところで見た悪徳商人の用心棒みたいなものなのだろう。

十歳の女の子相手に大人げがなさすぎる。懐柔しようとする人と、威圧する人まで揃えて、これは絶対碌《ろく》な目的じゃない。

しかもディオラも、不穏な気配を察して表情が強張っている。それでも必死に断るのに、相手が迫るばっかりで、いっそ怖がってしまっているようだ。

せっかく久しぶりに会えるっていうのに、どうしてこんな状況なんだか。ちょっと腹が立つぞ。

「ディオラ、久しぶり」

僕はこっちを威圧し始めた大人を無視して、イクトの陰から出ると、ディオラを見つめて声をかけた。

瞬間、弾かれたように僕を見たディオラは、滲むように頬に血色が差す。

「アーシャさま！　お久しぶりです」

「うん、予定外に会えるなんて思ってなかったよ」

言いながら、僕はディオラに向けて手を差し出す。すぐに察してくれたディオラは、意を決した顔でこちらに向かって走って来た。

僕らの存在に目が向いていた人たちは、今まで大人しかったディオラの行動に驚き反応が遅れる。

そうしている間に、僕は伸ばした手でディオラを掴み引き寄せた。

「大丈夫？」

「はい、はい……………」

声を潜めて尋ねると、ディオラも僕の手を握り返して絞り出すように返す。その間にイクトが僕らを隠すように立ちはだかってくれた。

どうやら絡まれていたのは確かで、ディオラとしても歓迎できない相手だったようだ。

「これは無粋なことをなさる」

絡んでいた一人が、笑顔を取り繕って文句を言って来た。他を見ればその目には蔑《さげす》みがある。

ってことは、黒髪で宮殿にいる子供が誰かをわかっているんだ。宮中警護の制服もわかってるから、距離を詰めるような無茶もしない。

帝国貴族なんだろうけど、無粋はこっちの台詞だよ。

僕はあえてディオラを抱き込んで見せた。

「なんのこと?」

緊張で体に力を込めるディオラだけど、それ以上の抵抗はしない。僕が助けに来たことはわかっているからだろう。

「それより、そこをどいてくれないかな? 主賓をいつまでこんな所にいさせるつもり?」

威圧してた三人が、宮殿側に戻る道を塞ぐように移動している。

これは相当に碌でもないな。僕が第一皇子とわかっていてこの反応の上に、ディオラを会場へ戻すことさえ邪魔するなんて。せっかくの祝賀だっていうのに、問題が出てもいいと思っている類だ。

(そうなるとテリーの初参加にもケチがつく。それをルカイオス公爵が良しとするわけもないし、その派閥ではないよね。セフィラ、何か情報は得られた?)

(ルキウサリアの姫がユーラシオン公爵の名を出しても退きませんでした)

ディオラも抵抗のため帝国で伝手《つて》のある一番大きな名前を出したんだろうけど、それでも退かない。となるといったい何処の派閥だろう。

僕は政治から距離を置いてるから、正直派閥ってよくわかってないんだよね。宮中警護の制服を見ても退かないから、ストラテーグ侯爵の派閥でもないだろうし。

ただ確かなのは、父に敵対する派閥ってことだけだ。だったらこれは、喧嘩を売ってもいいかな？

それで怒って僕に接触しようとしたら、僕を孤立させたい両公爵にぶつかるだけだし。

うん、ディオラをいつまでも怖がらせておく必要もないね。震え始めてるのが抱いた腕から伝わるし、さっさと追い払ってしまおう。

「我々が先にルキウサリアの姫君とお話を――」

「成人もしていない少女を大人六人で囲んでお話？　どんなお話があったのか、聞かせてもらえる？」

「それはこちらの話ですから、関係ないことでしてよ」

「じゃあ、答えを教えてくれそうな人に聞いてみよう。皇帝陛下、ルキウサリアの国王陛下、ルカイオス公爵なら知っている？　それともルキウサリアに縁あるユーラシオン公爵？　あぁ、女性関係なら妃殿下かな？」

往生際が悪いな。僕がこうして見つけてるんだから、今さらこの状況の言い訳が立つわけないでしょ。それだけ退かない理由がわかれば、そこを突くんだけど挙げた名前にこれと言った反応はない。

「庭園にも警備が置かれていたはずだけど、その者たちは何処へ行ったのかな？　ストラテーグ侯爵に報告は？」

「もちろんあるがままを。ただ宮中警護は室内会場の警護ですので、庭園を担当していたのは何処だったか」

イクトに振れば、いい感じに答えてくれる。このままだと話は広がるばかりだし、粘っても不利になるだけだと言外に告げる。

もちろん言うとおり報告はするけどね。父に言えば妃殿下にもルカイオス公爵にも伝わるし、ストラテーグ侯爵もユーラシオン公爵もルキウサリアの縁者だから黙っていないだろう。

「………これ以上、まだ言わないとわからない？」

舌打ちしそうな勢いで口元を歪ませた帝国貴族は、表情を取り繕えた一人が捨て台詞を声にした。

「こちらも子供と遊んでいる暇はないのですよ。大人の事情も知らず賢しらに口を挟むものではありません。後で痛い目を見ることになっても知りませんよ」

そんなことを言って、絡んでいた三人が動くと、道を塞いでいた三人も動く。けれどセフィラに追わせると、僕たちから見えない位置で足を止め、まだこちらを窺う様子があるそうだ。

イクトに目を向ければ、察しているようで一つ頷かれた。

「ディオラ、すぐに会場に戻ろう。まだ諦めてないみたいだ」

「は、はい………」

抱きしめていた腕をほどくと、ディオラは顔を真っ赤にしている。怖がっていると思っていたけど、どうもそうではないようだ。

これは………やってしまった。

「あの、ごめん。咄嗟《とっさ》のことで」

今はとにかくディオラの安全第一で移動を始める。ディオラの手を引いて宮殿に向かい、イクトが背後に立って盾になってくれている。

「それにしても、どうしてここに？　連れ出された？　それともまた戻る道がわからなかった？　あ、今ね睡蓮《すいれん》が咲いてるんだよ。見たことある？　時間があるなら案内を頼んでみるといいよ」

「私、は………」

誤魔化しに喋り続けていたら、ディオラに止められた。振り返ると、まだ耳が赤い。

「アーシャさまに、お会い、したくて。一人で、庭園に出たのです」

「え、あ………うん」

言われて、僕も耳が熱くなるようだ。

これは健気すぎないかな。それとも前世含めて実は僕がお子さますぎる？　それはちょっと大人の記憶がある身としては悔しいな。

そんなことを考えていると、ディオラが繋いだ手を強く握り締めて来た。

「お会い、したかったです」

「うん、僕もだよ。でもできれば、笑顔のディオラと会いたかったな。明日は、そうであってほしい」

なんとか絞り出した僕の返しに、ディオラは驚いたような顔になった。滑ったかと思ったけど、次には日が差すように笑顔を浮かべる。子供らしい笑顔に、僕は安心した。

「アーシャ殿下」

イクトの声に目を向ければ、後ろではなく行く先を見ている。ほどなく足音と話し声が聞こえたので、僕はディオラの手を軽く叩いて合図を送った。

瞬間、両手で僕の手を握っていたディオラは、無意識だったらしく肩を跳ね上げるほど驚く。すぐさま手を放してくれたけど、今度は自分の手を握り合わせて、胸の前に抱き込んでしまった。

これは、可愛らしい反応だとは思うけど、あらぬ疑いをかけられそうだ。

「ネルディオラ姫と………殿下………」

そんな想像が的中してしまい、現れたのはいつかと同じくストラテーグ侯爵とユーラシオン公爵。嫌そうな声まで前と一緒だ。

もうここまで一緒だと、いっそ僕がすべきことも同じだろう。そう思ったんだけど、以前とは違う動きをする人がいた。ユーラシオン公爵だ。

「第一皇子殿下、何故ここに？　まさか姫君を勝手に連れ出したのですかな？」

すっごい警戒感。だけど僕のことは鈍いと思っているから半信半疑ってところかな。もちろん、僕が何かしたと思えば遠慮なく父を責める手管として利用するんだろうけど。

「姫君の姿がないことで、せっかくの祝賀が――」

「ユーラシオン公爵、今は姫君を保護者の許へお連れすることを優先すべきです。もし何かあればこちらの職分ですので」

ことの重大さを語って探りを入れようとするユーラシオン公爵を、ストラテーグ侯爵が止める。

思えば僕が迷子を見つけること三度。そのどれにもストラテーグ侯爵は、宮中警護を統括する職業上関わっていた。

これ、ユーラシオン公爵絡ませるだけ面倒だと思ってるな？　そのごく当たり前に僕が何かしたと思うのやめてもらえないかなぁ。

けどストラテーグ侯爵が気を利かせるなら、僕がやることも決まる。僕は微笑んで見せて、ディオラの背を押した。

一歩踏み出したディオラだったけど、くるりと振り返る。今度は自分から僕の手を掴んだ。

「あの、また……お会いできることを楽しみにしています」

照れ笑いをしながら、確かに思いを伝えると、ディオラは満足げにもう一度ドレスの裾を翻す。

「ユーラシオン公爵さま、私が自ら庭園に出てしまったのです。アーシャさまはここまで送ってくださいました。責められるのなら私です」

「それは少々慎みに欠けた行いですな。しかし反省し自らを省みられる姿勢は大変好ましい。さぁ、戻りましょう。お父君が大層心配しておられて――」

ユーラシオン公爵はディオラに応じつつ、もう僕に興味はなくなったようだ。ルキウサリア王家と姻戚関係らしいし、保護者ぶった発言から、ちゃんとルキウサリア国王の許に届けてはくれるだろう。

僕は切り替えて、その場に残るストラテーグ侯爵に目を向けた。

「イクト、まだいる？」

「離れ始めましたが、女性が混じっているので今ならまだ間に合います」

「じゃあ、ストラテーグ侯爵。ディオラに絡んでいた帝国貴族がいるんだ。顔を確かめてほしい」

「……レーヴァン」

「はいはい。何処ですか、トトスさん？」

時間が惜しいことはわかったようで、すぐに懐刀を呼んでイクトと一緒に相手の顔を確かめに向かう。

残る僕とストラテーグ侯爵の周囲には、会場から連れて来ただろう他の宮中警護が五人残る。けど、すぐにストラテーグ侯爵が手を振って、声が聞こえない程度の距離に散開させた。

「今回はどうしてこうなったのか、ご説明願えますかな？」

そんな聞きたくない顔するなら、別に言わなくてもいいんだけど。まぁ、ディオラの安全を思えば、どうあっても伝えるんだけどね。

僕は手早く、庭師に用事があったこと。その庭師の証言で、ディオラが絡まれているところを発見したことを伝えた。

「あとは、イクトが警備しているはずの人員がいないって」

「この周辺なら、宮中の衛兵が見回りのシフトを組んでいたはず。そうでなくとも、殿下が通ったという庭園の各所には、庭園の案内を兼ねた見張りが置かれていたというのに」

「排除されてたってことだね」

ストラテーグ侯爵は苦い顔で否定しない。相手はそれができる伝手があるのは確定なようだ。

ここはディオラのためにも情報共有をしておこう。

「僕は陛下やルカイオス公爵、ユーラシオン公爵の名前も出した。それでも相手は退かずにディオラを何処かへ連れて行こうとしていた。公爵たちを敵に回しても怯まない派閥ってある？」

聞いた途端、ストラテーグ侯爵は何かを悟った様子で眉を顰めた。

帝国の宮殿内部で今政治的に強い派閥は、ルカイオス公爵とユーラシオン公爵だ。もちろんストラテーグ侯爵のように自ら派閥を持って、取り込まれない勢力もある。それでも両公爵を敵に回してもいいとなれば、該当は少ないんだろう。

「今の時期、となれば……………エデンバル家でしょうな」

「聞いたことはある名前だね」

ずいぶん前にちらりとだけ。それも、父に敵対する有力者として挙がった家名だったはずだ。

「どんな人たちなの？」

「ご存じない？　まぁ、帝都南東部のいい土地を持っている金の亡者とでも思えば良いでしょう」

ざっくり無礼って、やっぱりレーヴァンの上司にして似た者同士らしい。そしてそこで驚くってことは、帝国貴族的には知らないことが非常識で、その認識が常識なの？

「陛下の邪魔、っていうくらいしか知らないね」

「では補足で、ルカイオス公爵としても長年睨み合う者たちであると理解していれば良いかと」

ユーラシオン公爵の派閥も、父である皇帝をいただくルカイオス公爵派閥とは反目している。けれどそこに長年と言うからには、父は関係なく遺恨のある勢力ということなんだろう。

「戻りました。たぶんエデンバル家です」

「だろうな」

戻ったレーヴァンの第一声に、ストラテーグ侯爵が溜め息交じりに応じた。

「わざわざエデンバル家って言うなら、血族の派閥なの？」

僕の問いに、レーヴァンはイクトのほうを見る。けれどイクトはストラテーグ侯爵を見た。

「はぁ…………。一代限りとは言え、爵位を得ているのならば礼を失しないよう有力者くらいは押さえておけ」

「エデンバル伯爵並びに子爵がいるということは知っています」

逆にイクトもその程度しか知らないようだ。元の生まれが帝国から東の大陸の端にあるニノホトという別の国だし、貴族になるために帝都へ来たわけでもないから、イクトって貴族ではあるけどその辺は疎いんだよね。

貴族に仕えるっていう、目的意識のあったウェアレルのほうがまだ詳しいくらいだ。

「確か小国ですけど大公として国持ってましたよね」

「あれ、レーヴァンも疎い？」

「違いますぅ。エデンバル家は無駄に爵位だ地位だと手を広げてるんで数えるのが面倒なんです」

さらに適当に数え上げられたのは、男爵や騎士程度の爵位になるとエデンバル家の名を冠した者が何人もいることや、血族が運営する商会が幾つもあり、そこもまたエデンバル家を名乗っているというもの。

「もとから土地が豊かで穀倉地帯の領土を、さらに近辺の領主を婚姻で取り込み、最終的には家を乗っ取るような形でエデンバル家に組み込んでいる」

ストラテーグ侯爵曰く、数十年ではきかない期間をかけて穀倉地帯を掌中に収めた一族らしい。それだけなら歴代の努力と野望で済むんだろうけど、レーヴァンがさらに続けた。

「その穀倉地帯で領民を馬車馬のように働かせて搾取《さくしゅ》、騙すように人を連れて来ては借金のかたに農奴《のうど》にして搾取と、まぁ絵に描いたような悪政をしてるところですね」

つまりは有名な悪徳貴族の家らしい。けど利権がっちり囲い込んでて手が出しにくいし、酷いことしてるけど領主としての裁量権の内でやってるからやめさせられないそうだ。

「ルカイオス公爵とは？」

「え、さぁ？」

さすがに因縁は知らないらしい。答えられないレーヴァンに代わって、補足したストラテーグ侯爵が応じる。

「ルカイオス公爵の先々代が、エデンバル家の売り渋りの余波でずいぶん家財を処分する羽目になり、幼少期に困窮したと言われていますな。今のルカイオス公爵が政界に出てからは、何かとエデンバル家に不利となる政策を推し進めていた」

最初から敵対的だったルカイオス公爵が、皇帝の後見人として勢力を強めたことで互いに攻勢が増したんだとか。父とルカイオス公爵が組んで、上から圧をかけることで利権の引きはがしを行い、エデンバル家からも抵抗があって数年前からの政治闘争にもなっている。

その辺りは僕も耳にしたことがあるし、父の邪魔をしないため大人しくしようと思った一端だ。

「あとは教会関係で――」

「もういいよ。それで？　そのエデンバル家がどうしてディオラを連れ去ろうとしてたの？」

長くなりそうなのでレーヴァンの言葉を遮って、僕は核心を尋ねた。話を逸らしたかったらしいストラテーグ侯爵とレーヴァンは一度目を見交わす。

「つまりは政略が動いているのです。ルカイオス公爵が皇帝という威光を手に入れた今、確実に押され続けている。しかし、ユーラシオン公爵は高潔を重んじるのでエデンバル家とは組むつもりがない」

物は言いようだね。

ユーラシオン公爵が高潔と語ったのは、つまるところ愛妾以下の身分の女性から生まれた父に対する、血筋の正統性を認めないところからだろう。言うなればプライドが高く、現状エデンバル家を相手にはしないってところか。

「……けどユーラシオン公爵くらいじゃないと味方に引き入れる意味もない。引き入れる前段階で、姻戚であるルキウサリア王国？　しかも今功績を出して注目もされている。その中でまだ幼い姫を――」

「同じ年齢のはずなんですがねぇ？」

レーヴァンが呆れたような目をして僕を見ていた。ちょっと喋りすぎたかな。

「周辺に人影がないからと、あまり漏らしすぎては無用な疑念を抱かれますぞ」

「黙っていても変わらないのは知ってるでしょ」

喋りすぎだというストラテーグ侯爵に、冗談めかして笑ってみせる。見るからに言うんじゃなかったとばかりに、眉間に皺が寄っていた。

「今回のことでわかったでしょうが、エデンバル家はやり方が強引だ。姫君をお助けいただいたことには幾重にも感謝をしますが、第一皇子殿下が近寄るべき者ではない」

父の政敵で、すでにその対処のために動いているというなら、確かに僕が掻き回すようなことをするべきではないだろう。

「ルカイオス公爵も次の手を用意しているようなので、ルキウサリア王国の方々がいる今時分はどうか控えていただきたい」

どうやら何かルカイオス公爵側でも動いているようだ。そしてエデンバル家もそれを察して、味方を増やそうと強引にでもディオラを狙った。

それだけエデンバル家側の形勢が悪く、他国へ飛び火させることはストラテーグ侯爵としては避けたいってところか。可愛がってるディオラが巻き込まれるとなれば、この件からは徹底して守ってはくれそうだ。

「わかった。忠告ありがとう」

「ずいぶんと素直ですね」

そこで余計なことを言い出すのは本当、レーヴァンらしいよ。

「ディオラを怖がらせたのは腹立たしいけれど、僕が動くよりも効率的な方法をしてくれる人がいる。だったら、ここでとやかく言っても無駄でしょう」

「本当、そういうところですよね」

「そういうところだな」

なんだか勝手にわかり合って、レーヴァンと頷き合うストラテーグ侯爵。

それはそれで面白くないので、僕はちょっと我儘をお願いすることにした。

「ディオラに睡蓮が咲いていることを伝えたから、明日までに水盆と花を用意しておいて」

「は、睡蓮？」

僕は言うだけ言って踵《きびす》を返す。ストラテーグ侯爵は庭園に詳しくないらしく、何処だとかどうやってとか聞こえる。

明日は僕とディオラの面会を取り持つという態で、実際は監視するつもりだろうし。場所も時間もストラテーグ侯爵側が指定して準備も請け負ってるから、これくらいの意地悪は許容してもらおう。

＊＊＊

予定外の再会をした翌日、僕は薔薇の匂いをさせながら、ディオラと再会した。

場所は宮殿の一角だけど、左翼棟でもなければ本館でもない。宮殿前の広場に面した建造物で、貴族たちの執務室が集められた建物だ。大臣とかの偉い人はさらに別の部屋がある。

内装は全体的に暗い色調でシックだけど、宮殿の本館や左翼棟と違って木材の装飾が目立った。

飾り立てた皇帝の住居と違って、本当に仕事場と言った雰囲気だ。

外から見たことはあっても入るのは初めて。装飾や絨毯は宮殿の一角って感じだけど、等間隔に並んだ扉のある廊下なんかは、前世の校舎やオフィスを思い起こされた。

「改めて、今さらだけど名乗りもせずにいたことを謝らせてください、ディオラ姫」

通されたのはストラテーグ侯爵が執務に使う部屋近く。建物に用意されてある応接室だった。

僕とディオラの文通を仲介するストラテーグ侯爵が同席する分、お茶やお菓子、飾る花や室内の装飾まで全てお任せなので、僕も初めて来た場所だ。

そんな所で、僕は今さらな謝罪から始めた。

改めて会うと考えた時に、僕が皇子だと名乗らないまま文通してたの思い出したんだよね。

「いいえ、アーシャさま。お言葉遣いも、その、昨日のようにお願いいたします。きっと私たちは、交わした言葉よりも手紙のほうが多いですから、私にお気遣いは不要です。……それに、私は、出会った時のままの、アーシャさまが好ましく、思いますから………」

頬を染めるディオラは、橙色の髪が映える白いドレス姿だ。出会った時よりも成長していても、まだ子供らしさのある愛くるしい美少女。ただその整った容姿は、将来美人になること請け合い。

これはちょっと、親戚のストラテーグ侯爵が過剰なまでに干渉して心配する気持ちもわからなくもないかもしれない。

「………ストラテーグ侯爵にあっても、場を取り持っていただき感謝します」

「いや、なんの。以前ディオラ姫から贈られた似姿を汚損した罪滅ぼしになればと」

水を向けると、澄まし顔でそんなことを言う。僕に贈られたディオラの似姿を渡さなかった言い訳はそういうことにしてあるようだ。管理不行き届きで泥を被った状態とはいえ、本当に妙な意地悪をするなぁ。

「ストラテーグ侯爵さまにはいつも手紙を確かに届けていただいております。今日もこうして場を設けてくださったことに感謝しております」

裏を知らないらしいディオラは、ストラテーグ侯爵の不手際に怒るよりも、僕と会う機会を整えてくれたことに感謝をした。

ちょっと口の端に力を入れる様子から、ストラテーグ侯爵なりに良心の呵責《かしゃく》があるらしい。だったら、白々しい言い訳は聞かないふりで、ここは労を負ってくれたことで忘れよう。

昨日意地悪で言った睡蓮も、しっかり用意してくれてるしね。

慣れない僕じゃ、ディオラを招いておもてなしなんてできないし。ストラテーグ侯爵も公然と僕を見張れるし。悪い状況ではないかな。

そうして僕はディオラと、まず手紙でやりとりした内容から、今回帝都にやって来た理由である学術的な功績について話を続けた。

「魔力回復薬は、もう生産体制に入った？　それとも今は必要な薬草の株を増やすところ？」

「はい、薬草の量産から、一度加工段階で在庫を溜め、その間に求められる量の概算から生産量を予測することになります」

「そうか。量産できるようになったとはいえ、無駄がないように管理するのはいいことだね。生育させたままよりも、加工段階のほうが保存期間は長い？」

「そのとおりです。薬草から必要な成分を取り出し――」

ストラテーグ侯爵が用意した侍女や侍従が、優雅に給仕する中、僕たちは会話を楽しむ。けどストラテーグ侯爵も、給仕たちもなんかちらちら見て来るなぁ。

そして壁際にいるレーヴァンと目が合うと、口を動かすだけで何か伝えて来た。

(何なに………？　色気なさすぎ、難しすぎ？)

放っておいてよ。いや、でもこれはわざわざ会いに来てくれたディオラに対して失礼だったりするのかな？

「――なんだかこうして顔を合わせても、手紙でやり取りするのと同じ話になってしまうね」

「まぁ、お恥ずかしい。私、もっと気の利いた話題をお話しすべきでした……」

話題の転換を図ってみたら、ディオラのほうが恥ずかしげに視線を落としてしまう。

「そんなことはないよ。僕としては興味深くて楽しいんだ」

手紙でも、ディオラは自ら足を運んで魔力回復薬に使う薬草の栽培を視察している。その上で、上手くいかないことで関係者が苦しんでいるって気にかける様子が、手紙には綴られていた。

「手紙で、上手くいかずに落ち込む人たちを心配していたのも知っているから。ディオラがそうして、笑って先の展望を話せるようになっている姿を見られただけでも嬉しいよ」

「ま、まぁ………私も、成果をアーシャさまにご報告できることを、嬉しく思います」

ディオラは赤い頬を両手で覆って瞬きを多くする。

なんだか動いてるから見ると、レーヴァンが今度は、やりすぎって口を動かしてる。いや、本心言っただけで他意はないってば。

僕はうるさいレーヴァンの視線から逃れるように、ストラテーグ侯爵が用意したお茶に口をつける。色は鮮やかで薄めの紅茶。たぶん子供の僕たちに合わせてくれたんだろう。

誰かをもてなすって、こういう気遣いしなきゃいけないんだろうなぁ。父の側近であるおかっぱの試練や、気回しをしてくれる侍女のノマリオラを思うと、僕もこれ、できるようになるべきなんだろうけど。

僕がよそごとを考えている間に、ディオラがぽつりと話し始める。

「実は私……アーシャさまからいただいた助言を、栽培の研究員にお話ししたんです。研究員を慰労するため訪問した時に………」

「助言？　ディオラの相談に乗っただけで、そんな大層なことした覚えがないけど」

驚く僕と顔を見合わせて、ディオラはおかしそうに笑う。

「ふふ、そうですね。あれはアーシャさまのお好きな錬金術の話でもありましたし」

ディオラが言うには、手紙をやりとりする中で書かれた言葉だという。

「けれど私にはとても良いことを教えていただいたと思ったのです。枯れたら枯れたなりに要素が足りないのか、多いのかをまず見極めるべきだというお言葉でした」

そう言われると、書いたなそんなこと。あれだ、細かくわけることが錬金術の基本で、それは要素の分類でもあるから。薬草が枯れて育たないと書いてあったのを、育つ環境との違いを根の触れる土の層の違いから、水に含まれる成分まで細かく調べるのも手だと書いた。

どうやらディオラは、それを僕からの助言として実際に関わる人へと伝えたらしい。

「生育環境を再現できても駄目なら、見えない所に不足か過剰があるはずではないかというお話をしたのです。ですから今回のことは、アーシャさまのお蔭でもあります」

ディオラが伝えたら、研究員は着手したそうだ。他に思い当たらないし、それだけ行き詰っていたから、初心に帰ろうというような見直しも兼ねて。

結果、薬草の水の吸収が、想定と違ったことがわかったという。根ではなく、葉から吸収するため噴霧《ふんむ》する必要があったそうだ。つまり、葉から吸収する分の水分が足らずに枯れていたのだと原因がわかったという。

「僕は一般的な話をしただけだよ。それを伝えるべきだと決意し行動したディオラの、ひいては関連づけられたこれまでの研究員たちの努力だ。僕の思いつきなんて結果を少し縮めた程度でしかない」

「あぁ、本当にアーシャさまは聡明でお優しい方………」

ディオラは目を潤ませてまで称賛してくれる。

可愛いけど、なんか他意ありみたいなレーヴァンの反応が視界に入るなぁ。……ようし、そういう反応するならやってやろうじゃないか。

「いや………実をいうと、美しく成長したディオラを前に、少し見栄を張っただけなんだ。聡明と言われるほどでもないことだけど、そう言ってもらえると嬉しいな。願わくば、今日はその笑顔が曇らないようにいてほしい」

って、確かセフィラが盗み読みした騎士物語みたいなのにあった。

僕があえて口説き文句を言ってみると、ディオラは視線を落として微笑む。その笑みはさっきよりもずっと寂しそうだ。

「私も、アーシャさまがそのままでいてほしいです」

「早速曇ってしまったのは、どうしてかな？」

「え、あぁ、そんなつもりはなかったのですが……兄が………」

ルキウサリア王国のお姫さまであるディオラには、第一王子である兄がいる。そのディオラの兄は、今年十五歳で去年学園に入学したそうだ。

出会った時にも兄の言葉を気にしていたディオラ。手紙でも普段からあまり良好とは言えない関係性を窺い知ることができていた。そしてどうも最近は、手紙でも窺えた男尊女卑傾向が強まり、妹であるディオラにはもとから抑圧的だったのが、母親にまで男尊女卑な発言をするようになってしまっているという。

うーん、思春期。黒歴史決定。

ストラテーグ侯爵を窺うと、眉間に軽く力が入っている。ここで特に否定しないってことは、それだけ知られている事実なんだろう。

「兄は学園で学ぶ者こそ至高で、入学していない私の浅知恵など聞くに値《あたい》しないと言うのです。今回のことも、私はいっそ邪魔をしたのではないかとお怒りになっていて」

「他人の権威に価値観を委ねて思考を放棄している時点で、それこそ浅知恵だと思うよ。何よりディオラの助言を実行した事実があるなら、邪魔なんて根拠のない邪推だ」

僕が思ったことを言うと、途端にディオラは、今日一の笑顔になった。可愛いけど可哀想に……

家族の仲が上手くいかないって悲しい気持ちは嫌になるほどわかる。

それと同時に、自分で折り合いをつけるか離れるかしか、僕は対処を知らない。だから今は、ディオラの気分を逸らす程度のことしか思いつかなかった。

「そうだ、ディオラ。そこにある花は睡蓮といって、庭園に咲いていたものなんだ」

「まぁ、昨日おっしゃっていた？　こんなに水に浸して良いのでしょうか？」

睡蓮を見たことがなかったらしいディオラは、すぐに花の美しさとその生態に興味を持ってくれる。

「泥中《でいちゅう》の蓮《はす》と言ってね、泥の中に根を下ろして、水面にこの美しい花を咲かせるんだ。どんな悪い環境の中でも美しさを保つ、そんな清廉な人のたとえだよ」

「まぁ………」

「僕としては、睡蓮を見ると、どんな環境でもその人自身がどんな花を咲かせるか努力次第って感じるけどね」

「それもよろしいですね。いえ、そちらのほうが私は好きです」

無邪気に賛同してくれるディオラと、睡蓮から話を広げて、僕は結局手紙でやりとりするような内容を飽きずに談笑していた。

＊＊＊

ディオラとの再会は、ルキウサリア王国の騎士が迎えに現れて終わった。

昨日のエデンバル家の件もあるから、ストラテーグ侯爵側から宮中警護もつき添う。さすがにまた絡まれることはないだろう。

「アーシャさま、またお手紙したためます」

「うん、楽しみにしてる」

笑顔のディオラが去り、応接室には僕とストラテーグ侯爵だけ。給仕でいた人たちも片づけと同時に引き上げている。

ただほどなく、外からイクトとレーヴァンが入って来た。ストラテーグ侯爵の命令により、外で待機させられていたイクトはすごく不服そうだ。もちろんこっちも、セフィラにいつでも異変を知らせてもらえるよう準備はしてたけどね。

そしてイクトもわざわざ声に出したり、あからさまに表情に出してたりするわけじゃない。ただじっとストラテーグ侯爵に圧をかけてる。

剣を持つ宮中警護を統括するストラテーグ侯爵も、騒いだり態度に表したりはしない。けど、さすがに意味なく無言でいることは、ホスト側の貴族として居た堪れなかったようだ。

「睡蓮は、何か学ばれた結果でしょうかな？　泥中の蓮とは、含蓄《がんちく》のある言葉でしたが」

「落ち込むお姫さまの慰めに、花の話題は悪くなかったと思いますよ」

レーヴァンの無礼な褒め言葉に、ストラテーグ侯爵のほうが顔を顰める。それは無礼云々じゃなく、僕がディオラの好感度を稼いだことに対する不満だよね？

そんな顔するくらいなら、兄王子の横暴に物申すなりして止めればいいのに。

「僕だったら、ディオラくらい優秀な妹、諸手を挙げて応援するのにな………」

思わず呟く僕に、聞いていたストラテーグ侯爵は、隠しもせず溜め息を吐いた。

「若い青少年にはありがちな思考の偏りでしょうな。あまり妹君を煽り立てないように。他国の事情、もっと言えば他人の家庭事情に土足で踏み入るような真似はなりませんぞ」

「問題は、違うところにあると思うんだけど」

ディオラに甘いストラテーグ侯爵なんだから、状況の改善は願っているはずだ。僕という他人だからこそ言える相手が距離を取りすぎても、ディオラが不満を溜め込んでしまうだけになると思う。

「ルキウサリア王国の学園で、次期ルキウサリア国王の王子が驕《おご》り高ぶっているんでしょう。それを止める者はいないのかな？」

と言っても実際無理だろうし、驕り高ぶるのを助長したのは学園でもあるだろう。

前世でも学校っていうのは狭い世界だった。今にして思うと教師もその狭い世界の住人で、深い視野は持てても広い視野を持つ人は稀だったように思う。

ストラテーグ侯爵も否定しないし、どんなに規模が大きくなっても、たぶんそう変わらないようだ。国を跨いで聞こえる高名な学園でも、そういうものなのか。

「面倒そうだね」

「その、学園に数年後通うご予定では？」

「え、行かないよ」

「え？　行かないの？」

後ろに控えてたレーヴァンが声を上げると、その隣にいるイクトもびっくりしていた。そんなに驚くようなことかな。いっそ僕のほうが思い違いしてる？

「いや、行けるの？　邪魔されない？　貴族的な登竜門なんでしょう、学園入学って？　そんなところ行って皇子扱いの実績積ませてくれる？」

驚いて聞き返せば、大人たちは唸る。貴族的に当たり前に行くと思っていたようだけど、僕の現状を改めて考えたんだろう。

そして即答しないってことは、やっぱり妨害入るんだろうな。

ルカイオス公爵は、僕を止めるとテリーたちにも波及して父が止めるから、なんか搦《から》め手で来そう。ユーラシオン公爵は、確か息子が僕と同じ年頃だったよね。皇子と同じ時期に在学とか嫌がりそうだな。

「錬金術科ならば、あるいは――」

「いやぁ、トトスさん。学園通うって形式変わらないと無理じゃないです？」

イクトの希望の混じった推測を、レーヴァンが即座に断ち切る。言うとおり、学園の権威に近づくのが問題なんだよね。

やっぱり無理だろうな。

そう思って目を向けると、ストラテーグ侯爵も僕を見て考え込んでいた。

「ふむ、第一皇子殿下であれば自らの意志で入学されると思っていたが、意外だ。方策があるなら行かれればよろしい」

ストラテーグ侯爵が思いの外前向きなようで、僕としてはこっちのほうが意外だよ。なんの裏があるんだろう？

「何やら疑いの眼差しを感じますが、気のせいでしょうな。私は学術の進歩が人々の幸福に通ずる道であると信じているだけですから」

わかってて言うのがわざとらしい気もするけど、ここでそんな取り繕いをする理由もわからない。僕との関わりで、自分の利を追っていた人だ。ディオラとの文通を仲介するのも、結局自分が見張るためだ。縁故優先で、僕に肩入れするようなことはなかったはずなのに。

となると…………本心？　僕は学園に通ったほうがいいって思ってるってこと？

面倒ごと増えるだけだと思うんだけど。それとも僕の知らない政略関係？

「…………どっちの味方なのかな、その発言？」

「悩むところだ」

かまをかけてみたら本当に悩むらしく、紫の短くまとめた髪を撫でつける。その仕草は今まで見た中で一番気を抜いているように見えた。

どうやらストラテーグ侯爵、こうして監視するわりに、僕への警戒度は下がっているようだ。まぁ、僕も行けるなら学園へ行ってはみたいけど、今の状況だと宮殿から出ることさえままならない。

夢のまた夢と言える状況だった。

四章　大聖堂の礼拝

ストラテーグ侯爵による監視つきのお茶会の翌日。ディオラから丁寧なお礼の手紙が届いた。もちろん配達人は無礼者のレーヴァンだ。

「なんかこう、一生懸命に書かれてると、覗きしてるみたいで申し訳ない気がしてきますね」

開封した手紙の中身を検めながら、レーヴァンが今さらなことを言い出す。

「嫌なら読まなくていいんだよ」

「それはそれ、こちらも仕事なんで涙を呑んでですね」

僕には適当に返しながら、レーヴァンはディオラの手紙の内容を最後までしっかり読み込んだ。そんなに見ても書いてある内容に他意なんてない。

昨日は楽しくて時間が過ぎるのが早かったとか、さらにその前庭園で助けてもらって嬉しかったとか。まだ話し足りなくて手紙を急いで書いたとか、できればまた僕と庭園を歩きたいとか。

僕が気にかかるところとしては、妙にお茶会の時に粗相がなかったかを気にする文面。読み方によってはなんだか僕自身を心配しているようにも見える。

これはもしかして、宮殿で良からぬ噂でも聞いたかな？　まぁ、今よりも幼い頃に出会ったきりで、宮殿に来たのも二回目となれば、今さらだけど僕の悪評を耳にする機会があったのかもしれない。

「で、第一皇子殿下。別に返事急がなくてもいいと思うんですよ？　ルキウサリアの御一行が帰ってからでも――うわ、色気のない内容」

僕を気にしているらしい文面から、すでに返事を書き始めているとレーヴァンがそんなことを言い出す。その上書いてる手元を不躾に覗き込むことさえした。

「レーヴァンいると邪魔だから。イクト、摘まみ出して」

「ちょ！　耳、トトスさん！　耳は駄目ですって！」

イクトが無言で後ろを取ったと思ったら、流れるような動きでレーヴァンの耳を摘まんで引っ張った。抵抗しようとするレーヴァンだけど、絶妙な位置取りをされて、掴まれた耳を押さえる以外イクトに触れないまま、部屋を連れ出される。

ここは勉強部屋にしてる金の間で、イクトとレーヴァンは青の間のほうに消えて行った。僕はさっさと手紙の続きに手をつけ、改めて内容を見返す。

「……………そんなに文句言われるような内容かな？」

僕のほうからもお茶会に来てくれたお礼と、庭園でのことを気遣う文面、できるだけ明るく心配ないことを伝えるよう書いた。そしてディオラを悩ませる一番の要因だろう、兄王子に対する慰めも入れてる。

本当ディオラの兄は何が不満なんだろう。可愛くて頭が良くて気遣いもできるいい妹じゃないか。僕にもまだ赤ん坊の妹いるけど、すでに寝顔天使過ぎて嫌われるようなことしたくないと思ってるのに。

僕が返事を前に考え込んでいると、部屋に残っていたウェアレルとヘルコフが声をかけて来た。

「書くべきことは書かれていると思いますよ。あの者は手紙のやりとり自体をやめさせたいだけですから、耳を貸さずともいいのでは？」

「俺も十分だと思いますよ、殿下。それに数日滞在される予定ですし、書き足りないことがあったらまた手紙書けばいいでしょう」

いつもみたいにやり取りに時間がかかるわけでもないし、確かに気にしすぎかもしれない。けど、あのレーヴァンのひと言。嫌みとかやる気を削ぐとか、そんなことを考えて言ったわけじゃないように感じたんだよね。

いや、でも色気とか、あったらあったでレーヴァンも困ることだろうから、やっぱり本気じゃない茶化し？　それとも男女のやり取りでレーヴァンが考える定石みたいなものを僕が触れてないとか？

悩んだ末に、僕は唯一意見を聞ける女性を呼び出した。

侍女のノマリオラだ。

「文面からは事務的な言葉選びが感じられます。男女間でのやりとりであれば、香水を振る、便箋は絵柄のついた物を使う、ささやかな贈り物を添えるなどあります。文面で言えば、一度口にした褒め言葉であっても、改めて文字にされれば悪い気はしません」

「あ、そう言えばドレスとか褒めることとしてない。本当に久しぶりだったし、成長してるなってことに目がいって…………。うん、そうか。ありがとう、ノマリオラ」

クール系でも女子は女子、聞いて良かった。香水持ってないし、便箋無地だし、贈り物も用意なんてしないけど。

僕はオレンジの髪に白い花の髪飾りがよく似合っていたことや、所作も美しくなっていたことに目を奪われたと書き足す。

色気がどうとかはわからないけど、僕は青の間にいるだろうレーヴァンを呼んだ。

「レーヴァン、はい」

「あ、少しはましになりましたね。へぇ？」

その場で目を通して、さっきまでいなかったノマリオラを一瞥した。ノマリオラと言えば、用件は終わったと見るや一礼して部屋を後にする。レーヴァンに対しても愛想がないのは変わらないようだ。

ノマリオラとしては、レーヴァンと僕の関係って気にならないのかな？　いや、表向きは僕の宮中警護だし、いても疑問はないのか。

ディオラとのやり取りも、始めた時から特に隠してもいなかった。宮殿でのやり取りに皇帝である父が絡んでいるのは今さらで、ルカイオス公爵が知ってるのは想定内。ユーラシオン公爵も手紙のやり取りを邪魔した実績がある。

ここで変に釘刺すほうが、ノマリオラに情報渡すことになる、かな？

「…………他の女に助言求めたとかは、言わないほうがいいですけどね」

結局レーヴァンが余計なことを言ってくる。

そうですよ、僕だけだとレーヴァンより気が利きませんよ。だからってそんなことわざわざ手紙に書かないから。

レーヴァンが返信を受け取ったところで、青の間からノックの音がする。ウェアレルが応じて青の間から戻ると、一緒に財務官のウォルドがいた。

「あれ、スクウォーズ財務官じゃないですか」

「結局歳費の詳しい説明聞いてないから、今日聞こうと思って」

愛想笑いを向けるレーヴァンに、当のウォルドは身構える。初対面で煽ったせいで苦手意識を持たれてるみたいだ。これを機に言動を控えて……くれるわけないか。

「レーヴァン、邪魔だから帰って」

「ちょ、さすがにひどすぎません？」

「絶対横から口出すでしょ？」

「――善処します？」

「アウト。ヘルコフ」

僕の声に応じて、ヘルコフがレーヴァンと肩を組むような体勢になって身動きを封じる。そのまま熊との体格差で引き摺られるようにして、無礼者は退場して行った。

「さて、呼んでおいて待たせたね。……ウォルド？」

「は、はい」

相変わらずダークエルフみたいな姿のウォルドは、警戒するようにレーヴァンが連れ去られた扉を見ていた。

　気になったから、レーヴァンが言ったクリテンの一族については、調べてある。こういう時、無闇に知識を収集したセフィラは役立ってくれた。

　どうもクリテン氏族は、帝国貴族に入った最初のエルフらしい。帝国に定住してからもエルフの血筋を保っている一族らしく、貴族名鑑を見たらクリテン一族が載っていたくらいには有名っぽい。

　その上でウォルドは人間とのハーフで、クリテン氏族だけど一族ではない。貴族名鑑にも名前が載ってなかったから多分貴族でもなくて、それで貴族の一族と同じ名前。うん、弄られるの嫌がる理由はなんとなくわかった。

「レーヴァンは口だけだから相手にしなくていいよ」

　手紙を書くために使っていた道具を片づけつつ声をかければ、ありありと動揺が見える。今まで淡々と無表情に仕事をこなしてたのに、よほど血筋について触れられるのが嫌だったんだろうな。

　よし、レーヴァン関係の話はやめよう。

「言っていたとおり、今日は歳費について基本的なことを教えて」

　前世でもあったから予算はわかるけど、歳費は違うかもしれないしまずは説明からだ。今日までウォルドは、払われなかった歳費から使った分の項目の洗い出しをしていた。つまりは、今まで仕事してなかった前任の財務官の尻拭いをしていたんだ。

　それも終わってようやく歳費についてスタート地点に立った形になる。僕の求めでウォルドも仕事と切り替えたのか、いつもの無表情に戻った。

「ではまず歳費の始まりから。歳費を組むことは、帝室の方々が無報酬での政務活動を行っていたことから発生しました」

聞けば、昔は帝室関係者が無報酬でも生活できたらしい。何故なら何かしら別の身分を持っていたから。帝室出身でも何処かの王国の貴族位を持っていたり、領主をしていたりで収入があったそうだ。もちろん僕にそんなものはない。

「しかしそのことを逆手に取り、若く収入の安定しない帝室の方を抱え込んで、派閥に組み入れる貴族の動きが起こりました。そのためかつては内紛にも発展することを危険視され、取り込まれることを防止することが念頭に置かれています。また国家の重要な会議にも参画する方が、生活苦に帝室を抜けられたこともあり、歳費を設けることが決まったのです」

国を動かすという専門知識を、幼い頃から帝王学として学ぶ皇子や皇女。けれどそのことに関しては無報酬であり、時と共に専門知識を持つ者が帝室から離れるようになって見直されたんだとか。

「あれ、そうなると歳費って働く年齢の人につくものじゃないの？」

「帝室の維持管理に関わることとしても支給されますので、本来であれば生まれた時から歳費は支払われます。また、王侯貴族を歓待することや、皇帝陛下の名代として視察に赴くことなどもあり、親の仕事に伴い子にも費用がかかることから、年齢による線引きはされておりません」

「あぁ、一度参加するだけで身支度にお金かかるしね」

僕も今回、ディオラと会うために普段着ない服を出している。これは父に願って用意してもらってはいるけれど、自分で一からとなると相応のお金がかかることは想像できた。

つまりは子供でも公の立場があって参加するから、歳費が与えられるという話らしい。だったらたぶん、身支度に必要な香水も歳費で行けそうかな。

「あ、けどそうなると僕、どうなるの？　公務らしいことしてないけど」

「第一皇子殿下におかれましては、今まで歳費が与えられなかったことで、本来施されるべき教育がなされておらず、そのために公務に関わることもできなかったと判断されます」

その上で特に必要な教育は施さないから、好きに歳費は使えと。

「あぁ、うん。そうか………。つまり予算つけて体裁は整えるから大人しくしておけってことだね」

「殿下、それ聞いたら陛下が泣きますよ」

僕の感想にウォルドが固まると、ヘルコフが苦笑する。イクトは気にせず現実的な状況を述べた。

「しかし実際のところ公務参加をさせるかと言えばそうではない。それに教育と言っても家庭教師はすでにいるとして、お二人だけのまま置いておかれているのが現状です」

「私は帝王学など教えられませんよ。それに大本のマナーの問題もあります。これを修めなければアーシャさまは不適格として公務に参加させない言い訳にされるでしょう」

ウェアレルも歳費は与えつつ、活用の場を与えない思惑を指摘する。

「うーん、このままだと僕が使いづらいな。ウォルド、他に歳費を使う要件とか慣例は？」

「帝室を離れた後、身を立てるための貯《たくわ》えをなさる方はおります。これは皇位継承権の低い方々のために用意された救済措置。帝室にいる限り義務がつきまとい、身を立てることもままならないため、時と共に身支度のための支度金としての側面を、歳費が持った結果です」

確かに僕でもいらないと冷遇されるんだから、数が多いだけの皇子とかいた時期には働く場もなかったことだろう。結婚して出るにも婚家に生活費を賄ってもらうとか、皇子辞めたらいきなり無一文で路頭に迷うとか、帝室のスキャンダルに他ならない。

「けど歳費を使わないと、無駄な分として削られる。だったら蓄財の方法はどうするの？」

「芸術品や宝飾品を買うことです。芸術品の購入は、技術の保全となる仕事として歳費で賄われます。宝飾品は公務での使用を期してやはり歳費での購入が可能で、物品にしてしまえば所有は殿下になるのです」

この辺りは、以前レーヴァンから聞いたことと同じだ。だったら僕が聞くべきは、レーヴァンでもあやふやだったところ。

「どうせだったら錬金術をするための材料費を歳費で賄いたいんだけど？」

「でしたら学問研究の項目がございます」

聞いたら、ウォルドが該当する使用法を教えてくれた。

分野に関わらず学び、知識や技術を身につけることは歳費の運用範囲内らしい。そう言えば、前世の予算でも研修費や講習費ってあった。

「ただ、歳費の使用に対して成果を上げる必要がございます」

「成果って、錬金術で作ったものでも提出するの？」

聞くとウェアレルが答えてくれた。

「アーシャさま、こうした場合は論文や研究の経過報告、もしくは今後の見通しのプレゼンになります」

「思ったんだが、それって殿下自身がやることとか？　普通の十歳そんなことしないだろ」

ヘルコフの疑問にイクトがウォルドを見る。

「ですから財務官がいるのでは？　そうした報告をまとめるのも業務の内と」

「いえ、学術に対してはご本人、もしくは家庭教師から資料の提供をしていただかなければこちらも申請はできません」

どうやらウォルドは自分の仕事の範囲なら淡々と淀みなく受け答えできるようだ。

そして錬金術で歳費を使うなら何かしらの報告が必須らしい。ただ論文である必要はなく、紙一枚にそれらしい報告を書けばいいんだとか。

「ではアーシャ殿下、エメラルド板についての考察などはいかがです？」

「いいですね。あれは有名で難解さもあって、そのお年で注釈でもできれば成果でしょう」

「いや、逆にそれ殿下の大人しくしてるって目的に反するだろ」

側近たちが言い合うと、ウォルドが眉を顰めた。

「エメラルド板と言えば、錬金術の神髄が寓意をもって記されているという？」

「あ、ウォルド知ってるの？　珍しいね」

「第一皇子殿下の下へ配属されるにあたり、錬金術に関して歳費の使用を打診されることは予想できましたので。簡単にですが錬金術というものについては参考文献を当たりました」

真面目だ。ウォルドは嫌々のはずなのにすごい真面目だ。もしかしたら、だからこそ僕に忖度《そんたく》しないってことで送り込まれたのかな？

「注釈を書けるのですか？　いえ、意味がわかっていると？」

「大まかにはね。ただ注釈は書かないかな。あれ書かれてること実行すると、最終的に大破壊にしかならないし」

ウォルドが絶句したけど、今回はウェアレル、ヘルコフ、イクトまで口を閉じる。

「………何故、そのような？」

代表してウェアレルが緑の耳をピコピコしながら聞いて来た。これは警戒してる？

「神髄だし真理ではあるんだろうけど、生物が実行するには難しい極論が最終的に書いてあるから？」

「あ、もしかして錬金術の真理を知ると世界作れるとか、神になれるとかいう？」

ヘルコフが聞きかじりで聞いてくる。そういう極論が錬金術にはあると言われてるらしいけど、僕としては科学的な観点で見てるから、世界とか神とかそんなことじゃない。

………まぁ、セフィラ・セフィロトを生み出したから、できないなんて可能性を否定もできないけど。

「うーん、世界の作り直しってところかな。一度全てを破壊しつくして原初のもっとも純粋で強い力だけを残すと、世界の始まりと同じ状況が再現できて、世界を作り直すことができる、みたいな？」

つまりは宇宙の始まり、無から有を作り出す破壊と創造の力、ビッグバンだ。

「それは…………世界が滅びてませんか？」

イクトが真面目な顔で聞いて来た。

「うん、滅ぶ。インクで書いた文字をまたインクにするために、紙を繊維にして絞り出して濃縮する感じ。まぁ、スケールが大きすぎて理屈がわかってもたぶん再現はできないよ。けど、可能かもしれないと想像できてしまったことを実現するのが人間だ。だったらそんな危険な真理は謎の中に眠らせておくほうがいい」

前世では想像を実現する実例はいくらでもあった。空を飛ぶことしかり、青い薔薇しかり。エメラルド板を作った誰かもそう思ったんじゃないかな。

だからやっぱり、無害なところで公にするのはサイフォンくらいがいいと思う。本館に行った時にも実験を見せてるから、あれをウォルドにも見せれば大丈夫かな。

そう思ってウォルドに目を向けると、じっと僕を警戒するような顔で見ていた。

「第一皇子殿下、あなたは…………その成果を発表する場を求めてはいかがでしょう？」

ウォルドは緊張の面持ちで続ける。

「先日拝見させていただいた錬金術。あれは一般に知られるよりもはるかに先を行く成果と言えます。皇帝陛下も庭園設備において錬金術が行使された形跡があると調べさせている中、第一皇子である殿下が続くことに、なんら問題はないと思われます」

「残念だけど。発表したところで誰も見向きもしないよ。鏡像の性質をどう使う？　花一つ開かせるだけの薬剤をどう活用する？　目を引くだけで終わっても、意味がないんだ」

そんなの警戒感を呼ぶだけで、今以上に動きにくくなる未来しか見えない。まぁ、ウォルドとしては、人目を引くようなことができるって発表するだけでもいいのかもしれないけどね。

そうなれば現状の不遇は改善の見込みができて、さらに閑職扱いのウォルドとしては何もできなかった第一皇子が注目される。運が良ければ興味を持った誰かと交代で、閑職から逃げられるってところかな。

「欲は掻きすぎないほうがいいと、僕は思うよ」

僕の忠告に、ウォルドは何か言いたげに口を動かす。けれど結局なんの言葉も出て来ず、悩ましげに顔を歪めるだけだった。

＊＊＊

王侯貴族にとって、夏は社交期と呼ばれる季節。普段領地に籠っている貴族も帝都で社交界に参加したり、逆に帝都にいる貴族は領地の視察をしたりするそうだ。

だから宮殿も、この季節は色んな所から訪ねて来る王侯貴族がいる。ルキウサリア王国のディオラたちが帰途に就いた後も、宮殿では来訪客が途絶えることがない。

そんな季節は、例年なら一人静かに左翼棟で日々を過ごしていた。いつもより騒がしくなる季節なのは知っていたけど、僕には関係ないはずだった。

けどディオラと会えて、香水振ることを覚えたし、妃殿下が贈り物をしてくれたから、選ぶ礼服も増えてる。

「礼拝用の服って、着るの初めてだなぁ」

僕は姿見の前で飾りっ気がなく、黒が基本で地味な一揃いを着て呟く。

こっちのほうがスーツに近いから、僕としては馴染みのある格好だ。けど、これは特別な時にしか着ない服。今日まで僕にはその特別な日が訪れたことはなかった。礼拝なんて宗教行事も、僕には縁遠かったんだよね。

「宗教に興味はないけど、この服は嫌いじゃないかも」

「アーシャさま、あまりそのようなことをおっしゃっては角が立ちます」

「そうですよ。宗教関係は戦争の元なんですから」

「え、そこまで？」

ウェアレルはまだわかるけど、ヘルコフはおおげさすぎない？

そんな僕の反応に、家庭教師は二人揃って首を横に振ると、それぞれ宗教対立が元で起きた戦争の名前を次々に上げる。もちろん授業で習った内容だからわかるけど、それって昔のことじゃないのかな？

前世の日本でも延暦寺《えんりゃくじ》焼き討ちだとか、島原の乱だとかあったけど、数百年前のことだ。

「今も戦争起こすような過激な宗教派閥があるの？」

「殿下がお生まれになってからは静穏ですがね、先代皇帝の御代では教皇派と原理主義派が血で血を洗う争いを起こしてたんですよ」

「今は教皇派が表で旗を振っていますが、血の気の多かった原理主義派が弱ったことで、他の宗教派閥が政治に手を伸ばしているという話もあります。気をつけてください」

実感の籠るヘルコフに続いて、ウェアレルも昔のことじゃないと忠告してくれる。

今まで全く関係なかったから知らなかっただけで、この世界の宗教は日本ほど緩くないらしい。できればこのまま関わらずに生きて行きたいな。

そんな不安は覚えたけど、礼拝に向かう僕の足取りは軽い。

宮中警護で貴族位のあるイクトしか同行を許されなかったとしても、そんなこと気にもならない。だって、テリーが父に見学を願い出てくれた、宮殿の大聖堂に行くんだからね！　どうやら僕が大聖堂に行ったことがないと察して、どうしたら僕も行けるか考えてくれたらしい。

場所は右翼棟で、本館を挟んだ左翼棟の反対側。まず右翼棟どころか、本館の右翼棟側に行くのも初めてだったりする。

「兄上、急なお誘いですみません。それと共に了承いただきありがとうございます」

合流したテリーはマナーの授業を増やされた成果か、礼儀正しく僕を迎えた。けど、やっぱりテリーと会うなら兄弟らしいことをしたい。

「会えて嬉しいよ、テリー。この間会えなくて寂しかったんだ」

「そ、う……僕も、会いたかった………」

きりっと礼儀正しくしていたところ悪いけど、そうして嬉しそうに照れてるほうが僕としても嬉しい。

それに急に決まったのだって、テリーが相談して進めてたら、僕を皇子扱いしたくない人たちが邪魔したせいだって言うし。

大聖堂は皇帝の住まいにあるだけあって帝室専用の教会だ。そこに僕が足を踏み入れるってだけで、ずいぶん過剰反応だとは思うんだけどね。ただそうして邪魔されたことで、妃殿下も加勢して教会関係の知り合いに当たってくれたんだとか。

たぶん右翼棟にさえ行ったことがないとテリーから聞いて、本館にも近づけなかった状況に自責の念でも感じてしまったんだろう。

「僕……ここ好きじゃない」

「僕もやだぁ……帰りたい」

礼拝服を着たワーネルとフェルが、うつむきがちに呟く。大人しいと思ったら、双子は明らかにテンションが低い。たぶんいつも元気いっぱいな分、大人しくしてないといけないのが嫌なんだろう。

僕としては会える口実ならなんでもいいんだけど、弟たちに嫌な思いをしてほしいわけでもない。

「ワーネル、フェル。僕は大聖堂って初めてなんだ。怒られないか不安だよ。二人が教えてくれたら嬉しいな」

「そうなの？」

「教えるよ！」

窺うように言ってみると、浮上してくれた。笑顔で僕を見上げてくれるし、頼られると元気になるって可愛いな。

そんなやりとりをしていると、テリーが僕と双子に向かって指を立てる。

「大きな声を出すのも駄目だぞ」

「そうなんだね。気をつけるよ」

双子への注意だけど、僕が受けて庇った。すると双子は同じポーズで口押さえて頷いている。

可愛いな！　お兄さんなテリーも含めて。

「それで、テリー。この後はどうするの？　一度外へ出る？」

「この先に、今日案内を請け負ってくれた者たちが待ってるはずだよ」

今僕たちがいるのは、本館の右翼棟に近い端。二階部分にある廊下だ。

テリーが指すのは右翼側に伸びる廊下で、どうやら大聖堂は独立した建物だけど、一部は宮殿と繋がっているようだ。

「わざわざ教会側で案内も用意してくれたのか」

僕が大聖堂へ行く、行かないで揉めている時、思わぬ援護が入ったと聞いている。なんと宮殿の大聖堂に仕える司教側から参拝要請があったそうだ。

これだけ長く住んでるのに、一度も神に挨拶してないのは問題だとか、僕にはよくわからない宗教的な拘《こだわ》りなんだって。そんな拘りあるならもっと早く声かけてくれてたら、ライアの洗礼式くらい出席できたかもしれないのに。

まぁ、ウェアレルとヘルコフにも言われたとおり、教会を運営する宗教権威は政治にも参画する。その代表として送り込まれる偉い人が司教で、大聖堂も任されてるから、帝国内の教会にはだいたい命令できるとかなんとか。

うん、今回のために大急ぎで宗教関係学んだから付け焼き刃だ。テリーたちの前でぼろが出ないよう気をつけよう。

結局のところ、僕が知らない内に色んな思惑の末、大人たちが折り合いをつけて、今日礼拝することになったのだ。

「ようこそおいでくださいました、殿下方」

宮殿内部から大聖堂へ入れる廊下の境に、司祭服というのか白い服を着た人たちが待っていた。

二人しかいないのも、やっぱり大人の思惑かな？　こっちも宮中警護一人ずつっていう縛りを設けられたし、できる限り目立たない方向での礼拝になるんだろう。

「わたくしは今日ご案内させていただく、ターダレ・リーエク・ウェターイー・イーダンと申します。この機会にどうぞよしなに」

笑顔で長い名前を告げて来る相手が見てるのは、テリーだけ。このターダレ、わかりやすく権力志向らしい。

もう一人、たぶん同じくらい高位の人は素っ気なかった。けど目がじろじろと不躾だ。

「リトリオマス・イーヴァー・アイソート・エデンバルと申します」

うん、何か聞いたことのある家名を名乗ったな。そう言えばレーヴァンがエデンバル家の説明で教会がどうこう言おうとしてた。あれはこういうことか。本当、今まで宗教関係触ってこなかったから知らなかったよ。

なんにしても素っ気ないのは、皇帝とエデンバル家の政治闘争のせいだろう。その上でこうして皇子が揃う中案内に立つって、やっぱり偉い人な気がする。

どちらも司教ではないけど、もしかしたら司教候補で、テリーの代に司教になるかもしれない人ってところか。…………なんかどっちもやだな。

「それではまず、こちらの階段へお進みください。どうぞ、お足元にご注意を」

無闇にテリーにだけ愛想のいいターダレが率先して案内に立つ。思うところはあるけど大人しく見学スタートといこう。第一印象だけで決めるのもね。

僕たちは宮殿と繋がる二階部分から、三階に上がった。

大聖堂は三階分くらいある高い天井全て吹き抜けの、一階層という宗教建築。宮殿の右翼を形作る建造物の一角だけど、ここはあからさまに構造が違う。そして階段を登れば、豪華な天井画を間近に見られる回廊へと辿り着く。

前世でもフレスコ画とか宗教美術があることは知ってたけど、結局三十年の人生で見ることはなかった。生まれ変わって改めて見れば、これだけの絵画を人の手で描き上げたと思うと、凄みを感じなくはない。

「かの有名な神の再誕を描いた場面にして、手がけたのは巨匠――」

うん、説明されても知らないし、あまり興味も引かれないんだけどね。ターダレが一生懸命喋ってプレゼンしてるけど、右から左に抜けそうだ。

なんとか耳を傾けたところ、帝国の歴史の中で、他の種族の歴史や信仰を重ね合わせた結果、どうやらローマ神話風な神さまらしいことはわかった。

つまり、配下に収めた土地や文化の神は下級神扱いで、帝国で信仰される主神がどんどん権能が増えてパワーインフレ起こしてるような感じだ。前世では、ギリシャ神話のアポロンとかヘルメスなんかがインフレ起こしてすごい属性過多になってた。

こっちでは帝国の主神がそんな感じ。司ってるものが多すぎるし細かすぎるから、もうお願いがあったらともかく主神を崇めればいいようだ。

僕が雑な理解で頷いていると、ターダレは全く喋り疲れた様子もなく案内を続ける。

「では下に降りて礼拝をいたしましょう。わたくしの美声は神に祈るためにのみあるものと称賛されておりまして――」

長々話されてようやく本格的に聖堂入りなのに、階段を下りる間、無駄な自慢話が始まった。申し訳ないけどターダレの営業トークはテリーに任せ、僕は双子がぐずらないことを褒めつつ階段を下りる。

そうして大聖堂の床に足をつけると、改めて大きな建造物であることを実感した。

上から行ったのは、この威圧感さえ覚える壮大さを印象づけるためなんだろう。すごく天井画に見下ろされている感じがある。距離がある分、遠近感をおおげさに描かれた絵が本物っぽくも見えた。

来たことあるはずのテリーも、改めて天井画を見上げて口を開けている。どうやらこのターダレは演出をわかっているようだ。

そうして進もうとした時、今まで黙っていたリトリオマスが遮るように腕を広げる。

「宮中警護の方々、これよりは神聖な領域。帯剣はお控えください」

不愛想なリトリオマスの言葉に、イクトたち宮中警護は目を見交わした。代表して、最近見慣れたテリーの宮中警護が応じる。

「今日の礼拝においては許可があるはずですが？」

「聞いておりません。何より神の前では万人が平等。殿下の護衛と言えど特別扱いはできかねます」

リトリオマスが繰り返し、武装を解くよう告げた。宮中警護側は許可を取ったらしいけれど、タ一ダレも知らないと言う。

ここで許可の有無を押し問答しても、上の人のやり取りを知らないだけ水掛け論だ。それを悟ってイクトが息を吐いた。

「………いたし方ありません」

「では宮中警護の方は、礼拝中はこちらでお待ちに――え？」

剣を外さず待機すると思ったらしいリトリオマスは、イクトが剣をベルトごと手早く外す姿に目を瞠る。それを見て、テリーたちの警護も揃ってベルトに手をかけた。

うん、さすがに顔を見慣れるくらい僕の所に来てるからね。いい加減諦めたんだろう。それに僕の居住区画よりも格式高い場所で、ごねるのは気が引けるくらいのお育ちの良さの影響もあるかもしれない。

剣を外され、リトリオマスは困った様子で辺りを見る。そして壁際の用具入れらしい棚に目を止めた。たぶんそこに剣を入れようというんだろう。

「一人は剣の見張りで残るべきじゃない？　悪戯する人がいるかも知れないし、子供が興味を持っても危ないでしょう」

つけ足すと、大人たちの目はつまらなさそうに礼拝服の裾を弄るワーネルとフェルに集まる。もちろん弟の安全を考えてのことでもあるけど、そんな誰でも触れる場所に置いておくと、イクトの剣によからぬことをする人が出るかも知れないと思って。

（また引きはがしとかされても面倒だし。セフィラ、周辺誰かいる？）

（数えますか？）

（いや、その必要はないよ。よほど怪しい動きがない限りは放っておいて）

当たり前について来てるセフィラは、大聖堂が初めてじゃない。夜中人間が寝静まった後に何度も通り過ぎていると聞いてる。何せ、この右翼の端に帝室図書館として使われてる棟があるんだ。

そして予想したとおり、見えない場所に人はいるらしい。頭から疑うのは良くないけど、予防はしておかないほうが馬鹿を見る。イクトを僕から引き離したい人がいるとすれば、宮中警護の証のような剣は狙い目だろう。

「………で、では、私が」

ベルトを外すのが一番遅かったワーネルの警護は、イクトの無言の圧力に耐えきれなかった。目で語るイクトのご指名を受けて、一人剣を抱えてこの場で待機することになる。

僕たちは皇子四人、警護三人、案内二人という形で大聖堂の一番奥へと向かった。

「あちらの柱頭飾りは栄誉皇帝と呼ばれたかのフィリポズス帝の御代に寄進された歴史ある彫刻でして――。そしてあちらにございます神像は、栄華四代と讃えられたトクサニオスの名を冠する皇帝たちが作らせ、金箔で覆った――」

ターダレは立て板に水。昔の皇帝たちの名前を出して、大聖堂の装飾の素晴らしさを語り続けた。

ただ、昔すぎて僕らとは氏族名の違う皇帝なんだよね。血の繋がった先祖ではあるんだけど、どちらかと言えば宗教権威を語りたい雰囲気だ。

そして僕には、すごくお金かかってるんだなぁくらいしかわからない。だって、案外怖い顔してるんだもん。なんか悪事を見逃さない番人とか言って、普通にモンスターみたいな顔が柱の上についてるし。神像なんて無表情に見下ろしてるから、すごく睨まれてるようにしか見えないし。

ただそういう美術的価値は横に置いても、石造りの壁をステンドグラスが飾る大聖堂は、薄暗い中にきらきらと光が舞って綺麗だ。確か宮殿の窓の大きさは帝都で五指に入るけど、一番大きな窓ガラスが使われてるのはこの大聖堂だって聞いてる。つまりそれだけお金をかけて権威を演出してるってことなんだろう。

進む先では、色味の違う石を組み合わせて、モザイクのような模様が描かれてた。普通にすごいと思うけど、これも権威を誇示するためだと思うと、途端に芸術性よりも権威欲を感じてしまう。

「それではこちらで、皆さま礼拝を」

黄金の飾りで後光やら女神やらを従えた、一番派手な主神の神像の手前で、ターダレが促した。

主神の祭壇は金糸の布や生花、豪華な燭台が据えてある。祭壇の前には僕たち用に敷かれた毛氈《もうせん》の上に、四つのクッションが並んでいた。僕たちが膝を突いて俯き、祈りを捧げるためのものだ。

ターダレは祭壇より手前にある、譜面台のようなところへ行き、装丁に刺繍がしてあるという分厚い祈祷書を、両手を使って開いた。僕たちの祈りに合わせてターダレは祈祷文を読み上げるらしい。

（手順は複雑じゃないし失敗なんてしないだろうけど、なんだか緊張するな）

（感あり。武装集団を発見）

僕は踏み出そうとした足を止めて体を揺らす。咄嗟に漏れそうになる声を、自分の胸に手を当てて止めた。

「アーシャ殿下、如何しましたか」

すぐに気づいたイクトが、弟たちの手前声を潜めて聞いてくれる。けどすぐ側だから、不穏な単語は筒抜けになるだろう。ここでは話せない。

「――イクト、服がずれたみたいで見てほしいんだ。テリーたちもちょっと待ってて。あっちの柱の影に行こう」

僕は胸元を押さえていることを利用して、咄嗟にイクトを連れ出す理由にした。大聖堂の高い天井を支える柱は大きく、回り込めばこちらが何をしているかは見えないだろう。

「ごめん、イクト。セフィラが、武装集団がいるって教えてくれたんだ」

僕は隠していた胸元に何もないことをばらして伝える。驚いて口を開きかけたイクトは、すぐに険しい顔をして声を上げるようなことはなかった。

「教会側の警備である可能性もあります。数はおわかりになりますか？」

「……………一番近くて十人が固まってる。他はばらけてるけど、最低五人組で、さらに二十人いるらしいよ」

「全部で三十……警備にしては妙ですね」

宮殿に警備の兵がいるのは日常で、だからこそ僕もよく見る警備のように等間隔に並んでいるわけでもない武装集団の存在に疑問を覚える。

というか、衛兵でも持ってるのは棒で、護身用に飾りのナイフがある程度。そんな相手をセフィラがわざわざ武装集団と言うとも思えない。

「その武装集団が警護でないとわかればいいのですが。警告するということは相応の不審さがあるのでしょうか？」

姿も声もないけど、この場にいるセフィラはすぐに応じた。

（服装が違います。揃いの装束を身に着けているために所属を同じくする一団であると推測）

セフィラが言うには、武装集団は全員、白地に赤い縁取りの貫頭衣とフード付きのマントを着てるそうだ。僕が知る宮殿のどんな警備とも違う服装だった。

「それは、教会の守護を目的とする騎士団の制服です。ですが、ストラテーグ侯爵から聞いた今日の配置に三十人の騎士団などなかったはず………」

呟いて、イクトは柱の向こうに視線を向ける。その目は同行した宮中警護に向いているようだ。

考えられるのはイクトに知らされていなかったこと。だけどストラテーグ侯爵がやるなら大っぴらに警護を増やすし、ましてやここは宮殿内部だ。僕たちが礼拝するだけで三十人もいらない。こちらが四人に絞っているのに相手は三十人なんて、そんな偏りを権力保持が大事なストラテーグ侯爵が許すとも思えない。

「帯剣に関する連絡の不備も気になります。ユグザール、第二皇子殿下の警護に確認しましょう」

僕がわからない顔をしたことに気づいたらしく、イクトが言い直す。誰かわかって頷くと、イクトは柱から一歩出てユグザールに手を上げてみせた。

「すまない。私では服の造りが良くわからない。手伝ってくれ」

「行ってくれ、テオ」

テリーにまで言われて、渋々ユグザールがやってくる。愛称はテオらしいから、ユグザールは名字かな？

そのユグザールは柱を回ったところで、僕がなんともないので首を傾げた。瞬間、イクトが低く告げる。

「声を出すな。教会の騎士団が武装した状態で展開している。心当たりは？」

「な――!?　…………ない」

声を上げそうになったユグザールは、イクトに睨まれ堪える。そして返答は否。やっぱりストラテーグ侯爵も与り知らない事態らしい。

状況について行けないユグザールは何か聞きたそうだけど、セフィラのことは言えないから、僕は話を進める。

「相手の狙いがわからないのが不穏だね。教会の施設にいるからなんて理由で、武装した状態の教会騎士がいるのは異常事態でしかないはずだし」

僕の言葉にイクトは頷き、ユグザールも警護対象の危機に気づいて口を引き結ぶ。狙いがわからないなら、職務を全うするためには最悪の事態を想定すべきだと、疑念を脇に置いたようだ。

「四人一緒に礼拝して隙を大きくするのは危険だよ」

確認のために告げれば、今度はイクトと揃ってユグザールも頷く。

「剣を、やはり携えておくべきだと今から言うのは？」

「向こうは教会勢力だ。結託していないと考えるほうが危険だろう」

相手の数を伝え損ねたせいで、ユグザールは穏便な方法を探る。けどイクトはそもそも四人いても敵わない相手の数をわかった上で、ターダレ、リトリオマスも仮想敵と見なすようだ。

「現状、狙われる可能性があるのは僕だ。まず僕が一人で礼拝するよ。動きがあればすぐに逃げる。二人は周囲に目を配っていてほしい。相手がただ気を利かせて儀仗兵《ぎじょうへい》を用意しただけならことを荒立てるほうが問題になる」

僕の指摘に、ユグザールは緊張の面持ちで頷く。イクトは渋い顔をしたけど、僕は気づかないふりで柱の陰から歩き出した。

（そうしてなんでもないふりをしたわけだけど。どうしたものかな？　三十人も騎士がいるなんて尋常じゃないよね）

（即時安全圏へと移動することを推奨。小児を同行させては逃亡さえままなりません）

（ぐぅ、正論。けど却下。せっかくテリーが僕のことを思ってこの場を用意してくれたんだ。僕から台なしにはしたくない。それとも、相手が確実にこっちを襲う気だっていう証拠はある？）

騎士は軍人と宮中警護の間くらいの存在で、宮中警護よりも殺傷能力があり、軍人よりも儀仗兵の役割が大きい。しかも教会騎士団なんて、国の中でも治外法権的な軍事力だ。

対応がまずいと政治問題にも発展しかねない。今回のことは父も妃殿下も関わってるから、下手を打って足を引っ張る真似はしたくなかった。

「お待たせ」

僕は不安そうなテリーに笑いかけ、あえて軽く告げる。背後を窺えば、さすがにやんごとない人の側に控えることが仕事の宮中警護。イクトもユグザールも表情には出さずついて来ていた。

(セフィラ、僕が狙われる理由わかる？　この礼拝も罠の可能性あるかな？)

(推論の域を出ず。この場におけるメリットよりもデメリットが多大。主人を狙う者ではないと推測)

そうなるとやっぱりサプライズ的な儀仗兵？　けど警護も少なくて、余人もいない状況って襲撃者側からすればメリットしかないように思える。

デメリットと言えば、教会という王権とは別の権威が暗殺を許したとして、信用されなくなるってところかな。教会は神の家とも言われるから、そこで悪事が行われると信仰心にも影響するだろう。

つまり、教会に所属する騎士団からすればデメリットになるわけだ。けどそうなると、やっぱりどうして武装集団がいるのかが問題になる。

狙われるのが僕じゃないなら、誰が狙いかもわからない。ルカイオス公爵の血縁であるテリーたちこそ、僕よりデメリットが大きい存在だし。ターダレかリトリオマスが狙われるにしても、僕たち皇子がいるところでやる意味がわからない。

ただセフィラの言うことも一理ある。相手を窺うにしても、安全策は取らないと。

「テリー、僕が先に一人でやってもいいかな。見て、問題があったら教えてほしいんだ」

「兄上？」

不思議そうな顔をするテリーに、僕は口元に手を添えて囁《ささや》く。

「…………あと、双子にいい恰好させて」

心配させないよう茶化して言えば、テリーは一度目を瞠った後、笑う。その様子に、僕はもう一つお願いをした。

「双子はいきなり走り出すこともあるし、祭壇からもっと離れたところにいさせてくれる？」

「確かに…………。僕の授業中でも遊びたいって走って来るし」

何その可愛いエピソード。後で詳しく聞こう。

テリーの了承も得て改めて告げると、リトリオマスが眉を顰めた。

「一緒のほうが一度で終わるのですが…………」

「弟たちに手本を見せるから」

「はぁ…………さようで」

リトリオマスが手間を省きたいと言い、ターダレはわかりやすくやる気を失くす。父の政敵の家柄で、僕たちを接待する気もないリトリオマスも面倒だけど、わかりやすくテリーだけを贔屓する気のターダレも面倒臭いな。

僕は内心舌を出しつつ、一人祭壇に近づく。クッションに跪いて、指を組むと深く首を下げるように俯いて祈りを奉げた。

（警護とも離れるし、この恰好すごく隙だらけだね）

（王権以外での権威として宗教があります。その占有する場での皇子暗殺は、二つの勢力を敵に回すことになることが推測され、たとえ宗教側が味方であっても、信徒という民衆を納得させるだけの瑕疵《かし》が主人にはありません）

セフィラなりに、ここで襲われる可能性の根拠を考えていたようだ。けれど結果は、やっぱり僕を狙うなんて言い訳もできないだけというもの。

貴族からは色々言われてる僕だけど、民衆にとっては他人で、害のない子供だ。そんな皇子がどうこうよりも、聖堂という民衆も使うことのある身近な施設での凶行に拒否反応をするだろうとセフィラは言う。

祈りの作法を守りつつ、僕はセフィラと襲撃者が現れないかを警戒する。ただ早口ではっきりと祈祷文も読まなかったターダレのお蔭で、無防備な姿勢を取る時間は短く済んだ。

何ごともなく祈り終わったけど、セフィラ曰くまだ教会騎士団らしき三十人は存在しているという。しかも動きが明らかに、祭壇近くの出入り口に近づいているとか。

十人はすでに出入り口の一つに貼りついてるけど、他の人員が現在移動中。セフィラが推測するには、他の出入り口を押さえに向かっているようだという。

「では皇子方」

笑顔全開のターダレが言うと、テリーは片手を上げてみせた。

「いや、ここは僕も兄上に倣《なら》って一人でやろうと思う」

「使用時間もありますからご一緒にどうぞ」

突然の予定変更に、リトリオマスが嫌そうに促すけど、そこはターダレが忖度をする。

「いやいや、ここは殿下のご意向を重んじるべきでしょう、どうぞどうぞ」

わかりやすいご機嫌取りに、リトリオマスは特にこれ以上止めない。ただ目が、よくやるなこいつと言わんばかりにターダレを見ている。たぶん仲良くないな、この二人。

そして始まったテリー一人の礼拝は、ターダレの本気だった。僕の時よりもゆっくり声も張って、本域で祈祷文を朗々と読み上げる。自慢する程度には堂に入った祈祷で、マイクもないのによく響いた。

あまりの依怙贔屓《えこひいき》に、ユグザールも警戒しつつイクトが怒り出さないか窺うほど。だけどイクトもそこまで大人げなくないよ。目が合ったユグザールへ、警戒しろと言わんばかりに一瞥した。

僕は双子と一緒に、テリーから距離を取っている。ユグザールが一番テリーに近い場所にいて、イクトも僕たちをいつでもフォローできる距離を保ってる。フェルの警護は僕の側だ。

さりげない警戒態勢の中、子供は大人の思惑なんて知ったことではないらしい。

「フェル、もう少しだから起きて」

「兄上、僕も、ねむい…………」

双子が祈祷文の単調さに眠気を誘われ、フェルは舟を漕いで瞼も落ちてる。ワーネルも目をこすっているけど頭がぐらぐらだ。

そして他人の事情を顧みないのは、襲撃者も同じだった。

（感あり。十人が扉を開いて急速に接近中。十人の後方より五人がさらに後詰めと思われる動きあり。十秒で接敵）

セフィラの警告に僕はイクトを見た。セフィラの声を聞いていたらしいイクトが、すぐにユグザールへと合図を出す。

一拍遅れて気づいたユグザールは、慌てて祈祷中でも側に走り寄った。テリーの肩に手を置いたと同時に、祭壇横の扉が音を立てて開かれる。

現れたのはセフィラが教えてくれたとおり教会の騎士で、すでに手には長剣や槍を握っていた。激しくぶつかる金属音で、突然引き立たせられたテリーの声が掻き消える。

けれど声を張っていたターダレの叫びはよく聞こえた。

「なんだ⁉　突然祈祷を——はぁ⁉　何をしている騎士団が！」

ターダレがいるのは、乱入した騎士に一番近い位置。テリーはユグザールがすぐさま掴んで僕たちのほうに連れてきている。

その間に、ターダレは長剣で殴られるように斬られていた。教会権威をかさに着て叱責していたにも拘らず。ターダレは教会騎士団に邪魔だと言わんばかりに、突き飛ばされて見えなくなった。

でも僕らには気にかける余裕はない。こうなってしまったら、誰狙いとかそんなことどうでもいい。

「こちらに！　向こうに出口があります！」

リトリオマスが叫んで誘導に立つ。警護は無手ながら、僕たちを背に庇って騎士たちと相対して止まった。僕が咄嗟にフェルの手を掴むと、テリーはワーネルの手を握って走り出す。

肩越しに振り返ると、イクトが無謀とも思える突撃を行っているのが見えた。素早く槍を手にした相手の懐に飛び込んだところで、すぐ近くの騎士に長剣を振られる。

僕は斬られたと思ったけど、高い大聖堂の天井に響くのは金属音だった。

イクトは槍を持つ騎士が差してた剣を奪って、防御に使ってまた素早く飛びのいた。咄嗟のことで浅く切られたようだけど、致命傷じゃない。

「警護の邪魔になります！　逃げましょう！　お急ぎください！」

リトリオマスが足の鈍った僕をさらに急かす。向かう先は教会騎士団が現れたのとは別の、祭壇に近い扉。

リトリオマスがノブを掴んだ瞬間、セフィラがまた忠告を発した。

（感あり。行く先の扉の向こうに十人の武装集団）

僕が止まると手を繋いでいたフェルも止まる。テリーも気づいて止まれば、手を繋いでいるワーネルも止まった。

「兄上？」

「――これ以上警護は武器を手に入れられない。だったら守るべき僕たちが向こうと合流すべきだ」

聖堂の端にいて出遅れたワーネルの警護が、剣を抱えたまま走って来てる。僕はリトリオマスに背を向ける形で足を踏み出した。

「行こう！」

「「「うん！」」」

弟たちはすぐさま頷いて足を動かす。

「はぁ!? お待ちを！ こちらです！ こっちなら安全ですから！」

慌てるリトリオマスの声を聞かず、僕たち兄弟は走った。するとリトリオマスが向かっていた扉から、教会騎士団の姿をした新手が飛び出して追って来る。

「イクト！ 新手！」

僕は短くイクトに警告を発した。瞬間イクトは突き込まれる槍に身をかわし、槍先を下げて踏みつけることで騎士の体勢を崩す。体勢の崩れた騎士を手早く転ばせて、他の騎士の足を止めると、宮中警護に向けて声を上げた。

「走れ！」

イクトに命じられて走るユグザールとフェルの警護は、無手のため庇われるしかない。だったら僕たちと合流して守りを固めるほうがいいだろう。けど、そうなるとイクト一人が敵を引き受けることになってしまう。

もちろん三十人もいる騎士はそんな分断を見逃さない。孤立するイクトも危険にさらされる。

（セフィラ・セフィロト！ 初級でいい！ 騎士にだけ魔法を降らせて！）

僕は魔法を使うふりで力を溜めて手を振る。合わせてセフィラが、火の粉を発するだけの魔法を列にして展開した。

騎士の頭上に現れた魔力を帯びた光の列は、破裂音を立てると火の粉の雨を降らせる。僕のイメージを受けたセフィラの魔法であるせいか、騎士たちの頭上は家庭用花火が炸裂したような騒ぎになった。

けど想像以上の噴射で、騎士と近かったイクトにも火の粉が及んだ。

「イクト、ごめん！」

「なんの」

いつの間にか水の魔法で自衛していたイクトは、涼しい顔で僕たちを追いかけて来る。フードを被って顔を隠していた騎士たちは、すぐには状況が飲み込めず、それでも感じる熱で口々に騒ぎ足が疎かになった。

「すごい！　あんなにいっぱいの魔法を…………」

「バチバチ！」

「アチアチ！」

テリーと双子が感動してくれるけど、セフィラの能力だし、まだ危険だから喜べない。何より僕らが全力で走っても子供の足だ。

最初に出て来た騎士はイクトが足止めしても、次に別の扉から出て来た騎士を阻む者はいない。すぐさま追うことを優先した騎士数名に、追いつかれそうになってしまった。

ただそこに、無手のユグザールがタックルで妨害し、フェルの警護が僕たちに追いつく。タックルで残ったユグザールも、退いて来たイクトによって助けられるのが見えた。

そうしてちょうど聖堂の真ん中で、僕たちは剣を持っていたワーネルの警護と合流する。宮中警護はすぐさま鞘を捨てて、追いすがる騎士を打ち払った。

（まだ足を止めていられない。セフィラ！　脱出経路は？）

（上階）

端的なセフィラの指示で、僕は弟たちを率いて大聖堂に入るため下りた階段に向かう。そちらにまで教会騎士団は配置されておらず、僕らはひたすらに走った。

「お、お待ちを…………！」

物騒な武器が振り回される大聖堂の中、壁に縋るようにしてリトリオマスが階段にやって来て声を上げる。足を止めそうになるテリーを、僕は前に行かせて急かした。

「今止まると足手まといにしかならない」

「は、はい…………！　ワーネル、堪えてくれ」

「フェルも止まらないで」

僕はあえて手を伸ばすリトリオマスを無視して弟たちの安全を優先する。ワーネルとフェルは身が軽い分階段上では速いけれど歩幅が小さい。ましてや幼い体力はもうすでに切れている。まともに返事をする余裕もなかった。

「宮殿のほうへ！　誰か呼んで、テリー！」

「誰か！　誰かある！」

宮殿と大聖堂を繋ぐ廊下に駆け込み、テリーが声を上げる。遅れて僕も廊下に入ると、宮殿側から宮中警護が顔を出しているのが見えた。距離はあるけど、大聖堂側から激しい物音がするくらいはわかっていたんだろう。

（セフィラ、追っ手は？）

（主人たちが廊下に入ったとわかると反転しました）

つまり逃げに転じたらしい。教会騎士団なら、大聖堂外での武装は許されていない可能性が高い。もしくは、ここまで逃げられると追うことも難しいと諦めたか。

どちらにしても、逃がすわけにはいかない。

（セフィラ・セフィロト！　奴らを追え！）

（警告。未だ脅威から完全に脱したとは言えず）

（その脅威を放置して二度と捕まえられなくなるのも駄目だよ！　今回だけ宮殿外での活動を許す。警告するならさっさと戻って来て。こっちも確保しておくから）

（了解しました）

僕の返答にセフィラは淡々と答える。姿は見えないから、何処にいるのか僕にもわからない。けれど了解と言ったからには追跡を請け負ってくれたんだろう。

そうしている間にも僕たちは宮殿側に逃げ込み、テリーは手近な宮中警護に大聖堂で襲われたことを声高に訴えた。あまりの異常事態に、宮中警護は絶句する。

さらに敵が退いたことで、僕たちに追いついたイクトたち同僚の負傷にも目を瞠ってしまった。そんな狼狽にイクトは剣を仕舞わず睨むように命じる。

「何をしている、警笛を吹け！」

「は、はい！」

笛を取り出して吹く余裕もなかったイクトたちは、今も剣を手に大聖堂側を警戒した。辺りに響く警笛に周囲は騒がしくなり、息を切らした弟たちは座り込みそうだ。

「殿下方、すぐに休憩できる場所へ。お怪我の有無も調べませんと」

警笛を吹いた宮中警護は、あえぐ僕たちを心配するようだ。たださらにもう一人に声をかける。

「そちらの聖職者の方も一緒にこちらへ」

僕たちと一緒に駆け込んで来たリトリオマスにも、保護を呼びかけた。

「待った」

僕はリトリオマスとテリーたちの間に立つ位置取りを変えずに、宮中警護を制止する。

「その人は敵方だから捕まえて」

「は…………？」

「僕たちを騎士のいる方向へ誘導しようとしてたんだ。それにもう一人は襲われたのに、その人は騎士の中から無傷でこっちに来たし、あの襲って来た騎士の仲間だよ」

僕の指摘に、イクトがすぐさま動く。ユグザールも後に続き、リトリオマスは悲鳴を上げて床に尻餅をつく。ここまでの逃避行からか、イクトに続いて動いていたワーネルとフェルの警護も、すぐさまリトリオマスを囲む形で捕縛にかかった。

後はもう無闇に手を振って逃れようとするリトリオマスを、剣を片手にした宮中警護四人がもみくちゃにするようにして床に押さえつける。警笛で集まって来た人たちは、事態に追いつけず立ち尽くすほど容赦のない拘束だった。

「あの、これは…………?」

警笛を吹いた宮中警護が聞こうとすると、リトリオマスは自由になる口だけで抵抗する。

「放せ、くそ！　くそぉお！　――下賤《げせん》の血で皇子などと笑わせる！　使われる貴様らもその程度の相手に首《こうべ》を垂れる無様を自覚しろ！」

もうこれは自白でいいかな？　イクトたちに捕まったリトリオマスを助ける人はいないみたいだし。

目が合ったからなんとなく頷いたら、イクトは剣を振り上げた。床に押さえつけられながらも、横目にその動作を見たリトリオマスは悲鳴を上げる。けれど振り下ろされたのは柄のほうで、殴られたリトリオマスは昏倒して静かになった。

痛そう…………まぁ、同情はしないけど。せっかくテリーが僕を思って行動してくれたのに、それを台なしにした罪は重い。

絶対リトリオマス以外も捕まえてやる。けど今は、疲れ切った弟たちを休ませるほうが先決だった。

＊＊＊

大聖堂での礼拝は散々に終わっている。

走り疲れた後、テリーは遅れて恐怖を覚えたようで泣いてしまった。さらにはよく状況が理解できていなかった双子もつられて泣いてしまい、それが慌てて駆けつけた妃殿下と重なり、妃殿下まで激しく狼狽してしまう事態になったんだ。

まず僕が事情を説明して、イクトたちも同じく説明して、テリーたちが落ち着くのを待ってまた

説明して。本当散々だよ。せっかく礼拝が終わったら遊ぼうと思ってたのに。笑顔どころか泣いてしまうなんて。

「それで、今回のことはエデンバル家がやらかしたでいいのかな？」

僕は青の間でストラテーグ侯爵と向き合い、開口一番に確認した。ストラテーグ侯爵としては、宮中警護が表立った一件だったから、上司として聞き取りのため来ている。質問する側の態でいたせいか、僕に尋ねられて眉間に皺が寄った。

けど聞くよ。だって説明してテリーたちを泣き止ませたら、他が忙しい間にさっさと左翼棟に戻されたからね。あんなことあった後でも僕を邪魔者扱いすることだけは徹底してるんだから。

ストラテーグ侯爵って言う情報源が歩いて来てくれたなら、逃す手はない。

「騎士の仲間だったリトリオマスがエデンバルって名乗ってるし、誘導はしても自分一人安全圏にいようとしたし。エデンバル家が主導的な立場にいたことはわかってるよ」

じっとストラテーグ侯爵を見つめて言えば、気を逸らすようにレーヴァンが割り込んで来た。

「そうそう、エデンバル家は金に汚い上に、金で物事解決しようとするんで、利権が大事なんですよ。で、利権に口出してくる中には教会もあるんで。そのために血縁者を送り込んで、口を挟めないよう工作するんです。今回の皇子勢揃いでの礼拝、案内役の権利もぎ取るためにけっこうな額動いてるんですからね？」

レーヴァンの説明から、やっぱりあの二人は次の司教候補だったことがわかる。っていうか、聖職者。何、けっこうな額って？　生臭坊主って異世界にもいるのかぁ。

「つまり狙われたのは僕じゃなくて、父の血を継ぎルカイオス公爵の政策も引き継ぐだろうテリーたちで確定なんだね」

政敵であるエデンバル家の司教候補が、今回の礼拝にねじ込んで来た理由なんて、結果を見れば容易に想像がつく。権力志向なターダレと見比べても、案内役の権利をもぎ取ったわりにやる気がなかった理由の察しがついた。

僕の言葉に、レーヴァンはおおげさに肩を竦めてみせる。それを見たストラテーグ侯爵は諦めたように口を開いた。

曰く、ディオラとお茶会をする前に言っていたルカイオス公爵の政略が効いたそうだ。

「エデンバル家が勢力を保持しているのは、わかりやすく財貨を抱え込んでいるからです」

エデンバル家は金貸しもやっていれば、貴族向けの賭場もやっているそうだ。そして賭場は夫人方のサロンでも開いており、有り金を注ぎ込んだ者に系列の金貸しを紹介してさらに搾り取るようなこともしていたと。

「ルカイオス公爵はこの社交期に、未申請で開かれていた賭場を押さえ、金貸し業にも手を入れました」

それで慌てたのは夫人の夫たち。遊びなら放任もするが、借金の上に検挙までされては放っておけない。夫である貴族たちは夫人というエデンバル家の金蔓を引きはがし、保身のためにルカイオス公爵に迎合したとか。

賭場と金貸し業という金に直結する部分を押さえられたエデンバル家からは、金によって抱え込まれていた木っ端貴族も離れて行っているという。

「…………ルカイオス公爵が今動いた理由は？」

僕の疑問に、ストラテーグ侯爵は言葉を選ぶ様子で一度口を閉じる。すると、ウェアレルが推測を挙げた。

「社交期だからでしょう。エデンバル家の多くが社交のために領地を離れており、確かエデンバル家当主も現在帝都に滞在しているはずです」

「だったら、今なら戦争起こせねぇと踏んだんでしょうね」

ウェアレルの言葉で、ヘルコフが物騒なことを言い出す。けどストラテーグ侯爵を見れば否定はない。

「どういうこと？」

「アーシャ殿下、戦争をするには兵糧が重要であることはおわかりですか？」

どうやらヘルコフのひと言で理解したらしいイクトが説明してくれた。

穀倉地帯を押さえるエデンバル家は、兵士が戦い続けるために必要な食糧事情に問題はない。けれど食糧事情をエデンバル家に依存する形の帝都の兵士は、エデンバル家と戦争になれば食糧事情によって負ける可能性があるという。

そしてその状況は父が皇帝になる前からあることで、エデンバル家が今まで悪政を見逃されてきたのは、帝国の食糧事情を握っていることも大きかったようだ。

何より内乱なんて国力をすり減らすだけの悪手。政治に強いルカイオス公爵でも、やすやすとは手を入れられなかった。

「帝都にエデンバル家が揃ってるなら、逃がさないってことか」

電話もメールもないこの世界、遠隔地に指示を出すなら早馬での伝令になる。戦争を起こすとなれば、身の安全のためにも本拠地に帰るものだけど、すでに居場所は見張られ逃げられないようにでもされてるんだろう。

ヘルコフが言うとおり、今ならエデンバル家も内乱という最強の札を切れない。そう見越してルカイオス公爵は今、エデンバル家を弱体化させる手を打ったらしい。

「そんな状況なら、宮中警護もっと増やしても良かったんじゃない？」

今回、エデンバル家が凶行に及んだのは、負ける目算がついてしまったせいだ。

父は歴代皇帝に比べれば遅いけど、着実に力をつけている。その父からテリーへと帝位が移れば、エデンバル家とその一党に未来はない。だからテリーやワーネル、フェルを狙うのはわかる。

同時に、そんな状況で最低限の警護だけでの行動を、抑止すべきだったんじゃないの？

僕の指摘にレーヴァンが肩を竦めてみせた。

「さすがに暴挙が過ぎますって。予想は不可能ですよ。それに思い出してください。剣を帯びた警護が四人と無手の司教候補二人。そのままだったら安全確保できたはずなんです」

その予定で宮中警護としても事前の見回りや、宮殿側での待機人数を増やすなどの対策をしていたそうだ。

結果、事前に仕込むことや変にこそこそせず、堂々と教会騎士団の姿で襲うという暴挙が功を奏してしまった。僕も今にして思えば、リトリオマスに剣を外すよう言われた時点で、連絡の齟齬《そご》を理由に安全第一で礼拝を中断するべきだったのかもしれない。

まぁ、今さら終わったことを言ってもしょうがない。僕は別の懸念を聞いてみることにする。

「結果は確かに意表を突かれた。けどあまりに短絡だよ。他にもエデンバル家として、あの場で襲う目論見に益があるんじゃないの？」

当たりだったようで、ストラテーグ侯爵が嫌そうに教えてくれた。

「あの場にいた者は皆殺しにし、証人を失くすことで、第一皇子殿下の凶行に仕立てるつもりだったと吐いておりますな。調べ直したことで、当日大聖堂周辺は教会関係者に対して、人払いがされていたこともわかっているのです」

そう言えば大聖堂で剣を外す時、セフィラに周囲に人がいないか聞いたな。あの時、数えますかなんて答えたけど、いたのは教会騎士団だけだったたってことか。

そうして注意を払っていたことで、セフィラが敵性のある武装集団であることに気づいたんだろう。剣を外せとリトリオマスが言わなければ警戒もしなかったから、何が功を奏するかわかったものじゃない。

「それにしても無理すぎない？　——あ、だから教会騎士団か。僕が先にテリーたちを殺したから、騎士を呼んで成敗しましたとか。リトリオマス一人が生き残ってればなんとでも言えるし、司教への道もついでに開ける」

ちなみに最初に斬られたターダレは生きてる。狙いであるテリーたちが逃げたから、追うほうに注力して止《とど》めを刺されず、重傷だけどなんとか治療が間にあったそうだ。

「それで、逃げた騎士は？　まさかそこで自家の騎士使ってたとか言わないでしょ？　逆に揃えてたとわかれば疑いの基だし。そうなると教会騎士のほうに手を貸した人がいる？」

憶測だけど外れてなかったらしく、ストラテーグ侯爵が今度は渋い顔になる。

「服は本物でしてな。ただし中身は別物が混じっていたようだ。混じっていたほうは逃げ果《おお》せております。目下捜索中で、宮殿の外に逃げたことだけは確かかと」

エデンバル家が手引きして、殺しに長けた者を混ぜていたがそちらは逃げた、か。言い方から、誰かはわからないけど当たりはつけてる感じかな。

まぁ、セフィラが誰にも気づかれずに追っていて、アジトは掴んでるんだけどね。ストラテーグ侯爵に言うか、狙われたし父に情報流すかしないとだけど、情報源を言えないしなぁ。どう切り出そう？

「リトリオマス以外のエデンバル家を捕まえて、吐かせたりはしてる？」

「今リトリオマスを絞っているところですな。ただ実行犯は別のエデンバル家の者が手配していたようで、そちらは関与を否定。引っ張るにもエデンバル家が一丸となってリトリオマスの切り捨てをもって保身に動いているのですよ。また、宗教勢力も派閥があり、何処が敵で何処が味方かをまず見極めなければうかつには動けません」

「言っておきますけど、エデンバル家と侯爵さまは利害ないですよ。警護が守ってる皇子さま方襲われたなんて、解決しないと名折れなんで手心加えたりはしてません」

　ストラテーグ侯爵とレーヴァンの話から、解決には時間がかかりそうな気配がする。教会勢力という第三勢力が敵に回ると余計ややこしいことになるから、一気に攻められないってところか。

「派閥に関しては面倒なのはわかった。けど、逃げた相手は宮殿の外なのに宮中警護が手を出せるの？」

「本来は無理ですな。ただし今回は大聖堂内での凶行と教会の勢力争い、宮殿内部での政争、皇子への武力攻撃と色々な要素があるため、利害の近い勢力をこちらに引きいれることで例外的に動けはします」

　やっぱり敵味方が色々あるらしい。これならアジトを教えれば、根回ししてストラテーグ侯爵が動いてくれそうだ。父のほうは逆に敵に回せない人も出て来るかもしれない。

　話を聞きつつ、明確になっていく状況に悩んでいると、階段のほうから騒ぎが聞こえた。

「…………前にもあったね、こんなこと」

「今回は怒鳴り込まれる理由に心当たりはないのですが？」

　前はフェルに毒を盛られたと思い違った妃殿下だったけど、今は和解してるもんね。あの時僕は居留守。今回と同じく聞き取りをしていたストラテーグ侯爵は別の階段からこっそり帰った。

　僕にもストラテーグ侯爵にも、今回ここに騒ぎを持ち込む相手に心当たりはなし。だけどイクトとレーヴァンが、身振りだけでまたこっそり別の階段から帰る打ち合わせを始めてる。まぁ、面倒ごとの気配は確かにあるよね。

　僕も居留守を使うために耳を澄ませると、ストラテーグ侯爵が室外に配置した宮中警護が叫んでるのが聞こえた。

「——なりません！　殿下！」

外からの声に僕はすぐさま扉に向かう。開くと、体当たりする勢いで飛び込んでくる弟をキャッチした。

ただ勢いで僕まで倒れそうになるのを、扉脇にいたウェアレルが支えてくれる。お礼を言う暇も惜しくて、僕は見慣れた弟の紺色の髪を撫でて顔を上げさせた。

「テリー、どうしたの？」

殿下って言うから確定弟とは思ったけど、一番予想外の相手が来たなぁ。

「兄上が取り調べと聞いて！　何もしてないのにまた悪いように言われてるかもって！」

「そう、心配して来てくれたんだね。ありがとう」

僕の弟いい子すぎでは？　自分が命狙われた直後なのに…………。

「ごめんなさい、僕が誘ったから……ごめん、なさい……」

「謝ることなんてないよ。テリーは僕が大聖堂行ったことないって気づいて、お膳立てしてくれたんだから。悪いのはそれを利用しようとしたほうだ」

涙ぐんでるのでそのまま抱えて頭を撫でる。まだ僕より小さいけど、三つ下のわりに案外身長近いな。これは成長期来たら追い越される？

そしてこれはだいぶお兄さんっぽいシチュエーションじゃない？

縋りつくようにしてされるがままのテリーは、泣くのを堪えながらさらに続けた。

「あ、兄上に、笑って、ほしかったのに………僕——」

しゃくりあげそうになりながら言い募るテリーに、僕は驚いていた。

そう言えば大聖堂行ってないのばれた日、双子が辛いよりも楽しいって笑うようにしたいと話したんだ。それをどうやら僕にもと思ってくれたらしい。

あの日笑ってくれなくなったのは、僕を思って考え込んでいたから？　え、なんだかモジモジするな。嬉しいけど、落ち着かない感じがする。

胸に湧く気持ちに意識を取られて撫でる手が止まると、テリーはまた顔を上げて訴えた。

「僕より兄上すごいのに、兄上が襲ってくるかもしれないとか言って！　守ってくれたって言っても気を許すなとか！　みんなひどいんだ！」

どうやら周囲に何か言われたようだ。そして僕の取り調べと聞いて、冤罪を心配して駆けつけてくれたらしい。

僕の弟いい子すぎでは？　うん、何度でも言いたい気分だよ。

感動している内にテリーがさらに言い募る。

「すごい魔法で助けてくれたの兄上なのに、錬金術に傾倒するような人が魔法使えるわけないって！　何か見せかけたんだって！」

「それはちょっと言いがかりがひどいなぁ」

「でしょう！」

「錬金術がわかってるからこそ上手くいったのに」

「それはどういうことですかな？」

今まで見てただけのストラテーグ侯爵が割り込んでくる。宮中警護からの報告で、僕が火の粉を散らせたことは知ってるはずだけど、セフィラのことを言う気はない。

けどここで聞いてきたってことは、あの時教会騎士団に降り注がせた魔法の規格外な様相が、ストラテーグ侯爵にはきちんと伝わっているということだろう。

「再現性って言ってわかる？　同じことをして同じ結果を誰でも出せるようにするんだ。それが錬金術の基本。魔法もそういう考え方で調整すれば、初級魔法くらいなら密集させて相互に干渉せず発動させることもできる」

それらしく言うと、ウェアレルも頷いて後押ししてくれた。実際、僕の魔法の家庭教師だしね。

錬金術は詳しく理解できなくても、セフィラの魔法の使い方が人間とは違うくらいはわかっている。それと同時に僕がセフィラに仕込む魔法は、前世の知識を再現する発想とウェアレルが教えてくれたことからなっていた。

「だから練習すればテリーにもできるよ」

「僕にも？　本当に？」

「できるよ。今度の面会ではそれを教えようか」

「うん！」

テリーは本当に喜んでくれているらしく、零れそうだった涙も消えている。

「じゃあ、僕はまだお話があるから。大丈夫、ストラテーグ侯爵は話を聞いてくれる人だ。それでも、テリーが会いに来てくれてうれしかったよ。気をつけて帰ってね」

頭をもう一度撫でて、僕はテリーを落ち着かせて帰した。テリーが階段に消えるまで見送って、青の間の扉を自分で閉める。

振り返れば、室内には僕の側近と、ストラテーグ侯爵とレーヴァン。うん、もういいや。

「…………よし、潰そう」

「怖い！　さっきの対応からどうしてそういう言葉出るんですか？」

レーヴァンが騒がしいなぁ。

「え、だって将来テリーが治める国の帝都に、犯罪者ギルドなんていらないでしょう？」

「どうしてそれを――!?」

騎士に紛れ込んでいた敵の正体に、ストラテーグ侯爵が驚いた。どうやら本当に当たりはつけていたらしい。

「うん、調べたから。アジトは見つけたし、そこに送る人員とか言い訳とかについて話を詰めようか。あんなの、百害あって一利なしだ」

僕もね、まさか本当に貴族どころか帝室に手を出す危険集団だなんて思ってなかったんだよ。

僕の言葉にストラテーグ侯爵は、僕の側近に答えを求めるように目を向ける。

けどウェアレル、ヘルコフ、イクトの誰も、目を逸らしてストラテーグ侯爵の視線には気づかないふりをしたのだった。

五章　帝都の夜

昨日はテリーのためにも犯罪組織撲滅を志したら、側近にも揃って止められた僕です、おはようございます。

そんなに頭に血が上ってたように見えたのかな？　弟たちが危険にさらされたんだし怒ってもしょうがなくない？

………………やっぱり、自分で乗り込むことを前提に話しちゃったのが、まずかったかもしれないな。

閉め切った窓の向こうからは鳥の声が聞こえるけど、いつもどおり電気もない室内は、朝日が昇った後でも暗くて静かだ。皇子が暗殺未遂に遭ったなんていう大事件も、騒ぎ立てる人間がそもそもいないこの左翼棟では関係ないらしい。

そして規則正しい足音と共に侍女がやって来た。

「ご起床の時間にございます、第一皇子殿下」

そのまま窓に向かい、カーテンと内窓を開く音が淡々と続くのもいつもどおり。このクール系侍女にとっても、仕える皇子の身の危険なんてよそごとなようだ。

さすがに暗殺未遂後には何か探りがあると思ったんだけど、それすらなかったんだよね。

（セフィラ、昨日のストラテーグ侯爵の聞き取りとテリーが泣いてやって来たことについて、何か書いてた？）

（ストラテーグ侯爵による聞き取りについては記載あり。赤の間にて待機のため、闖入者《ちんにゅうしゃ》があった状況を確《かく》として把握しておらず、不明事項は記載せず）

相変わらず、自分が見聞きしたことは確かに書いてる。ただこっちの情報をルカイオス公爵に流してはいるけれど、推測や不確定なことは全く書いていないらしい。

うーん、やることはやってるのにこっちの不利にならないことしか情報流してないから、いまいち敵視できないんだよね。それに仕事は普通にできるし、侍女としての気の使い方に邪念もない感じだし。

ウォルドみたいにわかりやすく今の状況に不満を持ってるなら、そこを突いて利用しようくらいは思うのに。

僕は考えた末に、朝食後にノマリオラを改めて呼び出した。

「ノマリオラ、ここでの仕事には慣れた？」

辞めさせる理由もないので、もう直接聞くことにしました。うん、実は犯罪者ギルド潰したくて、ちょっとせっかちになってるかもしれない。動きたいからには、敵か味方かはっきりさせたいよね。

うん、これは僕をよく見てる人たちからも止められるはずだ。ちょっと落ち着いてみようか。

もうこの侍女を探る時期は逸したし、これ以上は情報出て来そうにないから呼んだ。暗殺未遂なんてこともあったから、保身で様子見なんてしている場合じゃないのは確かだ。

ノマリオラを呼び出した青の間には、室内に僕とイクトがいるだけ。気軽に世間話を装って話しかけても、視線を下向けたままのノマリオラに変化はない。

これもこちらに悟らせない技術なのかどうか、判別のつかないところだ。無表情の上に無駄口もなく、何より視線も合わない。これが使用人ならそういう作法があるのは知ってるけど、ノマリオラは侍女なんだよね。コミュニケーションすらまともに取ってないこの状況、ストレスとか感じないんだろうか？

「はい。第一皇子殿下のお蔭をもちまして」

「何もしてないけどね」

本当に、僕はノマリオラに対して何もしてない。給金は支払われているけど、そこは僕が直接どうこうする仕事じゃないし。必要以上に話しかけもしなければ、大抵赤の間に押し込めてる状態だ。

「ノマリオラはどうして僕のところに来たの？」

「ルカイオス公爵閣下が第一皇子殿下の怪しい動きはすべて把握し報告するようお命じになったからです」

ど直球で返された。

うん、あれ？　それってルカイオス公爵側への裏切りにならない？　あ、もしかして、ルカイオス公爵側からしても重要度の低い人選で僕の所に放り込まれて、実は向こうに不満溜まってたとか？　実は相当信頼関係ない？

信頼関係のある上司と部下で言えば、僕が思い浮かべるのはレーヴァンとストラテーグ侯爵だ。上司が部下を庇って直接謝ったのを見てる。

その気になれば、レーヴァン一人に責任を押しつけて、自分は知らぬ存ぜぬで僕に借りを作ることもなく済んだはずだった。それを即座に自分が前に出て謝ったんだから、見捨てる気がないのはとっくにわかってる。

いや、今はそうじゃなくて。

「うん、えーと……それ、言っていいの？　ノマリオラ、怒られない？」

「第一皇子殿下が私を外すには相応の理由が必要です。ですが、探られて嫌だというのであればその情報を引き出したことで、ルカイオス公爵閣下は私に褒美を与え、もっと適切な人物を送り込むことでしょう」

「つまり、このまま自分を侍女として置き続けたほうが僕にはいいって？　すごく魅力的な売り込みだね」

いっそ感心すると、ノマリオラの表情がようやく動く。

「忠誠を求めないのですか？」

「忠誠誓われるようなことしてないのに？　それ意味ある？　それにノマリオラは公爵に忠誠を誓っているわけでもないみたいだし」

下手に忖度は困る。今の僕を取り巻く悪評は、どうもそれが発端だから。その上ルカイオス公爵は使えるなら使う派で、実態のない僕への誹謗中傷広げるようなこともする。

ただ言い出すのは忖度する周辺貴族で、ルカイオス公爵にとっては切り捨てればノーダメージなように立ち回っているらしい。だからテリーの時は僕を貶め、フェルの時には周囲を焚きつけて、衆目の前で僕に冤罪着せようとする大胆な狡《ずる》さを発揮した。

そんな腹立たしい敵の手を見習いたくはない。

「家の繋がりかもしれないけど、ノマリオラが現状に不満がないなら今のまま――」

「お金のためです」

まるで僕の言葉を否定するように、ルカイオス公爵のスパイをしているのはお金のためだと断言する。

言い切ったノマリオラの様子を見ても、視線は下げたままだ。ただ訂正をするほど、家のためとは言われたくない強い否定の意志は感じた。

「お金、お金に困ってるの？　うーん……だったらルカイオス公爵側の動きを何かリークしてくれる？　情報料払ってもいいよ。ただお金が欲しい理由くらいは聞かせて？」

「お話ししましょう」

わぁ、今までにない前向きな反応。クールだと思ってたけど、どうやら本気で僕やその周囲に興味がないだけだったようだ。その周囲には、どうやらルカイオス公爵側も入るらしい。

「私の母はガラジオラ伯爵の三番目の夫人であり、私と妹を産みましたが、産後の肥立ちが悪く亡くなりました。今伯爵夫人は四番目となり、そちらには子息が生まれ、私たち姉妹の価値はとても低いのです」

あ、だいぶ込み入った話が始まってしまった。

ただ、だからこそガラジオラ伯爵家のためと思われたくないことはわかる。あと、子供を産んで死んでしまう人多いなぁ。僕の母もだけど、魔法があっても出産は難業ってことなんだろう。

「妹は生まれつき肺が弱いようなのです」

ノマリオラがお金を求める理由はちゃんとあるらしい。しかも自分のためではないようだ。

「ですが治療費もまともにはもらえません。なので私が働きに出て治療費を賄っています。元は宮殿所属の使用人でした。そこからルカイオス公爵側からのお声がけで、侍女として第一皇子殿下にお仕えしている次第です」

最初から公爵家関連の人間だと思ってたけど、その辺りは妃殿下が関わりのない人を選んでくれていた。ただこうしてすでに実家から手を回されているけど。その辺りはまだルカイオス公爵のほうが上手ってことか。

「私が求めるのは金銭のみ。報酬のつけられた仕事はなんであれこなします」

「今は侍女としての給金と、ルカイオス公爵側からの報酬。そして今回僕から、情報料を得られるってわけだね」

「今の情報にはおいくらほど？」

おっと、抜け目ないな。そしていつの間にか上げてる青い瞳は真剣だ。

そんなに妹さん悪いのかな？　フェルのこともあって、ちょっと心配になる。

「手持ちですぐ出せる金銭持ってないんだよね。あ、ディンク酒渡したら自分で換金できる？」

「アーシャ殿下、それは少々問題が」

イクトから待ったがかかり、ノマリオラも不服そうに返答する。

「贈答用に求められた物を渡されたとしても、後々不都合が出た場合の補填は致しかねます」

どうやら僕がディンク酒を持っている理由を、贈答用にわざわざ求めた物だと思ったようだ。ウォルドに聞きそびれたけど、贈答品も歳費から出たりするのかな？

というかノマリオラも、僕に贈答品送る相手がいると思ってる？　試供品感覚でモリーからもらっただけなんだけど。元手もタダだしいいかと思って。

「私が情報の精査を行い、相応の対価を算出します」

僕がよくわかってないことに気づいたらしいイクトがそう言ってくれた。

「そちらも、裏取り後での支払いで構わないな？」

「半額だけは前払いでお願いします。精査するきっかけ分は働いたものと」

「一理はある。どうでしょう、アーシャ殿下」

「うん、いいよ」

うん、ここはイクトに任せよう。

僕の応諾でイクトが銀貨二十枚を提示した。これが前払いってことは、全部で銀貨四十枚？

帝国の金銭は、銀貨二十四枚で金貨一枚、銅貨四百八枚で銀貨一枚に替えられる。この幅は平民と貴族で使う金額が大きく違うからだ。もはや使う貨幣自体が違うと言ってもいい。

つまりは貴族価格として銀貨、ただし金貨二枚ほどの価値はない程度の情報っていう判断をイクトは下した。ノマリオラも文句はなさそうだ。

「あ、ディンク酒って金貨十枚下らないね」

「それもありますが、今大盛況のディンク酒を女性一人が売るとなると、盗み取ろうとする不埒者が現れかねません」

「え、怖い。お酒ってそこまで？　ごめん、ノマリオラ」

「い、いえ………」

表情は普段どおり無表情だけど、ノマリオラの声が揺れた。別に感情がないとか、全てが打算ってわけでもない人物ってところか。

お金大事で家族大事なら、これまでどおり情報を流すにしても捏造とか無茶はしないし、無理に探ろうともしてこないだろう。大聖堂のことを思えば、一番厄介なのは内側に敵がいることだ。それを思えばノマリオラは敵対なんて儲からないことはしない気がする。

「うん、いい人来てくれて良かったよ。これからもよろしく」

改めてお願いしたら、ノマリオラは目を瞠って驚いてしまっていた。

＊＊＊

犯罪者ギルドについては、まだストラテーグ侯爵に待つよう言われてる。根回しだとか人員の調整だとか。後は、エデンバル家をどうにかするのがルカイオス公爵の主眼だから、犯罪者ギルドのほうまで手を出すことに消極的なところがあるそうだ。

ストラテーグ侯爵が調べた限りでも、犯罪者ギルドの関与は確定していない。それどころか、実行犯はその日の内に帝都を後にしたと言われてるらしい。

（まだ帝都にいるの知ってるけど言えないのがなぁ）

（追っ手を攪乱《かくらん》する偽情報です）

実際確認したセフィラに言われなくてもわかってる。たぶんより安全に逃げるために、捜索が落ち着いてから悠々と移動するんだろう。だから今すぐ逃亡されることはないと思う。それでも焦ってしまうのは、弟たちに危害を加えようとした相手だからだ。

「うーん………」

「あ、兄上！」

「兄上、こっち！」

考え込んでしまった僕に、ワーネルとフェルが元気に腕を振って出迎えてくれる。満面の笑みから伝わる会えた嬉しさに、僕も頬が緩んだ。

よし、無駄な思考をやめよう。犯罪者相手に頭悩ませるのは大人の仕事だよね。そして子供の僕は弟たちと楽しく魔法で遊ぶのです。

「出迎えてくれてありがとう」

ここは宮殿本館の一角で来るのは二度目。チェス盤を思わせる白黒の敷石の廊下の片側は壁で、もう片側は中庭に続く列柱が並んでいる。廊下と言っても一つの部屋に匹敵する広さがある場所だ。

そんな中庭に行けば、テリーが待っていた。壁際には椅子を持ちだして腰かけた妃殿下もいて、挨拶しようとすると片手を上げて止められる。どうやら心待ちにしていたテリーを優先してほしいようだ。

「テリー、待たせた？」

「兄上。僕が魔法の練習を見てほしいってお願いしたんだから、待つくらいなんでもないよ」

うん、テリーは努力家のいい子だなぁ。

ストラテーグ侯爵に聞き取りをされている時、やって来たテリーに約束をした。僕が錬金術で生み出したセフィラの使った魔法を、教えると。

先日その約束を守って教えたんだけど、その時に使ったのがこのテリーの部屋に付随する中庭。この中庭を含むスペースは皇太子の間と呼ばれる居住空間で、すぐ近くには皇妃の間がある。もちろん皇帝の間もあれば皇子の間という部屋もあって、そこは双子が使ってるとか。皇女の間もあるけど、妹はまだ赤ん坊だから皇妃の間にいるそうだ。

「そう言えば、僕はいつもこの中庭で魔法練習してるし、剣術もここを使ってるけど、兄上は何処でしているの？」

「僕は部屋しかなくてね。庭はついてないんだ」

「僕たちと同じだね。お庭ないよ」

「大きくなったら広間で練習するって言われたよ」

双子が僕の裾を引っ張って可愛いことを言う。けど僕たちの様子を見ていた妃殿下が、難しい顔で声をかけて来た。

「左翼棟には中庭があったはずです。誰も使っていないのに、使わないのですか？」

「えぇ、まぁ………」

濁したんだけど、最初から怪訝そうだった妃殿下は気づいてしまった。

「使えないように、されているのですね？」

「いえ、えっと、部屋の位置とか、整備不良とか――色々」

特に気にしてなかったから忘れてたけど、確かに左翼棟には誰も使ってないし手入れもされてない中庭がある。ちなみに二つ。近いところでは、青の間にある窓からは左翼棟の中庭の一つが見下ろせる。

けど僕はそこに降りたことがない。何故なら、そこに降りるために使う階段は父との面会の時だけ使えるから。

階段を上ることは許されていても、下に降りることは許されてないんだ。父と面会するために上ることとしかしないあの階段は、使用禁止されてるって、そう言えば言ってないな。

知ったらたぶん、父は落ち込む。それ以前にエデンバル家を潰す動きが大聖堂での暗殺未遂で加速した。それに伴って皇帝である父の政務も増えているんだ。そこに緊急性の低い問題を押し込むつもりはない。

「発言をお許しいただけますか、アーシャさま」

僕が答えに窮していると、魔法を教えるということで同行していたウェアレルが助け舟を出してくれた。

妃殿下を見ると頷きが返るので、僕もウェアレルに頷いて発言の許可を出す。

「左翼棟の中庭はこことは違い、訓練には不向きなのです。四方を壁に囲まれ、全てにガラスがはまっています。また、左翼棟中央部には少々改装のし過ぎで耐久性に疑問のある建造物もあり、アーシャさまの安全を考慮した場合不適格なのです」

言い訳、いや、確かに左翼棟の部屋で改装のし過ぎはあるからただの事実だ。何せ宮殿ができてから、何人もの住人が改装や美術的装飾の取りつけなどをしてきた。

基本的に使ってない部屋には鍵がかけられているから僕は行けないけど、セフィラがうろついた結果、どうやら本来床があったところをぶち抜いての改装がされている場所もあるという。

耐震性重視の日本人からすると怖くて近寄りたくない場所でしかない。

「そう、整備不良ですか。使う者がいない状況だと後回しにも――。なるほど、わかりました。現状で、アーシャに不自由は？　遠慮などは不要ですよ」

妃殿下は僕を思って聞いてくれる。

「いいえ、それに室内での練習だからこそ、この魔法は習得できたんです。このように」

僕は意識を逸らすつもりもあって、誰もいない場所に火花を起こすだけの簡単な魔法を展開した。発動させれば、大人の頭一つ分高い位置に五つの魔法が横一列になって火花を散らす。

イメージは簡易ナイアガラだ。花火大会とかの大がかりな演目だけど、家庭用花火程度の火力でも並べれば結構らしく見える。

「本当に、精密な魔法制御ですね。魔法同士が干渉し合うこともなく、別の魔法に変質しないどころか、不発にもならないなんて」

魔法はプログラミング言語のような面倒な特殊な文字列を長々と覚え、さらにはイメージも固めなければいけない。そうしないとそもそも発動しないという技術だ。悪いと暴発まですきうんだから、こういう被害を抑えられる場所で本来なら練習をする。

妃殿下も教養として魔法を習得しているので、その辺りの面倒さはわかってる。だからこそ、ただの花火イメージの魔法でもこれだけ驚いてくれた。

「キラキラきれいー」

「パチパチ言ってるー」

まだ魔法を教わってないワーネルとフェルのほうが、純粋に花火として楽しんでくれているようだ。

そうして喜んでもらえるなら、僕も鼻が高い。何せ前回と今日は、僕がやってるんだ。

テリーに教えることになってから、セフィラにお願いして習得させてもらった。だからセフィラがやった時ほど展開できる魔法の数は多くないけど、それでもテリーに教えるってことで身につけました。

(セフィラの手柄横取りしたようで悪いね)

(即応性、イクトへの被害の軽減、確かな指示。それらをなしたのは主人です)

気にしてないでいいのかな?

「それで、テリー。練習を見てほしいって、何か問題があった?」

「……………うん、兄上なら教えてくれるから」

不思議な言い回しで笑う姿に疑問を覚えたけど、テリーは気を取り直す様子で僕から距離を取った。

「練習して、前よりは少し、できるようになったんだ。…………爆ぜよ!」

大袈裟な言葉だけど、ちゃんと火花が発生した。プログラミング言語的な呪文は、間違いなく覚えれば口に出さなくてもいい。ただし、魔法発動のトリガーになる呪文か動作が必要になる。

テリーの魔法はちゃんと三つの初級魔法が同時に発動して、火の粉を散らせていた。上下の高さにばらつきはあるけど、間隔を取ってるから、三つともが魔法を発動してる。けれど、テリーの顔は不服げだ。

「うぅ………はぁ！　駄目だ、三つが限界。それに兄上ほどきれいに並ばないし」

「この短期間で三つ並べられただけでもすごいよ、テリー」

本当に数日前に教えただけなんだから、僕は惜しみない拍手を送る。それでも納得いかない様子のテリーに困ると、ウェアレルがまた助言をくれた。

「この魔法の難しいところは、場所を確実に固定することです。そうすることで室内であっても危険を減らし、損害がないよう調整します。結果として魔法の精密さを上げる修練になりましたので、焦って習得するべきではありませんよ」

「この練習をすれば誰でもできるようになるんだ。もちろん、テリーもね。だから焦らず確実にやろう」

「兄上みたいな魔法の天才じゃなくてもできる？」

「僕は別に魔法が得意なわけではないよ？」

「でも、魔法二つ以上を同時に使うことも難しいし。兄上なら高さも同じにできるし」

ウェアレルに乗って慰めると、何故かテリーはキラキラした目で僕を見る。兄として尊敬の眼差しは嬉しいけど、過度の期待はちょっと困る。

本当に僕は、魔法が得意ってわけじゃないんだよね。そもそも使わないから。

ウェアレルから教えられる魔法は、場所がないため座学が中心。あとは初歩的な危険の少ないものだ。火球を飛ばす魔法もあるけど、部屋の中じゃ危険すぎて使えないし、もしかしたら僕はテリーよりも覚えてる呪文が少ないまである。

魔法が隆盛している昨今、魔法が上手いとも熱心に学んでいるとも噂にならない僕。そこへさらに、魔法の劣化技術と言われる錬金術を趣味にしていることは周知だ。

そのためどうやら、僕は魔法が苦手と思われているらしいと聞いたことがあった。

「僕が得意なのは魔法じゃなくて錬金術だからね。前にも言ったとおり、錬金術は同じ工程を行えば同じ結果が得られるようにするんだ。それを魔法で再現すれば、こうして安定して同じ効果を発揮できる。そのためにもまず、再現性を得るための下準備が必要になるんだよ」

前世の文明の利器をイメージの基盤にしてるなんて言えないし、僕はそれらしく錬金術にこじつける。

「そういうやり方をまず思いつくのが才覚なのでしょう。私もルキウサリアの学園で学んだけれど、こんな練習法は見たことがありませんよ」

おっと、妃殿下まで褒めてくれる。

「高威力の魔法を放つだけが魔法の巧手ではありません。やればできるのは確かにそうでも、やるだけの努力もできない凡人はいくらでもいるものですよ、アーシャさま」

セフィラがやったことを知ってるウェアレルまで合わせてしまうから、余計にテリーの目が輝きを増してしまう。これは兄として恥ずかしいところは見せられなくなったぞ。もっと魔法の練習するべきかな？

「ふふ、テリーは頑張りすぎるところもありますから、一時間ほどで切り上げなさいな。私はサロンで冷えた飲み物とお菓子の用意をしておきましょう」

妃殿下はそう声をかけると、侍女や警護を引き連れて中庭を後にする。今日は急な誘いだったけど、どうやらこの後まだ時間を取ってもらえるようだ。弟たちと一緒にいられるなら僕は大歓迎です。

そうして僕たちは、宮中警護や庭園担当らしい衛士たちが警備する中、魔法の練習を続けた。そして一時間が経つ頃。

「兄さま、パチパチしてるよ」

「キラキラもしてるよ、兄さま」

「でも、兄上があの時やった魔法より精度は低いし、僕はこの状態で走れる気がしない」

双子が見るからに安定して来た魔法に手を叩くけど、テリーはまだまだ不満なようだ。セフィラを使った僕と比較するのはちょっと違うんだけどね。

「僕はほら、テリーより三つ上だから。今これなら、テリーは僕の歳にはもっとすごいことができるようになってるよ」

「三つ、三年後……もっと…………？　うん、頑張る」

慰めたつもりがやる気になってしまった。素直に受け入れてくれるのは可愛いけど、根を詰めすぎないでほしいな。

「テリー、今日はもうおしまい。妃殿下がお待ちだしサロン室へ行こう」

もうテリーの集中力は切れかかってるし、これ以上やっても向上はしないはずだ。妃殿下はこれを予想していたんだろう。僕たちが休んで喉を潤せるよう準備してくれているらしいし、お言葉に甘えさせてもらう。

元教師だけあって、ウェアレルは僕より教えるの上手かったし。テリーも消耗した分腕は上がったと思う。今はともかく一度座らせて水分補給だ。

そう思ったら、皇太子の間と呼ばれる中庭に、人が現れた。警護や廊下の衛士なんかが止めないその人物は、見た目貴族風の人間の男性。

「ハドス先生、どうしたんですか？」

どうやらテリーの知った相手らしい。聞けばテリーの魔法を見ている家庭教師だとか。ここへの出入りは許可されているため誰も止めずにやって来たようだ。

ただ口元は笑顔だけど目が笑ってないし、こっちを値踏みするような雰囲気がある。なんだか、司教候補だったターダレとリトリオマスを足して二で割った感じ。

「いったい何をしているのかと思えば、なんと無駄なことを……………」

やれやれと首を振る姿には、侮《あなど》りと嘲笑《ちょうしょう》が確かに感じられた。

「そんな初級の魔法などできて当たり前。しかも初級などというものを数？　非常識極まりない。テリー殿下に余計なことを教え込むのはやめていただきましょう」

上からだし、誰かよくわからない相手だから対応すべきか迷う。僕が見ると、テリーは一つ頷いて前に出た。

「僕が願って教えを請うています。それに今はハドス先生の授業時間ではないでしょう」

またそれにもやれやれと首を振る、ハドスとかいう家庭教師。

「これもテリー殿下のためを思って言っているのです。わかりませんか？　あなたに無駄な時間を使わせ、浪費する小賢しい考えが。そして頭のおかしなことを真面目に取り組ませるという奇行をあえてさせている。あなたが愚者と誹《そし》りを受けることを狙っている卑劣な罠なのです」

「それは前にも聞きました。その上で、僕は兄上の技術に感銘を受けて教わってるんです。実際ハドス先生もできなかったじゃないですか。無駄かどうかは僕が決めます」

テリーははっきりと大人相手に物が言えるようだ。そう言えば二回目に会った時には、僕にも強気で相対した。

怯えの裏返しだけど、しっかり言い返す気概があるのはやっぱり帝王学とかそういう教育の賜物《たまもの》なのかな。で、ここで問題なのはテリーに任せるべきか、口を出すべきかってことだ。

周囲の反応を見ると、ウェアレルが合図を送って来てたから頷いて見せる。

「失礼、テリー殿下。アーシャさまにお教えしているのは私ですので、私が対応しても？」

「もちろん」

またやれやれの奴が首振ってるけど、ウェアレルの表情は冷たい。

「まずは第一皇子殿下への謂われない誹謗への謝罪の意志があるかをお聞きしましょう」

「図星をさされたからと言って、こちらに責任転嫁ですか。それにあなたが教えた？　かつては学園の九尾と誉めそやされた才人がずいぶんと落ちぶれたものだ」

九尾？　なにそれ？　そう言えばウェアレルってふさふさの尻尾ととんがり耳がある。はっきり聞いたことなかったけど、もしかして狐の獣人？　…………緑の狐かぁ、惜しい。

僕が余計なこと考えている間に話は進んでいた。

「できもしないことを無駄とはまた短絡な。自身の発言が正統性もないどころか害ある流言飛語ともわからない残念な思考しかないことを憐れに思いますがね」

「詐術《さじゅつ》を偉そうに。できるわけもないことをさせておいてそちらのほうが恥を知らない行いでしょう」

やれやれがイラッとして言い返すと、ウェアレルは誰もいない方向に手を伸ばした。そして現れるのは三つ真っ直ぐに並んだ火花の散る魔法。

ただしウェアレルは風属性で、火属性は使えない。だから今散る火花は風属性を極めて使える雷の魔法のごく簡単なもの。静電気を散らして火花を起こしていた。

「テリー殿下、ご覧になったアーシャさまの魔法はまだ多かったですか？」

「う、うん、もっといっぱい」

応じてウェアレルはさらに三列増やす。実際大聖堂で使った魔法の火花は横並びだったんだけど、ウェアレルは正方形になる形で九個の魔法を出した。もちろん打ち消し合わずに全て発動し、火花が綺麗に広がる。

「きれい！　青いよ！」

「キラキラ！　パチパチ！」

双子が喜ぶと、テリーも目を輝かせて腕を広げた。

「兄上はもっと広かったよ！」

するとウェアレルはさらに正方形の列を増やした。つまり十六個もの魔法を同時に制御している。

(僕も余裕ないから数えてなかったけど、あの時、セフィラ幾つだしたの？)

(固まっていたこと、火花が散る範囲から安全面を考慮し十個の魔法を)

テリーも喜んでるけど、明らかにセフィラより多いよ。大聖堂の時の魔法のほうが幅だけはある分、広く見えてたんだろう。

あともう初級の魔法じゃなくなってるし。確実に僕やテリーでは再現不可能だ。もっと魔法を習熟しないと、無理。

つまりこれは、やれやれとうるさい相手への威嚇行動だ。だったらもう十分だろう。

「多いよ、ウェアレル。あの時は十個を横一列に出しただけなんだ」

「おや、そうですか。では出し過ぎては危険もありますし、この辺りで」

ウェアレルはなんでもない風を装って魔法を消すけど、たぶん相当頑張った数だ、あれ。

そして魔法が消えて空気が焦げるような雷独特の臭気も和らぐから、詐術なんかじゃないことは誰の目にも明らかになっている。ハドスとかいう教師はまたやれやれしてるかと思ったけど、目も口も見開いて固まってた。

「これを見て、無駄だというなら、あなたは決定的に物事の本質を見る目がない。ごく少量の魔力、ごく簡単な魔法、そして精密な操作。これを使えばまだ幼い方々でも十分に身を守れる事実を無視する夢想家だ」

「そ、そんなことは必要ない！　テリー殿下は常に守られている！」

さすがに白っとした空気が周囲に満ちた。実際襲われたし、これで身を守った上に、これでなんとか凌《しの》いだ宮中警護たちもこの場にいるんだ。

「では、使えもしない破壊魔法でも教えますか？　派手で威力ばかり強く、近くにいる者もろとも に巻き込む魔法を？　難易度が高いだけの魔法を教えてなんになります。そんなもの、基礎的な操作能力と精神の涵養《かんよう》ができていなければ無用の長物です」

実は現在の魔法、威力が強くて派手なものが好まれる。錬金術の衰退の理由を調べる中で魔法も調べた結果、使いやすさや効果の速さ、そして魔物を倒せる威力が求められたせいらしい。

しかも元教師のウェアレルに聞いたところ、実際に使う予定のない貴族子弟ほど、実用性を無視して派手さや難易度を求めるそうだ。

「こんなの詐術だ！　魔法でこんなことできるわけが――――！」

「先生、そこまでにしてください。こちらは妃殿下をお待たせしているんです」

ハドスが激高したところで、間に入ったのはテリーの警護であるユグザールだった。ユグザールが動いたことで、他にも見覚えのあるワーネルとフェルの宮中警護が対応する。そうして静観していた他の宮中警護も、大人げなく興奮するハドスを遠ざける方向で対応を始めた。

大聖堂から態度が軟化してる気がしてたけど、どうやら気のせいではないようだ。あそこで戦った宮中警護三人は、無闇に僕を睨むことはなくなったし、イクトの指示にも従うようになっている。

「…………僕も、兄上の先生に教えてほしい。九尾って、ルキウサリアの学園で最高峰の成果を修めて卒業した九人って聞いたよ」

「そうなの、ウェアレル？」

テリーの可愛い我儘《わがまま》に、楽しそうな話の気配を感じて僕も聞いてみる。するとウェアレルは落ち着きなく三角の耳を揺らした。

「昔のことですし、話題性のために誇張も入っています。何よりテリー殿下、あなたさまが学ぶ内容は、将来必要であると求められてのこと。容易く周囲の者を替えることはできますまい。まずは陛下にご相談なさいませ」

ウェアレルは大人らしく婉曲《えんきょく》にお断りをする。父のほうから打診が来てもそっちは直で断れるしね。

「いっそ僕は全員替えたい。兄上の話をすると否定するばかりで、誰もまともに話を聞かないんだ」

最初にテリーが言った、兄上なら教えてくれるって、そういうことか。僕が教えてから、真面目に練習しようとしたテリーを、あのハドスのような家庭教師たちが教えるどころか無駄なことだと練習さえ邪魔したのかもしれない。

「考えは人それぞれだから、自分とは違う考えに耳を傾けることも必要だよ。まぁ、聞きすぎても疲れるから、この人はそういう人で自分には関係ないって割り切るのも手だけどね」

「兄上はすごいって言っても、信用してくれないんだ」

「嫌な顔されるー。兄上すごいの本当なのに」

「違うって言われるー。けど僕たちも違うって言うよ」

テリーを諭したつもりが、続く双子の言葉に口元が緩む。僕のいないところで弟たちが僕を思ってくれるとわかって、にやけてしまったのだった。

＊＊＊

大聖堂での事件から日にちも経って、ようやく犯罪者ギルドを調べていたストラテーグ侯爵のほうから報せが届いた。イクトが説明されて、それを僕に伝える形でだ。

それと同時に面会のアポ取りもあったから、どうやらこのまま捕まえて終わりでもなさそう。

すでにストラテーグ侯爵が動いて、必要なところには根回しをしているんだって。その上で、職権を侵されたと激怒するふりをしてもらっていた。その手はずは、すでに前回会った時にお願いしてる。

宮殿外にまで出張るのは、ストラテーグ侯爵のほうが職権乱用とも言えるけど、ここで食い込んでもらわないと困るからね。パフォーマンスってやつだ。

今回大聖堂とは言え、宮殿内部の施設でことは起きてる。しかも宮中警護が守っている時の暗殺未遂事件だから、ちょっとやそっと強引でも押し通せる立場だ。

犯罪者を許すまじと盛大に怒ってもらい、要求も即刻犯罪者ギルドを壊滅させて実行犯は元より関係者すべての首を切れと過激に言い立ててもらう。そうすれば、エデンバル家に注力したいルカイオス公爵の派閥は、ストラテーグ侯爵と争うよりも引くだろうという算段だった。

「第一皇子殿下がおっしゃる建造物を見張っていたところ、確かに犯罪者ギルドの支部であることを確認できました」

宮殿左翼棟にやって来たストラテーグ侯爵は、目の下に影ができてる。だいぶ時間がかかったと思うのはフェアじゃないんだろう。僕が即日把握できたのは、不可視で壁も透過できるセフィラを使った結果だし。

「また、他にも実行犯が出入りしたという建物を調べたところ、組織犯罪を行う一家の持ち物であることがわかりましたな。………………かような事実を、何故あれほど早い段階でご存じであったか。その理由をお話しいただけなければ、こちらとしても第一皇子殿下の関与を疑う以外になくなりますが」

ストラテーグ侯爵が渋面ながら、僕の情報源を掘り下げに来た。確かに正面から調べていたストラテーグ侯爵よりも早く情報を握るなんて、普通はできない。

だから翻って僕が暗殺未遂の片棒を担いでいたからだって、推測する人がいることもわかる。そして、そう言い立てる人が確実に出て来るだろうことも。

「犯罪者ギルドなんて呼ばれて、悪いことしてる人がいるってわかってるのに取り締まらないってことは、需要があるからだよね」

言葉どおりに受け取れば、全く違う話。でもストラテーグ侯爵は指摘しないし、眉間に皺が寄ってる。レーヴァンもストラテーグ侯爵の後ろに控えたまま溜め息を吐いて見せた。

「やっぱり、当日に即左翼棟に戻してフリーにしたのがまずかったんですかね？」

そう言ってウェアレル、ヘルコフ、イクトの反応を窺うようだ。これはあれかな？　すぐに自由に動けるようになった僕が、側近を使って独自に追跡させたとでも思ったか。

半分正解だけど、追ったのはセフィラなんだよね。言わないけど。

「犯罪者ギルドがお金を荒稼ぎしてまでさらに使うってことは、それが有効だからってことくらいは僕もわかる。そして、取り締まる側の口もお金で塞げるんじゃないかってことも想像がつくよ」

つまりは、僕を犯人とか言って邪魔しようとする人こそ、後ろ暗いことあるだろうから、叩いて埃を出せばいいと思います。

そんな僕の言葉にしなかった裏をちゃんと理解してくれたらしく、ストラテーグ侯爵は天井を仰ぐ。レーヴァンはもう無礼なんて気にせず、面倒そうに言った。

「そこまでわかるなら説明いらないんじゃないです？」

「説明してくれないなら、僕は僕が正しいと思うことをするだけだよ？　それだと報告とか、後始末とかが面倒だから、整合性が取れるよう準備するのを待ってほしいと言われて待ってたのに」

セフィラから得た情報を流したら、ストラテーグ侯爵が確認するから待ってほしいと言ったんだ。それと共に、相手を捕まえるための準備と人手の手配をするというから大人しくしてたんだし。

僕の言葉にストラテーグ侯爵が諦めたのか溜め息を吐いた。

「はぁ………続けよう。実行犯を出したと思われる一家は、ヴァーファン組と呼ばれており、フィリオという頭目が二百人の構成員を従えている」

「それって規模としては大きい？」

「一家としては小さいほうだ、と言えば想像はつくでしょうかな？」

「うん、親に当たる別の一家が指示してヴァーファン組にやらせたってことでしょう？」

つまり実行犯は、下請け程度の相手ということだ。セフィラの追跡の結果、実行犯は犯罪者ギルドのほうに逃げ帰り、そこから隠れて潜伏先に向かった。そして犯罪者ギルドから報せが走ったのが、ヴァーファン組のアジトだ。

「そうじゃない………」

「なんで皇子さまが普通に犯罪者の組織形態理解してるんです？」

僕が一人納得していると、ストラテーグ侯爵に否定された。何か間違っていたかと思ったら、レーヴァンがまず、僕が一家とかを理解してることに疑問を差し挟んで来た。

「あぁ、ちょうど最近ヘルコフに聞いたから」

「こっち見られても、訪ねて行った商人の知り合いが絡まれてたって話ですよ」

父に聞く時にも言い訳にさせてもらったから、今回もそれで押し通す。ヘルコフも他意はないとばかりに分厚い肩を竦めてみせた。

「それよりもっと大事なところの確認を取りたいんだけど？　皇子を暗殺するなんて大それたことを実行するヴァーファン組の他に、実行させるとんでもない組織が別にあるってことで合ってる？」

僕としては、依頼をしたのはエデンバル家だとしても、危険な犯罪者が野放しになっていることのほうが気にかかる。組織犯罪をする一家の規模なんて考えてなかったから、これはストラテーグ侯爵からもたらされた新情報だ。

（セフィラ・セフィロト）

（すぐに現地に向かい上位組織の特定を行います）

（そこはきっとストラテーグ侯爵が知ってる。話を聞いてからでいいよ。ただ、場合によってはこっちでどうにかしよう。組織を相手に有効な手を考えておいて）

僕が胸の内で話していると、声をかけられた。

「何をお考えです？　なぁんか嫌な気配するんですけど？」

レーヴァンが鋭いな。僕が数年で慣れたように、レーヴァンもこっちのやり方に慣れたかな？

「ヴァーファン組だけに対処するなら、上を調べてそっちは僕がとは思ったけど？」

レーヴァンの顔が引き攣り、ストラテーグ侯爵は顔を覆う。

「殿下、それはさすがに危ないですよ？」

ヘルコフが言うと、ストラテーグ侯爵とレーヴァンが揃って頷く。

「けど大がかりになって潰すとなると、数年がかりでしょう。帝室が狙われたし、見せしめだけはしなきゃいけないから、確実に潰すならヴァーファン組止まりの可能性がある。だったら、逃れようのない犯罪の証拠一つちょっと盗んで陛下に渡せば」

「入手経路を陛下に詰問されることになりますが？　証拠と言いましても失敗した今、確実にあるとわからなければ危険を冒す甲斐もありません」

ウェアレルも心配が勝るのか、問題点を挙げて再考を促す。

「そこはちょっと言い訳考えないといけないけど。テリーたちの安全のためにも残しておくわけにはいかないし。陛下の権威づけに使えるなら使わないと損じゃない？」

「そうですね。噂、とは言え関与が疑われる貴族が横やりを入れるのは目に見えています。そうなると長引かせるよりも、短期で確実な一刺しは有効ですし、結果としては安全でしょう」

僕が考えてないわけじゃないとみて、イクトが頷いた。

「――待て！」

けどさすがにストラテーグ侯爵が止めに入る。

「つまり、なんだ？　イクト・トトス、第一皇子殿下なら可能なのか？」

僕が証拠を手に入れることをまず疑っているようだ。側近たちはセフィラと光学迷彩による不可視化を知ってるから受け入れたけど、そこからだよね。もちろんセフィラのことを説明する気はないけど。

「やる気があるなら情報渡してもいいけど、ちゃんと目途立ててほしいな」

「否定しねぇ…………。つまりなんです？　実はもっと重要な手がかりも掴んでたんですか？」

レーヴァンも嫌そうに言うけど、ストラテーグ侯爵は眉間を揉んで気を取り直す。

「上との繋がりの証拠は、ヴァーファン組を押さえてからと考えており――」

「それじゃ遅い。エデンバル家がそうだったでしょう。リトリオマスを捕まえて情報を聞き出して、それから問い詰めても遅かった」

実際今も言い逃れされていて、リトリオマス以外の関与を明確にできていない。このままだとエデンバル家は宮殿から遠ざけられても、そのまま残る可能性があるし、裁けてリトリオマスの近縁者のみとなる。

犯罪組織が前世のマフィアやヤクザと同じなら、貴族との繋がりによって情報漏洩もありえるだろう。だからこそ動いた後では遅いんだ。

けどストラテーグ侯爵側にも言い分があるらしい。

「まず見せしめのためにヴァーファン組を確実に潰すのです。そこから再発防止、抑制のために厳罰化と取り締まり強化、規制強化を企図した行動であり、急ぐばかりが最善ではないのですよ」

「それができるだけの意見は集まってるの？　ストラテーグ侯爵」

「帝室が襲われた、ことが大聖堂でなされた。この二点が大きい。ルカイオス公爵はもちろん、司教側もことを重く見て賛同していますな」

政治的な手回しはちゃんとしてたらしい。小さいながら、自分だけの派閥を維持してるだけはある。

「あなたが拘る第二皇子殿下の御代までには排除できるでしょう。……もちろん、情報提供があればそれが早まりますが？」

情報は欲しいけど僕に動いてほしくないってことか。あとは父のようなまだ力の弱い皇帝が現場に出ても、事態の収拾が遅くなるだけだから引っ込んでいてほしいとか。

他にも宮中警護を配置した責任者として、前に出なければいけない立場だとか。ここまでやって今さら皇帝に出てこられてもってことかな？

「……………うん、陛下にはエデンバル家を排除することを全うしてもらおう。ストラテーグ侯爵には犯罪組織のほうをどうにかしてもらったほうがいいか」

「賢明な判断だとは思いますけど、なぁんで十歳がそこまで物わかりいいんですかね？」

レーヴァンが僕の肉体年齢を疑うようなこと言い出す。

まぁ、答えないけどね。僕もなんで前世覚えてるかなんて説明できないし。

「ストラテーグ侯爵、僕からの要請としては見せしめの一環を装って、組織犯罪集団の資金源を断つ規制も入れてほしい。あと暴力的な報復を想定して、前に出しても身を守れる人っている？　どうせならその人を襲う時を待って逆に厳罰化の促進に使えないかな？」

前世を参考にして提案してみると、周りがドン引きしてしまった。側近たちも困った顔してる。

（あれ？　だめ？）

（主人の視点が子供のそれではないと改めて認識したと思われます）

まさかのセフィラに窘《たしな》められてしまった。そこまでのことならちょっと誤魔化したほうがいいかな。

「お金がなくて動けないって、けっこう身に染みてるんだけど？」

歳費なかったから色々皇子として身だしなみさえ整ってないことを、最近知ったしね。

そんな僕の現状を言っただけで、大人たちはそれ以上追及してこなかった。

＊＊＊

犯罪者ギルドを押さえるためには人員が必要で、僕にはそれを用意できない。だから今はストラテーグ侯爵の動きを待つ必要があるのはわかるけど、気が逸る。

なので、以前にお願いしたウォルドによるお勉強の最中だ。けどその教師役であるウォルドは、黙って俯き、何やら自分の中で折り合いをつけようと試みてるらしい。

「四則演算は習っていないと言ったじゃないですか………」

何故か教師一日目で、すでに挫折しそうなウォルド。

「ごめんね、四則演算が何かわからなかったんだよ。足し算、引き算、掛け算、割り算のことだったんだね。それならわかるよ。錬金術でも計量するから」

「ちなみに教えてないのは本当だぞ。気づいたら当たり前にできるようになってた。たぶん誰かがやってるの見て覚えたんだろうな」

僕らのお勉強を見ていたヘルコフが勘違いしてるけど、そこは前世の賜物なので言わないでおく。言ってもここは別の世界のぉなんて、ヘルコフの推測以上に説得力ないしね。

考えた末に、真面目なウォルドは手元の紙に何やら書き出し、僕を見る。

「これはおわかりになりますか？」

出されたのは小数点と分母と分子にわかれた数字。なので小数点は線を引いてメモリを書いて表し、分子と分母は円を描いて分割することで説明する。

うん、まだ小学生の算数だよね。中学はたぶん大丈夫だろうけど、高校数学はちょっと覚えてない。いや、問題出されたら思い出すかもしれないけど、ルートっていくつだっけ？

僕の知識はそんなものなので、計算を教えてくれるなら教えてほしいとお願いしたんだけど。

「あの……もう皇子殿下が覚える教養として、教えることないんですが…………。そもそも基本的に財務は物品購入や管理であって、計算を主に行う部署は経理です」

「え、そうなの？　そっか、財務ってそこまで難しい数字の知識いらないんだ」

身構える僕に、ウォルドのほうがすでに白旗だ。思えば前世でも数学が必要なのは工学や天文の分野だった。そして会社も経理部と財務部は別部署扱い。

さらには帝都を作るにあたって、使われた錬金術は土地の改良や治水だ。土地面積の計算や、護岸のための石材運搬に関する重量計算など、帝室図書館の蔵書には結構計算式も残されている。

「改めて、勉強し直しますのでしばしお待ちください」

教えられることがないとわかったウォルドは、悄然《しょうぜん》としてそんなことを言う。けどそこで勉強し直すと言える真面目さは結構嫌いじゃない。

教えられないとして早めに切り上げて去るウォルドの背中を見送りながら、僕はちゃんと家庭教師代は出そうと決めていた。

「うん、けど妙な時間ができちゃったな」

「そうですね。財務官どののために時間を空けましたし。今から授業をするにも半端な時間になります」

家庭教師のウェアレルが、迷うように緑の尻尾を振って考え込む。壁際に引いていたイクトも、エメラルドの間のほうを見て提案して来た。

「近頃アーシャ殿下がなさる錬金術は、時間のかかる調合などですから、今からでは準備までが精々ですか」

「それは時間を置けない薬作りしてたからだし、消耗品的なエッセンスを作り置きくらいなら――

いや、半端な時間だし、半端になってるところに手をつけようかな」

僕がやることを決めると、側近たちは思い当たる節がない様子。けれど僕が各部屋に据え置いてある呼び鈴を手に取ると、さりげなく警戒するようにお互いに目を見交わした。

呼び鈴の音に応じて、赤の間のほうで扉の開く音がした。

「お呼びでしょうか」

やって来た侍女のノマリオラは、ルカイオス公爵のスパイであることを自白してからも、全く今までと変わらず働いている。

「ルカイオス公爵は大聖堂での実行犯から手を引く動きがあるらしい。何か聞いてはいない？」

ストラテーグ侯爵から聞いた話を、あえて誇張して聞く。一応情報の出処をぼかすための小細工だ。と言っても、僕が会う相手って限定されるから、本気で探る相手なら絞り込みに時間はかからないだろうけど。

僕にも情報提供することで、二重スパイとして報酬を受け取ることになったノマリオラ。けどこちらから聞かなければ特別何か言う気もないらしく、今のところこれと言った活躍はしてなかった。

その上、今までどおり赤の間に押し込めてる状態だから、中途半端な関係性になってるんだよね。

「………………大聖堂の件に関しまして、ルカイオス公爵閣下が注視するのはエデンバル家です」

「厄介な政敵を潰すチャンスだものね。そっちに注力して手が回らないと思っていいのかな？」

あまり情報を持っていないのか、それとも出し惜しみか、ノマリオラは視線を下げたまましばし黙考した。

答えを待っている間見ていると、目元に隈らしい影がある。寝不足？　そう言えば今日起こしに来た時、普段よりも窓を開ける仕事が遅かったような？

「ルカイオス公爵閣下は自家の人手を割いてでも、エデンバル家を逃さないため、帝都にあるエデンバル家の屋敷を包囲しているそうです」

「へぇ、それはいい情報だ」

僕の応答に、イクトがノマリオラへと指を二本立ててみせる。けれどノマリオラはさらに考えて、別の情報を口にした。

「噂程度ですが、エデンバル家を潰せば実行犯にも影響が及び、潰すことが容易になるそうです」

ずいぶんと中途半端な情報だ。しかも噂程度。事実を事実として報告するだけのノマリオラにしては含みがありすぎる。それだけお金が欲しいのか、調子が悪いのか。

（けど、犯罪者ギルドとエデンバル家は関わってるわけで、その関わりは僕が思うよりも深い可能性は十分あるわけだ）

（場と状況の提供をエデンバル家が請け負った上で、膨大な金銭を積んだとしても、帝室の皇子全てを害する企てに協力する利益は、不利益を超えることがありません）

（あぁ、そうか。犯罪者ギルド側も断れない依頼だったのかも。エデンバル家がこのまま潰れるほうが不利益になる。そう思えるだけの太客だったんじゃないかな？）

表向きも色々と悪いことしつつ、強引に逃れていたエデンバル家。だったら、裏ではもっと堂々と悪いこととしてた可能性もあるだろう。そして金で木っ端貴族を抱え込むくらいなら、金で犯罪者ギルドの太客になっている可能性も捨てきれない。

僕が頷くと、イクトは指を四本に増やした。どうやらそれで折り合いがついたらしく、ノマリオラは一礼。そのまま退室しようとするので、僕は思わず声をかけた。

「ノマリオラ、体調悪い？　疲れてるみたいだけど」

「…………いえ、第一皇子殿下がお気になさることではございません」

体調悪いのは否定しないか。

「ノマリオラ、きついなら今日は休んでいいよ。ほぼ待機って言っても、帰って寝ていたほうが楽な時もあるでしょ？」

それにそもそも、ノマリオラは二重スパイ状態だ。ノマリオラ自身何もしなくても緊張状態かもしれないし、慣れない状況に疲れが出てもおかしくない。

そう思って気遣ったら、珍しくノマリオラが青い目を上げた。

「よろしいのですか？」

「あれ、元気？」

一瞬にして暗い雰囲気が払拭され、どことなく下がっていた肩がきちんと上がる。そしてどうやら帰りたくはあるらしい。

「えっと、体調悪い以外で理由があるなら教えて？」

「……妹が、ここ数日思わしくないのです。私たちにつけられている侍女は一人で、世話をする者も常に看ていられるわけではなく…………」

つまり妹が心配で、暗い雰囲気だったようだ。目の隈も、宮殿から帰って看病している疲れのためか。

僕の脳裏には、突然顔色を悪くしたフェルが思い出される。

「どういう症状？　肺が悪いんだっけ。熱はある？　食欲は？」

気になって聞いてしまうと、帰りたいノマリオラは淡々と答えた。

呼吸音に異常があり、息苦しさを訴える。季節の変わり目などによく悪化するそうだ。熱はないというからたぶん喘息《ぜんそく》で、歳は十歳だから子供の喘息だろう。

つまり悪いのは気管支であって肺じゃない。誤診か思い違いか、はたまたこの世界の医療知識が不足してるのか。その辺りは僕もわからないけど、たぶん症状を軽減する薬も満足に用意できない状況なんだろう。

「うーん……あ、そうだ――ちょっと待ってて」

僕はウォルドから勉強を教えてもらうためにいた金の間から、エメラルドの間へと移動する。イクトが無言でついてくるのはいつものことなので、僕は目的の物を探して棚に並んだ試験管を確かめた。

実は前世の母も喘息だったんだよね。子供と違って大人は死ぬと言ってヒステリーを起こすような人だった。苦しいんだろうけど、心配しても興奮して怒るので、いつしか放置するようになったように思う。

理由がないわけじゃない。けど心配してるノマリオラを見ると、なんだか自分の行いが申し訳なくなる。

僕が目的の薬を取ると、途端にセフィラが問いを投げかけた。

（不完全エリクサーをどうするのですか？）

（不完全でもさ、効能ってどれくらいか確かめてみたくない？　フェルにも効くかわからない状態だし。取っておくだけ試験管塞がるし。あ、これもいいかな？）

セフィラに言い訳をして持ち出すのは、フェルのアレルギーを治せないかと思って作った、万能薬エリクサーの模造品。

材料や作り方がまだまだで形だけ。というか書いてある材料普通に毒なんだよ、使うの怖いよ。だからこれは、全部毒物以外で代用した物だけど、ある程度の癒し効果はあるはずだった。

僕は試験管と小瓶を両手に、金の間へと戻る。

「ノマリオラ、ただ休みにして宮殿出ると絡まれると思うから、僕のお使いに行ってそのまま帰っていいよ」

そう言って、不完全エリクサーを差し出す。

「これを、何処か知り合いの薬師に鑑定してもらって。もし病に効くってお墨付きを貰ったら妹に使って様子を見てもいいし、いくらで売れるかを確認するために売ってもいい。そこは僕、市井に詳しくないから君に任せる」

「はい？」

わかってないノマリオラに、ともかく試験管を握らせた。

「あ、試験管、入れ物のガラスは返してね。それと試しに作ってみたものだから、これもあげる。ちょっと嗅いでみて」

もう一つ出すのは、ごく小さなガラス瓶に入れた液体。嗅げばすぅっとした匂いが鼻孔を駆け抜ける。いわゆるハッカ油だ。

お酒に匂いをつけるために作ってみたけど、これも薔薇と同じで強すぎた。だからハッカ油にして暑い日にお風呂に入れようかなって思ったんだけど、帝都周辺って夏でも三十度行かないんだよね。

さらに高台で近くに山もある宮殿は、けっこういつも風が吹いてる。だから宮殿のガラスはどれも強化ガラスらしいって帝室図書館の本で見た。もちろんこの強化ガラスの作り方も、錬金術として失伝しているというもったいなさ。

「この匂い嫌いな人もいるから、本人が気に入ってくれたらね。少し胸元に塗ったり手につけてもいいかな。一番はコットンに染み込ませて匂いだけ吸わせて。蓋は開けておいたらすぐ匂い飛ぶからね」

僕の説明に、ノマリオラはまだ状況がわからない様子だ。

「ともかく、僕の錬金術製品のお試しだよ。鑑定して、結果を教えてくれるだけでいいお使い。済ませたらすぐに帰れるから」

「は、い？」

「ほら、妹が心配でしょう。早く行ってあげて」

「はい」

今度はしっかり返事をした。クール系だけどいいお姉さんらしい。

僕は赤の間へ退くノマリオラを見送った。

「アーシャさま、今のは不完全エリクサーですか？」

鼻を押さえたウェアレルが聞く隣で、同じく鼻を覆ったヘルコフがくぐもった声を出す。

「試すにはいい機会だろうが、何処まで報告されるかね」

「私どもは病気も怪我もしませんからね」

イクトが言うとおり、今まで試す機会がなくて困っていたところだった。そのせいで、レーヴァンを無礼打ちにして試すかどうかが検討されていたくらいだ。

「妹さん、少しはましになってくれるといいけど」

「そうですね。…………ただ私、あの臭い駄目です」

「俺も、無理」

実はハッカ油、獣人系ウェアレルとヘルコフに大不評だったりする。一人平気な顔をしたイクトは、時計を確認していた。

「それではそろそろストラテーグ侯爵の動きを見て来ましょう」

見て来るというか、動きが遅い上にどうも僕には関わらせない方向に持って行こうとする気配を察して、イクトには釘を刺しに行ってもらう。その間、僕は大人しくウェアレルとのお勉強時間を過ごす予定となっていた。

＊＊＊

イクトが聞きだし、実行犯のヴァーファン組を潰すまでの流れがわかった。

ストラテーグ侯爵のパフォーマンスのお蔭で、ヴァーファン組への摘発はほぼ全権委任状態。実行犯までは手が回らない状態の父も、賛同したという。その上で僕に報告なしに動こうとしていたんだからひどい話だ。

「癒着《ゆちゃく》してる貴族も表立っては庇えません。その上でストラテーグ侯爵に手を引かせる公の言い訳も立たず、ルカイオス公爵並びに司教勢力も後押しとなれば、通る目算は高かったかと思われます」

そう語るウェアレルは、夜の帝都で目の奥が光るようだ。獣人の血かな。

「殿下の言ってた資金を絶つってな方向にも持ち込んだらしいじゃないですか。こんな帝都での大捕物に、宮中警護だけじゃなく俺らまでねじ込むとは。よっぽどの役者らしい」

同じく目が光るヘルコフは、僕が裾を握っていることを定期的に確認していた。

「捕り方で金を貰っていないと言える者が案外少なかったそうで。情報漏洩防止に人数を絞るほかなく、その上外されることを阻止したので、それであればとねじ込んだそうです」

名目上はストラテーグ侯爵を上司とするイクトが、そんな内情をばらす。

予想どおり、帝都の犯罪者を取り締まる役割の人たちは、収賄をしていたようだ。犯罪者ギルドからか、ヴァーファン組からかはわからないけど、ストラテーグ侯爵が時間をかけたのはそうした人を排除するためだったらしい。

「お三方、こっちです」

暗い帝都でレーヴァンが明かりも持たずに呼ぶ。街灯はあるけど前世ほど明るくない。そんな中、レーヴァンが道の角から窺うのは一軒のお屋敷だった。

都市部にある屋敷は、左右の建物とぴったり壁をくっつけている造り。狭そうにも見えるけど、高さもあれば奥に広さがある、街のお屋敷だ。

「いい家住んでんじゃねぇか」

ヘルコフが腐すそこは、ヴァーファン組の本拠地。

後ろ暗いことをしているはずなんだけど、隠れもしない立派な屋敷だ。前世のヤクザも事務所や純日本家屋のイメージだし、そんなものかもしれない。

別に犯罪者だからって、怪しい建物に住まなきゃいけないわけでもないしね。

「裏口も押さえてあるんで、合図が来たら突入ですよ。ただし、俺らは最後ですから。俺ら以外の宮中警護は裏口のほうに行ってます」

レーヴァン以外周囲に人はいないけど、他にも宮中警護が参加してるそうだ。

「なるほど、どうやらねじ込んだだけで、私たちは漏らさないよう囲むだけの人手に回されたと」

ウェアレルが言う間に調べると、表は配置された人が多いとセフィラの走査でわかる。最後に動いてもほぼやることはないだろう位置だ。

「同時刻に犯罪者ギルドの支部も潰す目論見なら、実行犯とは言え小さな一家。こんなものでしょう」

イクトは特別に許されて、帝都内でも帯剣している腰の得物を撫でる。ヘルコフも剣を腰に下げており、ウェアレルは見たことない大きな杖、ロッドってやつを持っていた。

「……言っときますけど、余計なことはしないでくださいよ。お三方をここに呼んだのは、あの殿下がなんか本気っぽいから、形だけでもって話で。乗り気で武器持ってるとこ悪いですけど、やることないですからね」

レーヴァンは街灯に半分照らされた顔で言い聞かせる。どうやらストラテーグ侯爵が僕の側近たちを入れたのは、人手の足りなさ以上に動きを抑えるためらしい。

そうと教えられても、今さら困る。

「…………ちょっと、なんで全員揃ってあらぬ方向見るんですか。そこ怒るとか、突っかかってくるとか――」

「遅いんだよなぁ」

不安に駆られたレーヴァンへ、ヘルコフがあらぬ方向を見たまま呟いた。溜め息一つでウェアレルは、懐を探る。

「こちら、ヴァーファン組の上部組織、クーロー組が出した指示書の控えになります」

「なぁ――!? うぶっ！」

「大声を出さない」

イクトがわかっていたようにレーヴァンの口を押さえる。鼻まで押さえられたレーヴァンはもだえるけど、イクトはついでに片腕も押さえていて抵抗が難しいようだ。

そして酸欠になって、抵抗もできなくなったところでようやく解放する。

「アーシャ殿下はやると決めたらやりますし、誰の許可も求めはしませんよ」

イクトが壁に縋って深呼吸するレーヴァンにそう教えた。

まぁ、ここまで宮殿から一緒に来なかった理由だよね。ちょっと先に宮殿を出て、三人に守られながらクーロー組まで行って来たんだよ。

場所？　セフィラが調べたよ。

人の目？　セフィラが問題なくしたよ。

書類？　セフィラが走査しただけだよ。

「ほ、本物………？　だいたい犯罪の指示書に控えってそんなのあるわけ――」

「よく見てください。これは犯罪者ギルド側からの依頼書も兼ねているのです。危なくなればギルドの力を借りる証明書でもあります。クーロー組からすれば皇子暗殺などという危ない橋です。控えという保身は握っておいて不思議はありません」

ウェアレルの説明に、ヘルコフが補足する。

「すでに失敗して犯人探しは行われてる。保身の大事な書類だ。大事に仕舞い込むんじゃなく、すぐ手に取れるところにあったそう――あったぜ」

伝聞形式を言い直した。うん、僕が行ったからね。一番小さいからセフィラの処理が楽だし。

もちろん反対されたけど押し通しました。

（まさか安全を確保するって話でセフィラが援護してくれるなんて思わなかったけど）

（能力を疑われるに等しくすでに証明済みの事案です）

あぁ、かくれんぼ？

もちろんセフィラのお蔭もあって、一人で侵入し、最短で安全なルートを選択してもらった。正直、ドキドキもハラハラもないただのお使い、行って取ってくるだけで終わってる。

だからちょっと他にも書類漁ってみたけど、今は目の前のことに集中するべきかな。

「なんで――いや、あんた方そこまですごい人たちだったんですか？」

レーヴァンが書類を受け取って本物と見るや、茫然と側近たちを眺めた。

ちゃんと犯罪者ギルド、クーロー組、ヴァーファン組、そしてエデンバル家も名前はなくても印やなんかで全て揃ってる書類だ。その上で、側近たちの力を上方修正するらしいレーヴァン。

「なんでそんな人たちがあんな宮殿の端っこで燻《くすぶ》ってんですか？」

「こんな神業できるわけないだろう？」

そのまま誤解させておいてもいいと思ったんだけど、イクトが呆れたように否定した。レーヴァンは意味がわからず、もう一度書類の真贋《しんがん》を確かめようとする。

ヘルコフが、裾を握る位置から推測したらしく、僕の手をつつく。

「今日まで見てきた感じ、確実にストラテーグ侯爵が手を切れないらしい相手ですし、一人は抱き込んでおいたほうがいいと思いますよ」

「そうですね、今回のことが何処まで広がるか少々未知数のところがあります。中心となるストラテーグ侯爵に直接ものが言えるパイプはあったほうがいいでしょう」

ウェアレルもどうやら賛成らしい。そしてすでにイクトがレーヴァンの口を塞いでる。

しょうがなく僕は姿を現した。

「ストラテーグ侯爵の心痛強めないためにも、まずは見ないふりしてほしいかな？　全部終わってから実はって話すか、胸に秘めておくかはレーヴァンが決めていいし」

突然ヘルコフの陰から顔を出した僕に、レーヴァンは凍りついたように動きを止める。セフィラの光学迷彩で普通にいたんだけど、それをばらす必要はない。だからあくまで大柄なヘルコフの後ろにいた態で一歩踏み出してみせる。

薄暗い中でも、レーヴァンの目がひどく動揺しているのがわかった。衝撃が強すぎてちょっと時間がかかったけど、脱力したのを確認してイクトが手を放す。

「色々言いたいことはありますけど………なんでいるんですか？」

レーヴァンは根本的なところから聞いて来た。

「潰すと口にされたからには自らそのために動く。アーシャ殿下はそういうお方だ」

僕が言う前に、イクトが答える。たぶんレーヴァンはどうやってって聞きたかったんだろうけど、言うつもりはないしね。

「あ、陛下にも言ってないからそこは秘密でね」

僕のお願いに、レーヴァンは聞いてないとでも言うように耳を覆う。けれど時間は人の都合や機微を計ってはくれない。レーヴァンが立ち直ろうと頑張る間に、ヴァーファン組へのガサ入れは始まった。

小さいと言えど、皇子の暗殺を実行しようとした過激な組織だ。まずは街の守りを担う兵たちが、完全武装で一家のアジトである屋敷の扉を開けさせる。

いや、もう開けさせるっていうか槌持ってるし。豪快なノック一発、お邪魔しますって感じだ。もちろんそんな乱暴なご挨拶から始まったお宅訪問は、乱暴すぎる押し合いと怒号の応酬になる。結果、最初の勢いに物を言わせた兵が乱入に成功した。

侵入を止めようとしたヴァーファン組は応戦するけど間に合わず、喚き散らしながらも出入り口から遠ざけられる。同時に裏口もこじ開ける手はずだからか、やっぱり破壊音が聞こえた。さらに内部は混乱すること間違いなしだろう。

夜の街に響く争いの音。近隣住民には突入がばれないよう、事前通達はなし。今から事情説明と危険だから家を出るなって言い回る。そのための人員が、僕らの潜む道の前を駆け抜けて行った。

「本当に殿下も行くんですかぁ？」

レーヴァンが隠すことなくただただ嫌そうだ。

「僕が怪我しても、怪我したこと自体隠すつもりだから責任問題にはしないよ。それにやれることがあるからいるんだし。さ、行こう」

まだ入り口は兵が入り切らず押し合いをしている。僕たちはそれを横目に、隣の家屋へと向かった。隣は住居ではなく、何処かの商会の事務所で、すでに営業時間を過ぎている。

けど何故かここ、夜も人がいるんだよねぇ。

「光漏れないように、雨戸からカーテンまでしっかり閉めてるなんざ、つまりは後ろ暗いところがあるってわけだ」

ヘルコフが、ドア越しに外の様子を窺う相手がいることを知っていて、あえて声に出した。壁なんて意味のないセフィラが言うには、ヘルコフの言葉に反応して様子を窺いにやってきた一人が扉から離れ、奥へ引き返そうとしているらしい。

そんな一瞬の隙をわかっていたかのように、ヘルコフは力任せにドアを蹴破る。そのまま半端に壊れた扉に片腕を入れると、鍵を外して内部に侵入を果たした。

ヘルコフの豪快な物音を聞いて、さらに奥から人が現れる。すでに凶器にできる角材を片手にした、顔に傷のあるお兄さんだ。うん、どう見ても堅気《かたぎ》じゃない。

そこをヘルコフの陰に隠れていたウェアレルが、風の魔法で吹き飛ばす。ついでに奥からさらに顔を出した新手にぶつけて二人同時に制圧。扉に近かった最初の相手は、ヘルコフが殴り倒して黙らせていた。

「えぇ？　昼は普通に商会で、何も違法なことしてないって………」

レーヴァンはさすがに、嫌そうな表情の上に苦み走った色も添える。

今日のために調べた時には、違法性もなく表立っての関わりもなしだと僕も聞いてる。けど夜に人がいるとセフィラが言ったんだ。その言葉に怪しんで、ちょっと思いつきで隠し通路を探させてみたんだよね。

するとビンゴ。隣のヴァーファン組から、こっちの商会に通じる壁に偽装した扉があった。

「アーシャ殿下が気づかなければこちらから逃げられていたな」

イクトが廊下の先で、動揺するレーヴァンに声をかける。ウェアレルの魔法の後に、すぐさまへルコフの後ろから中へと突入していたんだ。

そして倒れた二人の後の新手を警戒し、予想どおりさらに現れた敵はイクトが拳を入れて即座に黙らせている。

「この建物に裏口がないことは確認済みですから、新手が出てくる前に隠し扉を塞いでしまいましょう」

ウェアレルは、言いつつ風の魔法を叩き込む。イクトが新手に注意を向けている隙を狙った奴が現れたのを見逃さなかったんだ。

そうしてさらに、階段へと進む間に襲ってくる相手を倒すことになった。全部で十二人か。

「想定より多いな。やっぱり周辺調べてたのを嗅ぎつけられてたか」

ヘルコフが熊の鼻を上階に向けてぼやく。まだ上にもいるらしい。

つまり今日襲われることはヴァーファン組も予想して、こっちの逃走経路にも人員を用意していたようだ。

「階段を押さえれば退路は断てるから無理しないで」

僕は心配して言ってみるけど、誰もまだ一撃も受けてないんだよね。しかも剣持ってるのに抜かないし。

室内で使いにくいことと同時に、僕を気にしてくれてるのかもしれない。そしてそれくらいの余裕はある状況と思っていいのかな。

「あの、玄関しか抜けられないって話です？」

ついて行けてないレーヴァンは、こっちの建物はノーマークで、内部構造もわかっていない。僕の後ろにいるのは、ついてくるのがやっとであることと同時に、しんがりってやつをやってもらってるから。

「隣と繋ぐ以外の抜け道はないよ。けど地下にね、隠れられる部屋があるんだ」

「わかってるなら、わざわざ突っ込まなくてもいいでしょう」

レーヴァンは僕に安全でいてほしいというか、あまり関わらせたくない感じだ。

「犯罪者ギルドと合わせて数をすでに分散してるでしょ。さらに裏口にも人数を割いてる。人が足りないから玄関のほうもまだ押し合い状態だ。だったら一カ所押さえるだけでいいこっちは僕たちで賄ったほうが楽じゃない」

「いっそ、地下まで逃がしてその部屋に押し込めて逃がさないでも良かったんじゃないですかねぇ」

レーヴァンが言うとおりにもできる。ほとぼり冷めるまで籠る可能性があるけどね。ただ、そこは前世の文化でちょっと気になることがあったんだ。

「逃げ場のない所に籠ってさ、極刑免れない罪犯してて、隠れ場所も露見してだよ？　もはやこれまでって、永遠に口を閉じられる可能性ってない？」

時代劇とかにあるよね。悪事が露見してから破れかぶれの大立ち回り。あれ、フィクションだからその後に裁きがあるんだけどさ、現実だとそんな命がけの特攻されたら迎撃してやられる前にやるしかない。

さらには立て籠った密室で死なれるのも困る。だったら生きてる内に捕まえられるよう手を尽くすべきじゃないかな。

「あの、家庭教師方………？　第一皇子にどういう教育してんですか？　なんか物騒なこと言い始めたんですけど」

僕に言い返せないレーヴァンが、妙な方向に矛先を向ける。

階段を登ろうとしてたヘルコフがウェアレルを突くと、ウェアレルは首を横に振ってイクトを指す。イクトは我関せずと言わんばかりにヘルコフを見た。

まぁ、僕のせいかな、これは？

「経験豊かな人ばかりだから、僕が実際に体感してなくても想像の余地は多いんだよ。それよりここ、危ない場所なんだから、いつまでもお話ししてる場合じゃないと思うんだ」

「あ、はい」

レーヴァンはもう聞くのも疲れた様子で黙る。と思ったら、何やらぼやく声が聞こえた。

「………俺、見張りのはずだったんですけど？」

レーヴァンが黙った間に二階へ突入し、隠し扉のある三階を睨む。もちろん二階にも退路確保のための敵がいた。

まずヘルコフがその目立つ体躯でタンク役をし、その後ろからウェアレルが魔法で遠距離攻撃を行い敵を近寄らせない。動きが鈍ったところを、イクトが素早くアタッカーとして対処し、その上で新手が来たらヘルコフがカバーに入る。

「すごいなぁ。思いつきを言っただけでこんなに形になるなんて。みんな戦い慣れてる？」

「へぇ、この陣形って殿下の発案なんですか？」

レーヴァンがだいぶやる気ない感じに聞いて来た。そう言えばこっちも腰に下げた剣を抜いてない。

「発案ってほどじゃないよ？　怪我少なく済むようにしたいっていう話をして、ウェアレルは後衛だから一番無傷っていうか、そこがやられるようなら撤退とか説明してもらって。攻撃力高いけど、ヘルコフは的になっちゃうから、いっそ動かないほうがいいとか。それだったら僕のことも気にしてられるとか。で、そうなると前に出てもらうのはイクトになるけど、だったら安全に攻撃するために最後に動く形でやろうって」

ようは口だけの僕だ。だからそんな話だけで、この動きをものにする三人がすごい。

そんな話してる間に三階へ辿り着いた。どうやら敵は二階までで終わりだったようだ。

セフィラに走査してもらったけど、廊下に出ている人はもういない。もしかしたらヘルコフによる、最初の豪快なドアノックで、人員が下に集まっていた可能性もある。

「向こうの建物から追いつかれるだけだし、この隠し扉のある部屋の前にバリケードでもいい気はするけど？」

僕は聞きながら、レーヴァンに見えない角度で指を二つ立てる。セフィラが教えてくれた、中にいる敵の数だ。

すでに隠し扉で隣の建物からは脱出したけど、僕たちが下から上がっているのを知ってまだ部屋に潜んでる。セフィラ曰く、隠し扉の所で留まっているらしい。

「捕まえに行きましょうや。そのほうがストラテーグ侯爵へ、殿下のことを伝える時に口嗦《つぐ》ませる材料になりますよ」

「我々が入りますので、決して前には出ないように。扉の陰から顔を出すようなこともなさらないでください」

ヘルコフとイクトが即決して、僕に釘を刺す。

「では、相手の隙を作るためにまず魔法を。室内での威力が十分弱まってから合図しますので」

ウェアレルも乗って杖を構えた。

「これならこっちも侯爵さま連れてきたら良かったなぁ」

子供の僕を連れて、ヴァーファン組の頭目を無傷で確保する。その結果を改めて見たレーヴァンが、不穏なことをぼやいていた。

どうやら隣の建物のほうでも、守りのほとんどを下に行かせて時間稼ぎをさせたらしい。ヴァーファン組の頭目フィリオは用心棒一人しか連れておらずあっけなく御用となる。

フィリオを縛りあげる中、報告どうすんだとかレーヴァンが呟いてた気がするけど、僕は聞かなかったことにした。

＊＊＊

「つまり……なんですと？　全て偶然だとでも…………？」

夜の帝都から宮殿に戻って翌日、僕はストラテーグ侯爵から聞き取りをされていた。

全部色々言い訳して煙に撒こうとしたんだけど、ストラテーグ侯爵が全部まとめて偶然で済ませようとした僕の魂胆を見抜いて睨むように聞く。犯罪者ギルドを知ったのも、ヴァーファン組の抜け道を知ったのも、ついでにその上のクーロー組の書類も、っていうのはさすがに欲張りすぎたかな。

そうは思っても、素直に認めたところで説明する気はないので、僕は笑顔で頷いた。途端にストラテーグ侯爵は、額を押さえて俯いてしまう。

「だって、僕が自分でどうにかできることでもないでしょう？　たまたま聞いた話からそうかなっていう推測が偶然当たっただけだよ」

自分でも白々しいと思いながら言ってみる。ストラテーグ侯爵は抗議するように唸るけど、否定や詰問はしない。

僕をこれ以上詰められないということは、どうやらレーヴァンは僕が宮殿を抜け出していたことを言っていないようだ。いつもどおり壁際に引いてるレーヴァンを見ると、無言で首を横に振られた。

なんだろう、言わなかったっていうより、言えるわけないでしょって雰囲気を感じる。

「僕としては、その偶然で犯罪者ギルド潰せる見込みがあるかどうか聞きたいんだけど？」

「……………あります。あれだけはっきり関わってる書類を用意されて、逃がすわけには行きません」

「うんうん、つまりあれは役に立つんだね。だったら、はい。これもあげる」

僕は持っていた書類を出す。ストラテーグ侯爵が疑いの表情で検める書類は、それぞれ特に重要性のない文章が書かれた、別々の書類の一部だ。けど、そこに僕とセフィラで解いた暗号の早見表をつけると、まぁ大変。

なんだか僕の予想よりもストラテーグ侯爵の顔が険しくなっちゃった。

「——たぶん帝都にある他の犯罪者ギルドの場所だと思うんだけど？　それとは別にいくつか倉庫の位置も書かれてるから、この倉庫の中身検《あらた》めたほうがいいと思う、よ？」

「……もう、なんというか…………自重される気はないのか？」

「え、自重してるつもりなんだけど？　別にこれ僕の手柄だなんて言ったりしないし」

なんだかすごく疲れた顔をして、ストラテーグ侯爵は帰った。レーヴァンはしっかり文句言って行ったけどね。

「やる前に言ってくださいよ。っていうか、やらないでください。こんなの投げられたら仕事の優先度ごちゃごちゃになるんですから」

確かに、突然片づけられそうだった案件に後になって別問題を差し込んだようなものだ。けど僕はテリーの代に犯罪者ギルドなんて残す気はない。帝都の支部を一つ潰したくらいじゃ大本のギルドを形成する犯罪者組織は残るし、それは困る。

色々な実務丸投げ状態のストラテーグ侯爵には悪いけど、半端に終わらせる気はない。

「アーシャさま、あの警護の無礼な振る舞いは否定しません。けれど、言っている内容には同意もします」

おっと、ウェアレルからお説教だ。しかもヘルコフとイクトも頷いてる。暗号で書かれてる書類、持ってきたとか言ってなかったからだろう。

忍び込んでたまたま目についたんだよね。それで文脈おかしい感じだったから、セフィラに聞いたら暗号だろうって。間違ってたらそれはそれで、間違えたと言ってストラテーグ侯爵に渡してしまえばいいかと思ってさ。結局暗号の内容がわかったんだけど、そう言えば側近たちにも言うの忘れてた。

「これでも、自重したんだよ？」

「…………まさか倉庫の内部をご自身で確かめることも考えたんですか？」

イクトに頷くと、ヘルコフが溜め息を吐いた。

「殿下、俺らは家庭教師だったり警護だったりで、第一は殿下の安全と暮らしの見守り。そこを無視されちゃあ、こっちも立つ瀬がないんですよ」

「き、危険なことはしないように倉庫には行ってないし、あの書類もついでで取って来ただけで——」

うん、言い訳したけど結局怒られました。時間かけた分だけ状況が変化して危険だとか、任務遂行に色気出すのは悪手だとか。ごもっともです。

「殿下は一回軍に入隊してみます？　帝位継がない皇子が軍に入るってよくあった話らしいですし」

「下手に武力に近づくと公爵たちが警戒を強める可能性もあると思いますが。ただ、規律や集団の行動の重要性を学ぶという点はいいかもしれませんね」

ヘルコフの思いつきに、ウェアレルがちょっと前向きな感じだ。イクトは考え込んで、僕を見つめた。

「根本的に、この歳まで集団行動をしたことがないのがそもそも問題かもしれない。しなくても周囲を見ること、突出しないことを理解してらっしゃるから失念しがちだが」

何やら僕の教育方針に話がスライドしたようだ。これは下手したら、モリーの所に行くのも制限かかりそうな雰囲気。犯罪者ギルド関係の悪徳商人に目をつけられてるし、蒸留のための工場は倉庫街近いし。

ここは別の話題に逸らすべきかな。だって集団行動とかすでに経験済みだし、前世で。

僕も怒られるとか、安全を担保できないと思えば踏みとどまることはできる。今言った倉庫がいい例だと思うんだけど、ちょっと僕の側近たちは過保護かもしれない。

「集団行動と言えば、三人はすごく息の合った連携だったね。軍隊にいたヘルコフと、狩人やってたイクトはわかるけど、ウェアレルもすごかった」

本当に僕が口で説明しただけで、実際にできるなんて驚きだった。ただ経歴上、戦闘慣れしている二人に、元教師のウェアレルがついて行けたのにも驚いてる。

「それはルキウサリアの学園に在籍中、ダンジョンで体を動かしていたので感覚はそれとなく。ただ、やはり二人にフォローをしていただきましたよ」

「いや、本当に動けない者とやるよりずっとましだった」

「狙い真っ直ぐ外さないだけでもこっちもやりやすいってもんだ」

イクトとヘルコフが褒めるけど、待ってほしい。

「ダンジョン？　ダンジョンってあのダンジョン？　魔物が出て来る？」

僕が前のめりで聞くと、三人は顔を見合わせる。

この世界にはダンジョンと呼ばれる場所がある。別名魔力溜まりといって、高濃度の魔力により時空が歪んで発生するそうだ。

中には魔力溜まりになりそうな土地を選んで、ダンジョン化させる魔法使いがいるとか。

「イクトどのの冒険譚には目を輝かせていましたが、ダンジョン自体に興味が？」

「正直、とっても興味あるよ」

確認するウェアレルに大きく頷く。

前世の記憶があるせいで、魔法を使えるだけでも僕は楽しい。極める気とかはないけど、そこは楽しむつもりでやってるし錬金術にも使える。

さらにダンジョンとなれば想像だけでも楽しい。僕だって不自由なりにサブカルが氾濫する日本で生まれ育ったから、憧れはあるんだ。

「ルキウサリアの学園には、学生の使用を前提にしたダンジョンが作られています。在学生はそこへの入場が許され、時には試験で使われることもありますよ」

おぉ、漫画やゲームみたいだ！

ウェアレルが言うには、どうも運動場や実習棟とかみたいな扱いらしい。だからこそ惹かれる。

つまりは危険がある程度管理された中で遊べるってことじゃないか！　ここでは損害を気にして使えなかった錬金術の実験もできるかもしれない。

「これは、チャンスでは？　アーシャ殿下は周囲からの圧力を気にして学園への入学には消極的だったはず」

「そうだなぁ。これだけ前向きなら、その気になって頭使って入学できるように動くこともあるだろ」

イクトとヘルコフが頷き合ってるけど待ってほしい。

「僕、入学に消極的なつもりはないよ？」

「しかし、ストラテーグ侯爵に、入学しないとおっしゃったとか？」

ウェアレルがイクトを見て言うのは、きっとディオラと会った時のことだ。

「うん、今の状態だとね。絶対邪魔されると思うんだ。今は大人しいけど、ユーラシオン公爵の息子、僕と同じ年齢でしょ？　つまり息子と同じ年に皇子が入学って、嫌がりそうじゃない？」

僕の推測に側近たちは顔を顰めながら頷く。ユーラシオン公爵は帝位を狙うから、注目度とか気にするタイプなんだよね。

「だからできる限り陛下には今の内に力をつけてもらって、邪魔があっても対処できるようになってもらいたいんだよ。それと、ストラテーグ侯爵のような独自勢力持ってる人が発言権強まったら、少しは僕から目逸らさないかなって」

今回の犯罪者ギルド打倒のついでに、実はそんなことを考えていた。もちろん主眼はテリーの気遣いを台なしにした犯罪者を捕まえることだけどね。あとは息子として父親の手伝いってちょっとやってみたい気分もあったんだ。

仕事増やした分、ストラテーグ侯爵もこの一件で見返りもあると踏んでのことでもある。さらにその見返りで僕の利点にもなってもらおうという寸法。

上手くいきそうだから説明したら、側近たちは唖然としていた。

「俺、まだ殿下のこと侮ってたかもしれねぇ」

「年齢と共に成長していると決まっていますよね」

「最近は子供らしく笑っていることが多かったので」

　側近たちが何やらごにょごにょ言い合ってる。まぁ、誤解がなくなったならそれでいいけどね。

（よく考えたら、弟と仲良くなって、将来の禍根《かこん》排除できて、陛下の力も強められる上に、入学の可能性引き出せるって、今回のことはすごくラッキーだったかも？）

（異議あり。主人の幸運に対する期待値の低さを是正されたし）

　なんだかセフィラに妙な突っ込みをされる。けど今回はもうこれ以上僕が骨を折る必要はないだろうし、めでたしめでたし。それでいいはずだった。

＊＊＊

　いつものように起きて朝食を取り、ストラテーグ侯爵から昨夜の聞き取りをされた。そんなストラテーグ侯爵とレーヴァンが帰ると、いつもどおり静かな左翼棟だ。うん、ちょっと側近に怒られたけどね。

　だからもう特別用事はないはずなんだけど、青の間の奥からノックの音がする。ここには僕、ウェアレル、ヘルコフ、イクトと揃っていた。そして青の間奥にはエメラルドの間と赤の間がある。

「誰かな？　って言っても消去法で、ノマリオラ？　入っていいよ」

「はい、ご主人さま」

「うん?」

許可して入って来たのは、予想どおり侍女のノマリオラ。今日は妹の看病のために、半休取ってたはずだ。けど、仕事を始めるにはちょっと早いし、普段は時間どおりにしか働かないノマリオラらしくない。

いや、らしくないと言えば今の発言なんだけど……。

僕が軽く混乱していると、普段は下ばかり向いているノマリオラと目が合った。瞬間、無表情ばかりだったはずのノマリオラの目元が緩む。

「着任のご挨拶に参りました」

今までに見たことのない柔らかな笑みでそう言ったノマリオラは、普段がクール系美人だったのが途端に華やかな印象に様変わりした。

「ぼっふ!?」

「……はい、え?」

ヘルコフが噴き出し、ウェアレルは目を擦って見間違いを疑う。イクトはあまり表情動いてないけど、瞬きを忘れていた。

「どう、したの……ノマリオラ? なんだか、いつもと違うけど。……あ、看病で疲れてる? そんなに調子悪いなら一日休んでも大丈夫だよ。半休って言っても妹さんの看病してるんだし、ノマリオラが休む暇ないんじゃない?」

「あぁ、なんと慈しみに満ちたお言葉。ありがたく存じます。ですが、私はご主人さまの侍女でご

ざいますので、お気遣いは無用です」

えー、なにこれ？　予想の斜め上なんだけど。何その今までにないメイドムーブ。逆に怖い。

側近たちに目配せしても、誰もどうすればいいかわからない様子。ノマリオラも僕に微笑みかけることはやめないというか、僕以外に目を向けないので、対応するしかなさそうだ。

「じゃあ、えっと——妹さんはどうなったの？　嬉しそうだし、落ち着いたのかな？」

「はい、ご主人さまの英知が詰まった薬を用いましたところ、一日で呼吸から異音は取り除かれ、翌日様子を見ても変わらず、三日目になると呼吸の苦しさから眠りが浅くなることもなく、四日目には咳き込んで食事を吐き戻すこともなくなりました。参ります前に昼食を完食したことも確認しております」

嬉々として話すという、本当に見たことのないノマリオラ。けど、語られる内容は僕が想定していたよりもずっと重症だった。

子供の喘息って死なないって聞いてたけど、苦しくないわけじゃないんだなぁ。

「けど、うん。妹さんが良くなったのはわかったよ」

礼を取る姿は今までも見たけど、笑顔な上に退室しない。いつもなら用が済んだと判断したら、すぐに赤の間に戻ったのに。

「アーシャさま、それが原因では？」

困っていると、ウェアレルが緑の被毛に覆われた耳をくるくる動かしながら声をかけて来た。

「アーシャさまの作られた薬で改善したために、薬をお渡しになったことに恩義を感じているものと思われます」

「お命じいただければ、今までの非礼、幾重にも謝罪いたします」

応じるノマリオラはいつものきりっとした表情なんだけど、発言はいつもと違う。というか、ウェアレルの推測で合ってるの？

「いや、あの薬は不完全で、言ったとおりお試しくらいの気持ちだったんだ。だからそこまでしなくていい。それにそんな極端なことしなくても、今までどおり働いてくれるなら薬もまた渡すから。……僕の趣味が誰かの助けになるなら、それは嬉しいことだもの」

「なんと崇高なお志でしょう。それに引き換え仕えるこの身の矮小さに恥じ入るばかり。苦境にあってか弱き者を思いやってくださる清廉なお心をお持ちであるとはすぐに理解できずにおりました。重ねがさね非礼をお詫びいたします」

怒涛の勢いで謝るノマリオラに、なんと答えていいのかわからず、僕は側近たちに目で助けを求めた。するとイクトが淡々と声をかける。

「苦境など才ある者にとっては俗世の雑音に等しい。アーシャ殿下は衆目を集めて騒がれることを良しとはしない。その点、淑やかで合理性に長けたあなたの振る舞いはアーシャ殿下のお心に見合うと言えた」

たぶんイクトは遠回しに気にするなと言ってくれたんだろう。けど、そのフォローを受けて、何故かノマリオラはその場で跪いた。

「勿体ないお言葉です。そして、承知いたしました。これまでどおりルカイオス公爵方には、慎ましくお暮らしになるご主人さまの様子のみを報告いたします。その上で、あちらにご主人さまを煩わせる兆候がないかを探りましょう」

「む、無理はしなくていいよ。妹さんも寛解ってわけじゃないだろうし。様子見ながらでいいからね」

「ははぁ、ご厚情いたみいります」

本当にこれって大丈夫な流れ？　なんかどんどんノマリオラの対応が悪化してるようにしか思えないんだけど？

ウェアレルを見れば、これ以上は無理だろうと首を横に振る。ヘルコフは変わり身のすごさにまだ笑ってた。イクトはなんだか不思議なものを見るようにノマリオラを見てるし。

（主人の評価が正しくあるものと理解。改善を求める意義は不明）

（セフィラは黙ってようか。僕が目立ってもいいことないんだって）

帝位に興味ないし、それを認めさせるためにも目立たないようにしてたんだし。

テリーが帝位のため、七歳なのに僕より多い家庭教師に囲まれて頑張ってるのは知ってる。邪魔しないようにしたいから、そのためにも暗殺とかする人は捕まえようと思ってるくらいだ。

ただこうして感謝してくれるノマリオラを無下にするのもなぁ。いや、配慮はしてくれるっぽいから、このままでも大丈夫なのかな？

「………よし。ノマリオラ、君の気持ちはわかったから立って。勘づかれないように今までどおり接してほしい。それは苦痛だったりする？」

「いえ、私はどうも興味の有無が顕著に顔に出てしまうのです。今までは妹のみだったところ、ご主人さまへの思いの発露があり困惑させたことでしょう」

「あ、うん。だったら余計に今までどおりでね。ここでは好きにしてていいから。外でばれないように気をつけて」

釘を刺せば、即座に応じてくれるんだけど、なんだか嬉しそうなせいで調子が狂う。

「ご主人さまに今しばしお時間をいただけましたら」

「どうしたの？」

突然声のトーンを落としたノマリオラは、立ち上がってくれたけど、改まった様子で告げた。

「ただいま、ルカイオス公爵方では公爵家の使用人も使って、エデンバル家当主の動向を見張っております。エデンバル家当主は大聖堂におけるエデンバル家の者の関与を理由に宮殿に出頭するよう申しつけられておりますが、応じる気配がないそうです」

ノマリオラが接触しているのは妃殿下の侍従だ。けれどその実、ルカイオス公爵の屋敷に出入りして僕の情報を伝えている。どうやらそのお蔭で、その侍従から逆に公爵家の使用人が動員されている状況を聞き知ったらしい。

「エデンバル家当主としては、のこのこ宮殿に来ても、言い訳の機会なんてもらえねぇとわかってるんでしょうな。逆に、陛下からすれば、当主を押さえちまえば内乱の危険は一気に下がるってもんです」

ヘルコフが状況を説明してくれるので、僕は頷きつつ考える。

そうして屋敷に立て籠った状態で、エデンバル家当主は何を狙ってる？　父とルカイオス公爵がエデンバル家を潰すつもりなのは百も承知だ。その上で僕たち皇子の暗殺を画策した相手。

（………もし成功していたらどうなっていた？）

（エデンバル家の司教候補のみが生き残り、主人の凶行として冤罪を着せられていたでしょう）

セフィラの言うとおりではあるんだろうけど、それで父が納得するはずもない。ルカイオス公爵だって、エデンバル家のリトリオマスの証言を頭から信じるとも思えない。

だったら、暗殺をやり果《おお》せた後にも何か狙いがあったはずだ。疑いの目から逃れる、思惑が。

「………いや、逃れる手が――？」

そうだ、エデンバル家が暗殺なんて大それたことを計画したのは、お金に関するところを潰され、支持する貴族も引きはがされたから。暗殺を成功させたとしても、立場の悪さが回復するわけじゃない。

この帝都に留まる必要なんてないし、いるだけ手を塞がれている状態。だったら、やることは一つ。

「エデンバル家当主は、近く帝都を脱出する」

僕の言葉に情報を持ってきたノマリオラも、目を見開いて驚いた。

「エデンバル家の領地、というか帝都と戦争を起こせるだけの拠点にできる場所って何処かわかる？　それと門はさすがに難しいし――そう、倉庫だ。倉庫街だから、港。水運だ。穀倉地帯を押さえているなら、運搬のための船も持ってるよね？　船で一直線に行ける場所だと思う」

ウェアレルは考え込み、イクトは明るくないと言うように首を横に振る。赤い被毛に覆われた頭を撫で回していたヘルコフは、目を見開くと困ったように笑った。

「ありましたわ、殿下の言う条件に合う場所」

「ってことは、確定かな。エデンバル家当主は船を使って帝都を脱出する。暗殺が未遂に終わったこと、実行犯が摘発されたこと、犯罪者ギルドにも手が入ること。その辺りの動きが想定外で今日まで遅れたのかも」

ストラテーグ侯爵は、捕り方で犯罪者ギルドと収賄していた者たちを排除した。それは信頼性を高める行為ではあるけれど、同時に使える人員を減らし、手の回らない箇所を生み出すリスクもある。

僕は思い出してノマリオラを見た。目を合わせて、僕は笑いかける。

「ありがとう、とても有益な情報だ。情報料は――」

「いいえ、ご主人さまのお役に立てたのならばこれ以上の喜びはございません」

まさか報酬を断られるとは思わず、僕はまじまじとノマリオラを見返した。けれど嬉しそうに微笑むノマリオラに他意はなさそうだ。

払うと言った報酬をなしにするのも申し訳ない。不完全エリクサーは渡すって言ったし、お金以外で、あ、そう言えば一緒に渡したあっちはどうだったんだろう？

「そう言えばハッカ油はどうだった？　処分に困るなら引き取るよ」

「あれもまた素晴らしい効能でございました。匂いも妹は気に入った様子で、息がしやすいと毎日塗布しております」

思ったより好評で良かった。そう思ったら、ノマリオラが迷う様子で続ける。

「その、報酬は、ご主人さまのお力になれただけで十分なのですが…………。必要な金銭はお支払いいたしますので、どうか、またハッカ油を融通してはいただけないでしょうか？」

お、これは思わぬところに情報料代わりになるものがあったようだ。

「それくらい、いいよ。あ、それともノマリオラが作ってみる？　妹さんが気に入ってるなら、作り方知りたいんじゃないかな？」

「まぁ、英知の一端をお授けくださると？」

僕の誘いに、ノマリオラは喜色も露わに応じてくれる。ただそんなに感謝されるほどのことでもないんだよね。

実はハッカ油、作るのに手間がかかる割に抽出できる量は少ない。あと匂いも不評だし。だから僕としては、自分で作ってもらったほうが手間もないんだ。

教えて作ってもらって、道具は三つ子の作った試作品回そうか。たぶん食事もまともにできてなかったなら、妹さんはまだベッドから離れられない。だったら少しでも趣味になることを覚えてくれたらいい。

頭の半分では確かにそう思いつつも、僕はもう半分で、どうやってエデンバル家当主を確保するかを考え続けていた。

六章　落日の逃走

僕が作った不完全エリクサーによって、恩を感じたノマリオラからルカイオス公爵がエデンバル家当主の動向を警戒していることを聞いた。派閥を総動員してエデンバル家を潰そうとしている中、自家の使用人まで外に出しての警戒具合らしい。

「たぶんルカイオス公爵も、逃亡を一番警戒してる。エデンバル家も帝都を脱出できればまだ目があると思っているだろうしね」

ノマリオラが昼食の準備をする間、僕はウェアレルに帝都の地図を持ってくるようお願いした。地図は本来王侯貴族だろうと子供は手にできない貴重品で、厳重に保管されている。

僕が見られる地図は父が用意してくれたものだ。帝都を拓くために使われた錬金術に興味があると知って、けっこう詳しいけれど、十年ほど前の改定前で破棄寸前だった物を回してくれた。

だから十分今の帝都の道や建物の位置関係は把握できる。開いた地図を眺めながら、僕は帝都の道や運河の流れを確認した。

「帝都内部の用水路から、港に直通する道筋はありませんね。——公爵も疑っているのならば、早急に身柄を取り押さえてしまえばいいものを」

「調整池の代わりに止水施設があるためのようですね。——関与が明確にされてない状態では、逃げる口実にされるだけでしょうから」

一緒に地図を確かめながら、イクトが短気なことを言う。すると、ウェアレルも地図上に示された水門を指しつつ、ルカイオス公爵の事情を推測した。

つまりルカイオス公爵としては、逃がさなければエデンバル家を潰せる目算はあるんだろう。それでも警戒をしているのは、逃げられる可能性が捨てきれないから。

「こうなると、たぶん犯罪者ギルド側と協力して逃げると思うんだよ」

「でしょうな。エデンバル家の司教候補がとっ捕まった時点で逃げられなかったんじゃ、他に手がねぇ。そしてここも、時間と共に罪が明らかになるので詰みの状態です。エデンバル家はもちろん、現状犯罪者ギルドも逃亡以外に破滅を回避する方法がねぇ」

ヘルコフも僕の考えに頷いて、地図に赤い被毛に覆われた指を置く。そこは僕たちとは別に、ストラテーグ侯爵が押さえた犯罪者ギルドの支部。昨夜押さえた支部を足がかりに今、犯罪者ギルドそのものに手を入れている最中だ。

「すでに帝都の門は押さえられ、拠点となる場所も包囲されている。抜け出したとして、逃げる際には合流することでしょうね」

イクトが言うには、現状陽動の捨て駒以外がバラバラに逃げる利点はないそうだ。

「確かにエデンバル家当主にしても、犯罪者ギルドの上層部にしても、どちらか先に逃げた時点で、残されたほうはより厳しい包囲を受けるだけでしょうし」

ウェアレルも、エデンバル家と犯罪者ギルド上層は、共に逃亡を画策するほうが合理的だという。

「包囲を抜ける手段を犯罪者ギルドが捨て駒使って用意し、帝都から逃げる手段と場所をエデンバル家が用意する。――で、倉庫ですか」

ヘルコフは難しい顔で呟く。

「暗号解いた感じ、倉庫街の番地みたいな文字列だったよ。後は、麦とか木とか塩とかつけられてたから、倉庫の中の何が置いてあるエリアかを示してる感じ？」

僕も倉庫街はほぼ眺めるだけで中に入ったことはない。それでも倉庫の壁や扉に大きく文字列が書きつけられている風景は見ている。

それに倉庫街に運び込まれる物品は港から揚げられた品の他に、陸路でも大量に輸入した物を保管しておくように使われているのは聞いたことがあった。つまり、人の出入りが頻繁ではない上に、中身を毎日は検めない倉庫もあるわけだ。

「倉庫のことはストラテーグ侯爵に伝えたけど、あの様子じゃ手を入れるのはまだ後だよね？」

すでに無理して人を動かしているような様子だった。その上、暗号を渡した時のレーヴァンの言葉。予定がすでに決まってるなら、緊急性を理解してねじ込んだとしても数日を待つ必要がある。

（けどたぶん、それじゃ遅いんだ）

（すでに犯罪者ギルドにも手が伸びています。帝都に留まる理由がありません）

エデンバル家当主は、犯罪者ギルドよりも先に包囲された。そこから脱出を企てていたとして、今度は実行犯のヴァーファン組に手が伸び、犯罪者ギルド側も支部が押さえられてる。

やっぱり逃げるなら今。犯罪者ギルド全体を潰される前に、エデンバル家当主を助けて恩を売りつつ帝都を脱する。そしてやるなら早い内だ。まだ犯罪者ギルドへの包囲は完成していない。きっとエデンバル家当主を主眼に置いていて、ルカイオス公爵のほうも船なんかの私財を押さえることはしていないだろう。

「せめて、船で逃げるって確定させないと…………」

「お待ちください」

「駄目です」

「殿下ぁ？」

目を向けると、側近たちが揃って僕を見下ろしている。これは、止められるっぽい。

「確かめるだけで、そうしないとストラテーグ侯爵も動かせないからさ」

「では、お命じください。アーシャ殿下が動かれる必要はありません」

イクトが自ら調べて来ると言ってくれるけど、一番確かで早いやり方は、セフィラにさっさと走査してもらうことだ。ただセフィラって、基本僕にしか応えない。側近たちと言葉を交わすことあるけど、指示を受けたり仰いだりは僕ありきだ。

「場所広いし、暗号に記された倉庫複数あるからさ。一人でやるよりも早いほうがいいと思うんだ」

「相手にばれるわけにもいかないでしょう。あの侯爵の協力で大々的にやらせるか、イクトどののように単独で確かに動ける者に任せるべきです」

ウェアレルが行く必要はないと釘を刺せば、まるでわかっていると言いたげにヘルコフが頷いた。

「今は半端に動くほうが敵を取り逃がすことになります。本当に船で逃げるとして、船動かせなくする手段でもない限り、相手の危機感煽って急がせるほうが悪手ですよ」

「でも、もう今日中にでも逃げる可能性あるのに………」

ここでエデンバル家当主を逃がすようなことになれば、テリーの代の禍根どころじゃない。父が皇帝をしている今、内乱を起こされる可能性がある。

納得しない僕に、ヘルコフは視線を合わせるようにしゃがみ込んだ。

「あのですね、そこまで考えてるなら、陛下に直接言ってみちゃどうです？」

「でも、今はエデンバル家全体をどうにかしようって忙しいでしょう？」

「それでアーシャさま自身が知らないところで危険を冒していることのほうがお心を乱されると思いますよ」

「だからこそ報告はしませんが、それでも表立って動くべきであることを伝えないというのは、もはや遠慮ではなく不信かと」

ウェアレルとイクトまで、父に相談すべきだと言い出す。確かに今日までエデンバル家をどうにかしようと働いてきたんだから、父こそがすべきだとは思う。けど、手間をかけさせるのがどうしても、嫌だ。

これは、たぶん前世に引っ張られてる。どうやら僕は親に甘えることが怖いらしい。

「うーん………」

僕の踏ん切りがつかない唸りに、ヘルコフは立ち上がって同僚二人を部屋の端へ呼ぶ。

「おい、ここで陛下動かさない理由って何か思いつくか？　それとも本当に陛下じゃ無理だって不信感持ってるのか?」

「私も少々おおげさに言っただけで、本当に不信感を抱いていると思ったわけでは…………。しかし頼らない理由もわからない」

「やはり負担のことを思って遠慮しているのだとは思いますが。ただアーシャさまは私たちの想像を超える先見がありますし…………」

ヘルコフの質問に、イクトは戸惑いウェアレルは考え込んだ。そこまで真剣に悩まなくてもいいんだけど。

どうせ今となってはどうしようもない僕の前世だ。向こうでもすでに両親は亡くなっている。でも、いや、だからこそ愛情を惜しまない今の父には負担をかけたくないし、できればもらった愛情の分、何か役立つことをしたい。

そのためにはあの三人を納得させるべきなんだけど…………よし、ちょっと強引に行くか。

「わかったよ、少し考えさせて。今はまず、昼食にしよう。ノマリオラもそろそろ呼びに来るはずだ」

僕はこの問題を一度脇に置くことを提案する。そこにちょうど良く、ノマリオラも昼食の準備ができたことを告げる声がした。

＊＊＊

午前中にストラテーグ侯爵がやって来て、昼頃なんだか様子のおかしなノマリオラから話も聞いた。そして昼食を終えた僕は、エメラルドの間にウォルドを呼び出している。

僕はエメラルドの間の隅に置かれた箱に目を止めた。

「そう言えば、ハーティから送ってもらった小雷ランプそのままだったね」

僕からすれば豆電球のような失伝技術。錬金術だと思ったけど、その実物は今現在使用されている物しかなく、手に入れられなかった。調べたくても調べられない。失伝してしまっているのが惜しいくらい使い勝手がいいはずの物だと、つい僕は手紙に愚痴ってしまった。

相手は僕の元乳母で叔母でもあるハーティ。するとハーティは再婚相手の領地にある屋敷を探し、壊れた小雷ランプを二つ見つけて送って来てくれたのだ。

もちろん浮かれて構造を調べるために準備しようとしてたんだけど、テリーに大聖堂へと誘われた。そこからは小雷ランプの存在を忘れてしまうほど、もっと別の問題が降って湧いてしまっていたせいで、今も壊れた小雷ランプは箱の中だ。

見た感じ壁に取り付ける形の照明で、光るだろう構造体は豆電球に似てる。けど、電池もなければ電線もないこの世界。どうやって光らせているのか外観からではわからない。

「そうですね、それはおいおい時間作ってからがいいんじゃないですかね。——それで殿下、そろそろそっちの奴立たせたらどうです？」

ヘルコフは、僕に相槌を打ちつつ床を指す。そこには蒸留器を前に、四つん這いになった財務官のウォルドがいた。

エメラルドの間に呼んで、用件を伝えるために軽く説明しただけで、すでに膝から床に崩れ落ちた。本題に入る頃には、こうして床に四つん這いになってしまっていたんだけど。

「あ、まだやってたの？　ちょっとディンク酒の新開発に使う材料の費用、研究費名目で引っ張れないか聞いただけなのに」

「アーシャ殿下があのディンク酒の仕掛け人と知ればこうなるのは予想の範囲内なのでは？　その上で、何故いきなりそんなことお聞きになったのですか？」

一度も剣を器具にぶつけたことのないイクトは、帯剣したままエメラルドの間にいて、動かないウォルドを見下ろしている。たぶんいきなり動くことがあったら止める気なんだろう。

「財務官の仕事は、物品購入や管理って言ってたでしょ。つまりお金を使う時の管理だ。だったら、ノマリオラに情報料払うお金とか、モリーのところからアイディア料で払われたお金とか、管理してくれないかなと思って」

もちろん最初は手持ちのお金の管理ということで、相談を持ちかけた。そこでお金の出処をすごく気にしたのはウォルド本人だ。まぁ、誘導する気がなかったとは言わない。

最初の仕事が、僕に歳費が払われておらず、肩代わりするだけの収入すらない状況を調べることからだったウォルドは、降って湧いた僕の手持ちのお金に目を白黒させていた。その混乱に乗じて、僕はエメラルドの間へとウォルドを招き、蒸留装置で何をしていたのかを説明したわけだ。

「ついでにディンク酒の材料にできそうなもの、ウォルドに手配してもらえば、ヘルコフが酒乱なんて噂もされなくていいかと思ったんだけど」

「財務官を通すならば記録を残されますので、あまり変わらないと思いますよ。ただ、確かに市井の商人では手を出せない酒類は存在しますね」

ウェアレルはウォルドを引き込む利点を理解する。何よりウォルドはここに左遷扱いで来ている。真面目だけど現状に納得はしておらず、一年経てば離職する可能性は高い。

黒髪エルフなウォルドは、浅黒い顔に疲れたような表情を浮かべてのろのろと顔を上げる。

「あ、あれ、あの酒……今、どれだけの市場価値になっていると………？」

「みんな目新しいもの好きだね。新しいの出す度に値を釣り上げて行くんだもん。もっと時間かけてもいいと思うんだけどな」

「いや、ですから殿下がほいほい新作の案出すからですね。――それはともかく、なんでまたこいつへこませることに？」

ヘルコフに以前も言われた苦言を繰り返された上で、なんだかあらぬ疑いをかけられる。

「へこませる気なんかないよ。左遷されたと認識されてる人が、僕がディンク酒を作ったなんて言っても信憑性は低い。だったらいっそ、財務官の職分でどれだけディンク酒に還元できるか。それを見るのも一つの手だと思ってね」

僕がそれらしい言い訳を口にすると、ようやくウォルドは床から立ち上がる。

「第一皇子殿下が、秘密裏に、ディンク酒の製造を行っていたことは、理解しました」

そう言えばディンク酒のこと説明しても、嘘だとは思ってないようだ。だからこそダメージを食らったんだろうし。

「それで、いったいどういった経緯でディンク酒を――いえ、それよりも宮殿を出られない第一皇子殿下がいったいどうして発案者などになったのでしょうか？　どなたか身分ある方の援助をもって？」

「深入りする？」

全然違うけど、念のため聞いたらまた固まる。

「…………いいえ。契約がどうなっているかなどによって、二重取りになりかねないと思ったのです。また、成果物を出せるかどうかなど、他に権利の問題が生じるかと」

「まず契約してる名前が僕じゃないんだよね。偽名使ってる」

二重取りにはならないけど権利問題はどうなるだろう？　あと本題別にあるからそっちに誘導したいけど、さて、どうしたものかな。

「あとは、お酒のついでに色々作ってるんだ。それも錬金術なんだけど、香料とか着色料とか。ただまだしっかりしたものはできてないんだ。今も試行錯誤してるから、販売相手に頼り切りも駄目かなと思って、ウォルドに聞いたんだよ」

「それは、酒の開発を殿下に依頼する側からきちんと取るべきかと。そのためにもしっかり身分ある名前での契約をですね」

ウォルド曰く、やっぱり現状では歳費のほうからじゃ無理らしい。そこは想定内だ。

「ただ錬金術のなんたるかを知る者はほとんどいません。ですから、名目だけなら研究費でひとまとめに請求はできるでしょう。それでも、ディンク酒というすでにひと財産になるような物であるならば、相手方ときちんと話し合うべきで——まさか、相手は第一皇子殿下と、知らないのですか？」

「あ、気づいちゃった？」

また固まるけど今度は立ち直りが早かった。

「なんということを………。財産、成果として残したほうが管理や権利の主張においては――」

話を結局深掘りしてきそうなので、僕は適当に打ち切る目的でイクトに振る。

「つまり、ディンカーに実を伴わせる身分証が必要ってことか。イクト、貴族って保証人になれたよね？」

「そうですね。身分証上の問題だけなら私の名前で十分でしょう。一代限りの爵位、一人身なので誰かに諮る必要もないですから」

イクトが応じるとウォルドががっくりしてしまった。第一皇子としての僕が、ディンク酒の製造に携わってるっていう実績欲しかったんだろうね。

貴族から注目され、皇帝にも贈呈されるほどの価値が認められてるんだ。ウォルドからすれば左遷扱いの現状を、一気に覆せる手札を僕が見せたようなもの。食いつくとは思っていたよ。

欲しい言葉はもらったから、後はこれ以上食いつかないよう釘を刺しておこう。

「ウォルドも僕が睨まれてることはわかってるよね？　だったらさ、成果として発表した後を考えてみてよ。今以上にやりにくいように、何処かの誰かが手を回さない？　そのせいで今以上に何もできないように追いやられない？　そもそもディンク酒っていうブランド自体潰されかねないと思うんだ」

何処の公爵とは言わないけど、僕の実績を喜ばないどころか潰すことに全力尽くしそうな人がいるのは、ウォルドも知ってるはずだ。

何か反論しようとしたらしいウォルドだけど、瞬きもせずに考えた末に、諦めたように息を吐いた。

「アーシャさまが我々の想像の上を行くのはいつものことですから。慣れないといつまでも疲労するばかりですよ」

ウェアレルの慰めのような言葉に、ウォルドは納得いかない様子で眉間を険しくする。驚きが強いのか、今日はよく表情が動くようだ。

「慣れて……この状況であることに疑問を持たなくなるほうが、恐ろしくはありませんか………？」

おっと思ったより冷静だった。ウォルドの言葉に、僕に慣れてる側近たちが、そうかもしれないと考え直しそうな顔だ。

「ウォルド、錬金術の研究費でひとまとめにできる範囲ってどんなもの？　相手のほうに今までの試作品にどれくらいかけてたか聞くから、ちょっと検討してほしいんだ」

「はい、ご命令とあらば」

真面目に職務はこなす気があるらしいので、ウォルドはいい。

「じゃあ、ヘルコフ。よろしく」

「はい、あ――――。そう来ましたか」

返事をした後に、ヘルコフは僕がモリーの所まで同行する気であることを悟る。

モリーは忙しく移動してることも多いけど、ヘルコフの甥である三つ子はだいたい工場のほうで新たな蒸留器の制作をしている。だから夕方は、そちらの様子を見にモリーが立ち寄っている可能性が高い。

つまり、倉庫街近くに行く理由づけができる。

僕がウォルドを呼んだ理由に気づいたウェアレルとイクトも、揃って天井を仰いだ。一人わからないウォルドは、興味深そうにエッセンスの入った小瓶の並んだ棚を見ている。そんなに見ても、今のところ表向き発表する気があるのはコーヒーを淹れるサイフォンだけなんだから諦めてもらおう。

＊＊＊

フードを目深に被って顔を隠した僕は、日が傾き始め、夕方を前に人の出入りが激しい倉庫街にいた。

「これだけ人通り多くて、潜めると思う?」

「逆に自分の仕事関連以外じゃ、誰が部外者かなんてわかりゃしないんじゃないですかね?」

蒸留酒工場に向かう中、ヘルコフはいつもよりもゆっくり歩いて周囲への警戒を強めてる。それと同時に僕が勝手に倉庫街のほうへ行かないよう注意もしてるんだろう。

「…………ちなみにセフィラどうしてます?」

「あ、気づかれた。もう倉庫街の走査に行ってもらってるよ」

「ちょ――。もう…………」

ヘルコフは今さら何を言っても遅いと悟ったのか、僕へのお説教は後回しにする。そして周囲に気づかれないくらいの些細な動きで、合図を送った。

セフィラがいないと僕は身長のせいもあってあまり周りが見えない。けど、今のヘルコフの動きが何を意味するかくらいは想像がつく。

僕が探りを入れるつもりで宮殿を出たことを知る、ウェアレルとイクトもついて来てるんだろうなぁ。僕からじゃ何処にいるかわからないけど。帝都に降りる前に、そこはセフィラに警告された。目立たない服装に着替えてついて来てるって。

「行くのは工場だけですからね」

「わかってるよ。僕がいてセフィラに指示出すほうが早いだけだから」

「せめて動く時は事前に相談してください」

「してるつもりなんだけどなぁ？」

「ちょぉっと、事前と直前の認識に差異があるみたいですねぇ？」

もっと早く言えということらしい。善処します。けど相談する暇もないことがあるからそこは了承してほしい。今回とかね。

僕たちはそんな軽口を交わしつつ、蒸留酒工場に辿り着いた。さすがに前のような異常は見受けられない。

仕事終わりに三々五々帰る工員。赤い大きな熊獣人と、どうやらドワーフと思われてる僕ら二人連れは覚えられてる。声をかけてモリーの所在を聞くと、やっぱり三つ子のいる混合棟に入るのを見た人がいた。

ヘルコフと一緒に混合棟へ行くと、また蒸留酒の熟成度合いで言い合いをする声が聞こえる。

「今は数を維持するべき時期で品質はまだ少しずつ………って、いきなり来るなんてどうしたの？　何か問題あった？」

　ヘルコフはともかく、僕まで事前連絡なしに来ていることにモリーが気づいてこちらを向く。

「叔父さん、あんまりディンカー連れてこないほうがいいぜ」

「そうそう、犯罪者ギルドからがらの悪いのが漏れて来てるんだ」

「ここらは人足や船乗りが縄張り守ってるけどな」

　ヘルコフの甥であるレナート、テレンティ、エラストから、思わぬ情報が聞こえた。お金の相談とは別に、セフィラの走査が終わるまで話を繋ぐため、薔薇の抽出液も持って来てたんだけど。

　これはその話、聞かない手はないね。

「犯罪者ギルドがどうしたの？　――捕まったって聞いたけど、違うの？」

　当事者に近いから、あえて大雑把に聞く。帝都の住人が、事前告知もなかったあのガサ入れをどれくらい認知してるかわからなかったから。

「どっかの一家が捕まったんだろ？　で、そこに通じてた犯罪者ギルドも関係者一斉に捕まったって」

「けどそこにいなかった犯罪者ギルドの奴らは逃げ散って、逃げ隠れするならまだ大人しいのに、上がいなくなったからって暴れる奴が出てんだよ」

「それもここら辺は腕っぷしの強い労働者が多いから追い返してるけど。それでも気が立ってる奴多いからさ」

　どうやら犯罪者ギルドに手を入れられたことで、捕まることを恐れた者たちはすでに逃げているらしい。ただし、大聖堂での事件以降帝都の出入りは厳しくなっており逃げ場がない。人によっては乱暴に安全を図ろうと、あえて喧嘩を売って示威行動をしているらしい。

倫理観の成熟した社会で暮らした前世があると、ちょっと信じがたい話だ。僕からすればひたすら墓穴を掘ってるようにしか見えない。けど、この世界では衝動的な暴力行為は日常らしく、僕以外に矛盾を感じている人はいないようだ。

「その内、全員捕まるかな？」

「「「無理だろ」」」

三つ子だからか、全く同じタイミングで否定された。モリーも同意見らしく頷いてる。

「よほど顔や名前が売れてないと、捕まえるほうだって判別つかないでしょうし。捕まえるほうも、捕まえて功績になるような大物以外相手するの面倒がるでしょう」

収賄していた捕り方がそれなりにいたのも日常的なことらしく、あまり庶民との信頼関係はないようだ。

ただそうなると、この港周辺の捕り方に収賄している者がどれくらいいるかが問題になる。もし睨んだとおり犯罪者ギルド関係の倉庫に逃げ込んでいたとして、それを捕り方に伝えると逆に情報漏洩になりかねない。

そうなると確実に逃亡手段を潰すほうがいい。理想はエデンバル家当主も犯罪者ギルドの上役も揃って捕まえ、宮殿まで連行することだ。

（報告をします）

目的のために必要な手段を模索していると、僕にしか聞こえない声がかけられた。戻ったセフィラは淡々と走査結果を伝える。

（十二カ所の倉庫を走査。結果、小集団がそれぞれ潜んでいることを確認。飲食物の備蓄らしきものもありましたが、どの集団も一日程度です）

（たった一日？　新しく飲食物を持ち込む様子は？　――いや、そうか。もう必要ないんだ。だったら、あからさまに重要人物っぽい人っていなかった？）

（守られるようにしている者は六名を確認）

（その中に、貴族ってわかる人いた？　例えば、肌つやがいいとか、言葉遣いが違うとか、食事のグレードが違うとか、香水つけてるとか？）

思いつく限りを聞くと、セフィラが反応した。

（六名中二名に該当あり）

該当しちゃったか。つまりは倉庫街に貴族らしい人物が紛れ込んでいる。そして食糧はもう少ない。帝都に長居をする気がないからだろう。

「…………ヘルコフ、危険があるって言うなら今日はもう戻ったほうがいいかも」

「――そうですね。今回は都合がついた勢いで来ちまいましたから」

ヘルコフは調子を合わせて応じる。心配してくれていた小熊三人はもちろん、モリーもこの後、酒店のほうに戻るということで一緒に混合棟を出る。僕はモリーと一緒に倉庫街のほうへ移動を始めた。

（以前揉めた者たちがいます）

（揉めた？）

僕は心当たりがなかったけど、セフィラの忠告を受けたヘルコフが、すぐに反応して足を止め、モリーにも手を伸ばして止める。

「どうしたの、ヘリー？　あ………」

ヘルコフの視線を追ったモリーの声が低くなる。僕もそっちを見ると、いつかの悪徳商人が倉庫街の端を足早に進んでいた。モリーを脅すために連れていた用心棒も見たことのある二人だ。

「あれ、あの二人って犯罪者ギルドに関わってるっていう？」

「やっぱり今回で全部を潰すなんて無理よね。あんな風にまだ金払う相手がいるんだから」

モリーは犯罪者ギルドの一部が潰されても、全体は残ると思っている。これは、皇子暗殺未遂に関わったなんて重大事が、まだ公にはされていないせいだろう。

ただ、当人たちは知っているはずだ。帝室に喧嘩を売り、太客のエデンバル家は危うく、弱い皇帝以外も敵に回している状況を。その上で倉庫街を動いている相手。

（やっぱり木を隠すなら森。倉庫街に潜むなら、表向き倉庫街を動き回っても怪しくない人を調達するよね）

（主人に提言）

（わかってる。悪徳商人を追って、セフィラ。たぶん犯罪者ギルドとの連絡要員だ）

倉庫街に散らばってるなら、足並みを揃えるためにもその間を仲介する人間がいるはず。それが今倉庫街で人目を避け、犯罪者ギルドの用心棒を連れた悪徳商人である可能性はそれなりに高いはずだ。

そしてセフィラが戻るまで時間を稼ぐという問題が発生した。けど、話題作りを用意しておいて良かった。

「あ、ちょっとごめん。忘れもの」

僕は持って来ていた薔薇の抽出液を取り出して、モリーに見せる。

「お酒の香りづけに作ったこれ、渡すために来たのに、忘れてたよ」

「あら、なぁにそれ？」

目新しいものと見て、酒店へ行くはずだったモリーが食いついて来た。うん、期待を裏切らない商魂たくましさ。

渋い顔をするヘルコフだけど、ここで立っているよりも安全確保を優先してくれるらしく、モリーを急かしてまた混合棟へと戻ってくれたのだった。

＊＊＊

射し込む夕日に追い立てられるように、僕は倉庫街から宮殿へと戻った。物音にノマリオラが驚いて顔を出していたけど、説明もほどほどに僕はエメラルドの間へ。

夕方なのに荷物が積み込まれた船があり、それは中規模の商船にも拘らず見張りが立っていた。わざわざ先導の小舟まで用意してたというのが、セフィラの報告だ。

つまり、暗くなるっていうのにいつでも出航できる準備ができてて、貴人が乗るような船でもないのに厳重警戒。先導まで用意してるのは、暗い中船を操るからだろう。

ウェアレルにはノマリオラから、ルカイオス公爵がエデンバル家当主の脱走に気づいているかを聞いてもらい、イクトには今夜動きがあることをストラテーグ侯爵に警告してもらう。

残ったヘルコフには、必要になりそうな物の準備を手伝ってもらった。壷に入れて密閉した油とか、金属容器に注入した可燃ガスとか。

「あの、殿下？」

「さ、いつ動くかわからないし、急ごう」

「うぇー………………。やりたいことはわかりましたけど、どう処理するつもりです？」

「え？　焦った悪い人たちが大ポカやらかしたでいいんじゃない？」

「あぁ、はい。もうそれでいいですね」

何か言いたげだったヘルコフは、僕の投げやりな説明に、同じく思考を投げやりにしたようだ。

「ご主人さま、望まれないならばお聞きいたしません。ですが、私にできることがあればどうぞお命じください」

ウェアレルに聞かれて何やらあると気づいたノマリオラは、詳しく聞くこともなく手を貸してくれるという。

「時間もないし動かせる相手に縛りがあるし……よし、だったらたぶん時間かかるけどいい？」

「どうぞ、ご命令を」

何処か嬉しそうに、ノマリオラは僕の指示を聞いて準備をしておいてくれると応じた。

僕たちはイクトが戻るのを待って、また宮殿の外へ。ノマリオラには宮殿内部にいると嘘を吐いたけど、そこも深くは追及せずにいてくれる。できた侍女には、もしかしたら来るかもしれないレーヴァンへの対処もお願いすることにした。

「完全に暗くなってからでは遅すぎます。船が転覆しては元も子もありませんから、日が沈み切る前に動くことでしょう」

イクトは姿を消した僕には目を向けず話し、暗くなり始めた林道を見据えて足を止めない。僕は歩幅の関係で今、ヘルコフに背負われて帝都へと下る坂を進んでいた。

魔物専門の狩人として旅をしたことのあるイクトは、船を操ったこともあるんだとか。それで言えば、湖から運河に入るところには、操舵の難しさから夜になり切る前に辿り着きたいのではないかとのこと。

「とはいってもアーシャさまが特定された倉庫同士はそれなりに距離があります。また、人目を避ける以上は、一斉に動いて目立つことは避けるはずです」

ウェアレルもまだ今少し時間はあると推測する。けど港までの距離を考えて足は止めない。この二人は僕とヘルコフが蒸留酒工場に行ってる間に、倉庫街を直に確かめてる。一度モリーと引き返した時には、セフィラに声をかけられて船の場所も確認しているそうだ。

「だがよ、犯罪者ギルドは支部を一つ押さえただけだ。向こうの動かせる人間の数は多い。ってことは、港から目を逸らさせるように陽動にでも――」

ヘルコフがそう言った時、僕たちはまだ帝都の端。宮殿に近い場所は、つまり貴族の屋敷にも近い場所だ。そちらのほうで似つかわしくない大声が上げられている気配があった。ついで幾つも警笛らしい甲高い音が散発的に鳴らされている。

「これが陽動でしょうか？」

「まだ気づいてなかったなら効くだろう」

「主眼はエデンバル家当主だろうからな」

側近たち曰く、犯罪者ギルドも加担してあえて今、エデンバル家当主の脱走が起きたように見せかける利点はあるそうだ。

「利点って？」

「今まで屋敷にいたと思っていた人間が、騒ぎの後に不在が判明する。そうなれば疑うのはまず屋敷周辺でしょう」

イクトが言うとおり、いたと思っていた人物が今逃げたと勘違いしたなら、人を集めて周辺をくまなく探すだろう。けれどセフィラが走査したとおり、倉庫に隠れた貴人らしき人物がエデンバル家当主なら、見当違いなところに人手を割くことになる。つまりこの陽動はエデンバル家当主を捕まえたいほうに、効く。

「向こうは放っておいて、ともかく相手の足潰すこと考えましょうか。できれば今の内に危険物の扱い方教えておいてほしいんですが？」

僕を背負ってるヘルコフは、片腕に油の入った壷を抱えている。ガスを入れた金属容器は二つをイクトが携えていた。

扱い方って言っても、そのままなんだけど。

「口開けて、船底辺りに入れて着火？」

「着火させません。着火した本人が一緒に燃えますから、まずどれくらいの燃焼速度があるのか教えてください」

ウェアレルに怒られた。けど確かにそうかもしれない。正直燃焼実験ってビーカーの中とかの小範囲でしかしてなかったから、ちょっと想像が追いついてなかったかも。

「火の魔法でも閉鎖空間でいきなり発動させて怪我をする生徒がいたんです。いいですか？　いっそ魔法で火種を仕込んで後から爆発させるでいいんですよ」

「あ、発火装置。あれ、ウェアレルならできるかも」

静電気で火花を散らすことは、ウェアレルなら魔法でできる。

僕は倉庫街までヘルコフに背負われたまま、ウェアレルと打ち合わせを行った。

「火花程度でも一瞬で燃え上がる。その上、油にも着火して燃え広がる、ですか」

「水の上だし、すぐ消火されたら意味ないからさ」

僕たちは船に放火をするため、倉庫街を素早く移動する。帝都からの脱出さえ止めれば、後は時間が有利に働くからね。ちょっと犯罪の片棒担がせるようで悪いけど、船が燃えてしまえばたぶん放火犯はばれない、はず。

倉庫街ではセフィラによる走査で誰にも会わずに済んだけど、目的の船には今も見張りがいた。

「では、問題はどうやって船底に仕掛けるかですね」

「え、僕が抱えて姿消していけば――」

「はいはい、殿下は大人しくしておいてくださいね」

イクトに答えたら、ヘルコフに頭を撫でられる。そんな雑な慰めってある？

そうは思ったけど、こんな無茶につき合ってくれる大人たちが真剣に検討を始めてしまって、僕は口を閉じるしかなくなった。

「可燃ガスというこの気体なら、私が魔法で船底に流し込めるかもしれません」

「となると油のほうか。イクトはこれ、水の魔法で操れたりは？」

「できないことはないが、手で運んで甲板から下に流したほうが確実で早いな」

僕は黙りつつ、セフィラに船の構造を教えるよう指示する。声のないセフィラからの情報に、三人は即座に動き出した。

まずヘルコフが酔っぱらったふりで倉庫街をそぞろ歩きする不審者を装う。その怪しい足取りと見るからに目立つ赤毛の熊という容貌で、見張りの目を引いた。

その隙に上着や靴を脱いだイクトが音もなく湖に入り、油壷を濡らさないよう維持しつつ、魔法の補助も使って見張りの死角から船内へと入り込んだ。湖に入る直前には、金属容器を二つ、係留するための石の陰に隠してある。

ウェアレルは魔法を細かく操作して、風のストローのようなものを作る。そのままストローの中を通して、金属容器の気体を船底へと送り込み始めた。僕の側で守るため、相当無理な魔法の使い方をしているらしく、眉間には皺が寄っているし、暗くなり始めた中でも額に汗が浮き始めているのが見えた。

(セフィラは全体を見て、危険がありそうな人には警告してあげて)

(要請を受諾)

そう言ってる間にも、顔を隠した状態の二人が、見るからに荒くれらしい人たちに守られて船へと乗り込もうとする。イクトとの鉢合わせはセフィラが対処してくれるだろうけど、見ているしかない僕はいつの間にか手に汗を握っていた。

ほどなく、陽動のヘルコフが大回りして僕たちに合流。船底に油を流し込んだイクトも湖に戻り、ウェアレルの作業が終わるのを待つ。

「………………入れ、ました」

「セフィラ、イクトに合図」

疲れ切ったウェアレルの完了を聞いて、セフィラが水中に待機していたイクトに撤退を報せる。その際、不審な金属容器は二つとも回収。そして見張りに見つからないほど離れてから、イクトは陸へと戻った。

「さっき二人増えたけど、その前からすでに十一人乗ってたってセフィラが言ってる。でも、いいかな?　せっかく入れたガスも漏れちゃうし」

「燃えても周りは湖ですし、良いと思います」

笑顔で答えたウェアレルは、そのまま魔法を発動した。船底に一枚、ウェアレルが作った名刺サイズの魔法陣をイクトが忍ばせていたので、静電気を起こすのは簡単だという。

そして、音と共に空気が震える衝撃波が体を貫く。気づいた時には、低く弾ける音と共に、船が一艘、爆発炎上していた。

「…………ガス舐めてた」

頭の中には、ヒンデンブルク号の悲劇という、歴史的事件のタイトルが浮かぶ。水素が危ないというのは知っていたけれど、どうやら僕が思う以上に船底は密閉空間だったらしい。

「おぉ、燃え上がるのは一瞬なせいか案外生きてる」

燃え広がり始めた船から、叫びながら飛び出す人々がいる。ヘルコフは湖に飛び込む者たちを数えて、頷いた。

突然の爆発炎上に、誰も状況を理解できていない。それでも上役らしい者が声をあげると、慌てて助けに向かう。救出を優先される数は五人。

「セフィラ、今優先的に助けられている中で貴人は？」

セフィラの応答で、僕たちは最後に乗って来た二人連れに目を向けた。乗ってすぐだったため、湖ではなく港のほうに逃れている。爆発で頭からかぶっていたマントは捲れ、六十代と二十代の男性二人連れであることがわかった。

「エデンバル家当主は七十近い老人。あれだ」

顔立ちが似てるから、二十代のほうは孫か何かだろう。

「どうしよう、湖のほうも犯罪者ギルドの偉い人のはず」

「アーシャ殿下、欲を掻いては目的の達成は困難となります」

「とは言え、この状況を使わない手はないでしょう」

「じゃ、やることは一つだな。――火事だー！　手伝え！　船燃やした馬鹿がいるぞ！」

イクトが諫め、ウェアレルが取り成し、ヘルコフが大声をあげた。途端に近くにいた倉庫番たちが飛び出して来て、盛大に燃える船の明かりに気づくと、さらに騒ぎ始める。延焼しては堪ったものではないためだ。

その上ヘルコフが煽り文句も入れたので、犯人は誰だと攻撃的な声も聞こえる。けれどそんな窮地に陥ったことで、相手も判断をつけた。

「あ、逃げた！」

陸にいたエデンバル家だろう二人は、そのまま走り出す。湖に逃れたほうも、桟橋に辿り着いた順に別方向へと逃走を開始した。

ここで逃がすとまずいのは、エデンバル家だ。犯罪者ギルドは帝都に潜むくらいしかできないけど、エデンバル家当主はまだ屋敷に籠って時間を稼ぐという手が残ってる。

「エデンバル家当主を確保する。その後は手はずどおりに！」

僕の言葉を受けて、まず動いたのは風の魔法で速度をあげたウェアレルだった。

「さて、失礼」

「な、なんだ貴様は⁉」

即座に追いついたウェアレルは、エデンバル家当主だろう老人の腕を掴んで若い身内から引き離す。

「待て！　その方を誰だと思っているんだ⁉　誰か！」

「悪徳貴族だろっと」

追いかけたヘルコフはウェアレルからエデンバル家当主を受け取ると、問答無用で担ぎ上げた。

ちなみに反対の肩には姿を消した僕が担がれてる。それで揺らぎもしないのは、獣人が得意とする身体強化の魔法を使っているからだろう。

若い身内の声に応じて、船の見張りをしていた者たちが動くけど、そこはイクトが見越していた。先に死角から攻撃を仕掛けて転がし、顎に食らわせ、湖に落としと、追跡できないよう攻撃を加える。

「何者だ貴様ら⁉」

騒ぐエデンバル家当主を無視して、僕たちは倉庫街から抜ける形で走り出した。途端に、騒ぎの声をつんざく指笛が鳴らされる。独特の強弱をつけて、規則的に鳴らされる音は、どうやら仲間への合図だったようだ。

倉庫番とは別に、人相の悪い男たちが現れた。

「男三人と年寄り、あいつらだ！」

「年寄りだ！　年寄りを奪い返せ！」

僕はセフィラに姿を消してもらってるから頭数には入っていない。けれどあからさまに狙われることになったヘルコフは、僕を掴む片腕に力を込める。

狙われたヘルコフはひたすら前を向いて走った。両手が塞がってる状況で反撃なんかできない。だから跳びかかる追っ手を蹴って遠ざける暇があれば、避けて走り続ける。

ただ周囲では絶えず指笛が鳴らされていた。それに応じてヘルコフの進路を塞ぐ形で追っ手が現れる。

「止まらず」

「おう」

ヘルコフの隣をすり抜けるように走ったイクトは、剣を鞘から抜かずに阻む相手の喉を一突き。そのまま身を捻って近くの追っ手の横面も鞘で叩きつけ、ヘルコフの道を開けさせた。

イクトが足を止めると、今度はウェアレルが前に出て回り込もうとする追っ手に対処する。倉庫の陰から飛び出そうとする相手に、地面から吹き上げるように風を操った。

道の掃除なんてされてない倉庫街で、大量の塵を含んだ風を顔面に当てられた追っ手は、揃って視覚に異常をきたし痛みに怯む。これはけっこう酷いけど確実な手かもしれない。

(セフィラ、みんなを援護できる？)

(光学迷彩の維持に支障をきたします)

つまり移り変わる景色に合わせて光学迷彩を維持する現状、セフィラができることは少ない。まず僕から離れると光学迷彩が切れるし、高度な魔法を使うために処理を別に行い始めるとやはり光学迷彩の精度が落ちる。

(やっぱり処理が重複すると駄目なんだ。——いや、今はそれどころじゃない。だったら、僕が魔法を使う補助は？)

(魔法式の生成は可能)

うん、プログラミング言語的な一番の面倒ごとをセフィラが負担してくれるなら、助かるなんてものじゃない。人間が魔法を使う際の二番目の問題が解決するも同じだ。

ちなみに一番は魔力の有無で、これもよく考えたらセフィラのような知性体がいたら、魔力を使えないウォルドでも魔法使えることになるんじゃないかな？

僕がセフィラの便利さを考えている間に、ヘルコフは倉庫街から駆け出した。

「馬車を捕まえるのは無理そうだな。こっからまだ揺れるぞ！」

ヘルコフは周囲に辻馬車の類がないことを確かめて、エデンバル家当主に揶揄《やゆ》するような言葉をかける。けど実際は僕を慮ってのことだろう。

うん、結構担がれた状態ってお腹への圧迫がすごい。老体のエデンバル家当主なんて、倉庫街を走る間に喋れなくなってる。ヘルコフが追っ手を避けて大きく動くと、呻き声を漏らしてたし。

たぶん体重の軽い子供の僕より、自分の重さでダメージを受けるからだろう。もちろんヘルコフはそんなこと気にせず夜の帝都を走り続ける。

「指笛の音が変わりました」

風を使い、獣耳をそばだてたウェアレルが、ヘルコフの後ろから警告を投げかけた。夜の迫る帝都には、まだ人が多い。そんな中走る僕たちは目立っていたけど、それ以上に後ろから追いかけて来る、見るからに悪漢たちも、人々から悲鳴を上げられ注目を集めている。

（セフィラ、周辺走査できる？）

（何を調べますか？）

（衛兵でも見回りしてればばって思ったんだけど）

（該当なし。ナイフを持った敵性体確認）

（ヘルコフに教えて！）

すぐさまセフィラが教えたらしく、ヘルコフは突然進行方向を変える。行く先で待ち構えていた武器を持つ追っ手は、出遅れた上に無闇に道に出てしまい、周囲から悲鳴を上げられ、混乱する人々に行く手を遮られた。

「こ、の……………あ、まさか……」

揺さぶられて髪も乱れまくったエデンバル家当主は、ヘルコフが向かう先を変えてもう一度進路を取り直したことで、行く先に気づいたようだ。途端に最後の抵抗とばかりに足をばたつかせる。

同じく担がれた僕だから見えたけど、エデンバル家当主は袖口に隠していたらしい小さな刃物を取り出していた。暇がなかったとはいえ、武器を持ってるかどうかセフィラに探らせておくんだった。

（セフィラ、僕は砂作るから、風で目を狙って）

（了承しました）

僕が初期の魔法で砂を作ると、セフィラが魔法で風を起こした。砂粒は過《あやま》たずエデンバル家当主の目に向かう。

「ぐぅ!?　あ――――！」

咄嗟に目元を押さえたエデンバル家当主。揺れる上に目まで使えなくなったその手からは、あっけなく凶器が落ちた。ただそれでも抵抗をやめない。この先に連れ去られれば身の破滅だと気づいての抵抗に、諦めるという選択肢はないんだろう。

（みんなの息も乱れてる。このままだと奪還の可能性もある。何処かに隠れるべきかな？　いっそセフィラには僕じゃなくて、エデンバル家当主を隠してもらったほうがいいかも）

（異議あり。増援の予定もないまま隠れるのは不確定要素が多すぎます。一人を先行させて増援を呼ぶことを推奨）

僕より冷静なセフィラは、現状打開のためには頭数が少ないことを指摘して来た。けど今の追われた状態で頭数を減らすのは悪手。つまり、隠れた上で一人を走らせる。

確かに、隠れる隙を作る一人、走る一人、見張る一人と今の頭数でもできる気がした。けど、それって絶対個々に危険がある。いくら頼もしい側近たちとはいえ、そんなことさせられない。ようは味方が増えないとどうしようもない。そしてこちらから呼ぶしか手がない状態で………いや、待てよ。

（セフィラ、帝都に降りる前に聞こえた警笛のような音、再現できる？　できるだけ遠く、行く先から鳴らすようにして！）

（試行します）

僕の思いつきに応じて、セフィラは魔法を形成する。僕はそれに応じて風を放つと、吹き損なったような掠れた音を立てた。僕の声をサンプルとして発声できるんだから、できるはずなんだけど。

不安を覚えた時、確かに聞き覚えのある警笛の音が響いた。しかも散発的に鳴る間隔も再現されて。

「あ？　これ………」

さすがに一度聞いたヘルコフは不自然さに気づく。けど揺らされ続けて判断力が鈍ってるエデンバル家当主は違う反応だった。

「この音は、衛兵の⁉」

そしてその声に反応したのは、犯罪者ギルド関係だろう追っ手だ。

「こっち来るのか⁉　くそ！」

「おい、もう無理だ！　退くぞ！」

「待て、貴様ら⁉　わ、わしを助ければ褒美はいくらでも——待て！」

一人が逃げ出すと、後は早かった。元から忠誠も義務もなく、指笛で集められただけの者たちだからかもしれない。エデンバル家当主の引き留めにも、振り返る人はいなかった。

一人になったエデンバル家当主は、なんとか逃げ出そうと暴れる。それでも進んでいくヘルコフだけど、さすがに走りどおしは辛いようだ。もう僕が走っても同じくらいの速さになって、一度降ろしてもらう。

エデンバル家当主にばれないように、イクトがベルトを外して腕を縛ることもして移動を再開した。人気のない坂を上って行く先に、兵の立つ宮殿の門が見える。

ただここで一つ問題が発生した。倉庫街で目立たないような格好をしたヘルコフたちとエデンバル家当主は、走って立ち回りもしたせいで全員よれよれ。格式高い宮殿の門を潜らせるわけにはいかないと止められてしまったんだ。

もちろんエデンバル家当主は、宮殿で身柄を押さえられたら逃げ場はない。何も言わず被害者ぶって小さくなってみせた。

「ですから——、人を呼ぶことは？」

門番を説得しようとしてたウェアレルは、僕の言葉をセフィラから聞いて言い直す。けど門番は門から離れるのは職分じゃないと拒否。ただそうして話してる間に、僕は門番の横をすり抜けて宮殿へと帰った。

場所は左翼棟に近い門だ。僕は走って左翼棟に入ると、赤の間に続く階段を駆け上がる。

「足音？　あ！　殿下!?」

「レーヴァン、ちょうどいいや」

「えー………絶対良くないやつじゃないですか」

階段の上から見下ろして来たレーヴァンは、すごく嫌そうだ。赤の間の居室の前には財務官のウォルドもいて、戸惑った様子で居室の扉と僕を見比べてる。

「ノマリオラ」

「はい、お待ちしておりました」

「ちょ、殿下そこにいるって言ってたのなんだったんですかねぇ？」

「私も第一皇子殿下の名で呼ばれ、待っていたのですが」

すぐに部屋から出て来るノマリオラと一緒に、僕は一度着替えに赤の間に入る。扉の向こうでは騙されたレーヴァンの文句と、戸惑うウォルドの呟きが聞こえた。

もちろん説明の時間が惜しいから、皇子らしい恰好に着替えて僕は三人を連れて左翼棟を出た。

「ちょっと第一皇子殿下、さっきの服装の説明も——うわ、何あれ？」

文句を言いながらついてくるレーヴァンは、宮殿の門で止められてるヘルコフたちに気づいて声を低くする。ただごとじゃないのは見てわかるだろうけど、僕もさっきまでと様子が違っている状況に警戒した。

（セフィラ、エデンバル家当主は門番と何を話してるの？）

（金で十、足りなければさらに十と言っております）

（うわぁ…………よし、その声風使ってこっちに流して）

僕の求めにセフィラはすぐに応じる。高台にある宮殿は、雑に突風を吹かせても今さらだ。そして明らかに金で逃げさせろと言ってるエデンバル家当主と、迷うらしい門番の声が聞こえた。

「あの、誰です、あれ？」

「誰だろうねー？」

僕は一緒にいなかった態でレーヴァンの質問にとぼける。っていうか、門番と連携取れてないと見てすぐに賄賂って。全然反省する気ないみたいだ。

そうじゃないと、逃げ出す前提で皇子暗殺なんて不穏なこと計画実行しないよね。やっぱり帝都から逃がすと、自分のためだけに内乱とか起こしそうだと思える相手らしい。

そんなことを考えながら近づくと、気づいたイクトがすぐに姿勢を正す。それに倣ってウェアレルとヘルコフも僕に皇子としての礼を取った。気づいてこちらを見た門番たちは、僕の姿に目を見開いて固まる。エデンバル家当主だけが、すぐには誰かわからず訝《いぶか》しげだった。

「何をしているのかな？　騒がしいから様子を見に来てしまったよ」

一応宮中警護として僕の前に出たレーヴァンが、すごくもの言いたげな顔で僕を見る。仕事する気があるなら不審人物のエデンバル家当主に集中してよ。

「その三人の顔はわかってるでしょ。そこの人は僕のお客さんだから通して」

「いいえ、それは……報告を受けておりませんので………」

こんな時に仕事に忠実ぶらないでよ。さっきの賄賂で揺れてたのわかってるんだから。

「そう、僕も君たちが仕事熱心なのは日ごろから聞いてるんだ」

言いながら歩きだすと、レーヴァンが止めようとするから逆に僕が手を上げて止める。同時に門番たちの立ち姿を見据えれば、迷った末に皇子相手の礼を取って、両腕を体に沿わせた。

「最低限、態を成していてくれれば別に何も言わないけどね」

言いつつ、僕は何げないふりで門を越えた。

「仕事に熱心でも、できるかどうかは別なのが惜しいところだ」

僕は自らの足で宮殿を一歩出ている。たぶん僕の通行なんて許可されてないだろう門番たちは、今さら止めるような仕草をするけど遅い。

「左翼棟の状況はわかってる？　僕が出たことで報告は回ってるだろう。すぐに状況確認の人間がやってくる」

「お、お戻りを、殿下。困ったことになるのはあなたで――」

「任された役割をこなせなかった人以上に困ることかな？」

実際僕が左翼棟を出て文句を言われたとしても、それ以上の実害なんてほぼない。今でもすでに余計な人員を左翼棟に配置されてる状態だし、それを馬鹿正直に父に伝えて人員を増やすなんてことさせるわけもない。

門番からすれば、絶対何処かから苦情が来る上に責任問題にされかねない皇子の門外への一歩。誰かに見られたら誤魔化しも利かない。その上僕を皇子と認めているんだから、許可なく触るなんてことしたら、確実に問題として挙げられる。

「そんなに難しく考えなくていいよ。僕は、僕の側近とお客を迎えに来ただけだ。一緒に左翼棟へ戻る邪魔さえしなければ特別吹聴することでもない。君たちにとってはちょっと儲けそこなってしまうかもしれないけど？」

賄賂を持ちかけられていたことも知られた門番たちは、掌を返して僕らを追い返しにかかった。けどそれでは困るのがエデンバル家当主だ。ただ僕もこれ以上疲れた側近たちを立ちっぱなしにしておきたくはない。

「もう詰んでるんだよ。やられたらやり返すに決まってるのに、よりによって僕が弟たちを狙うなんて馬鹿げた筋書きを実行しようとするから」

駄目押しで告げてヘルコフに目で合図を送れば、元軍人の腕力で、エデンバル家当主は一歩宮殿の敷地内に踏み込んだ。

宮殿で無茶をすれば、ルカイオス公爵は嬉々としてエデンバル家全体を逆賊として追い詰める。エデンバル家当主もそれくらいは想像ができたようで、目を合わせない門番、近づいてくる灯り、それらに目を向けて一気に老け込んだような表情を浮かべると、ようやく無駄な抵抗をやめてくれたのだった。

＊＊＊

はい、夕方の帝都を走り回って、数日放置された皇子です。それどころじゃないのはわかるけど、結局左翼棟に放り込まれて終わったのが三日前の夜のこと。

ようやく顔を出したレーヴァンは、目の下に隈を浮かべて恨み言を言って来た。

「本当、もう………後始末こっちに放り投げるなら言ってくださいよ。人手足りないって言ったじゃないですか。ここ三日、良くて三時間くらいしか寝れてないんですよ……！」

同じ所属であるはずのイクトは、素知らぬ顔で立ってる。僕の視線に気づいたレーヴァンはさらに恨み節を聞かせた。

「皇子殿下方の警護は外せないんで。言っておきますけど、皇帝陛下も周辺共々大忙しなんですからね」

レーヴァンも確か僕の警護だったはずなんだけどね。まぁ、そんな野暮なことは言わない。だって本館が騒がしいのはさすがにわかってるから。

エデンバル家当主を宮殿に引き込んだ後、レーヴァンには倉庫街の残党を確保してもらうよう、ストラテーグ侯爵に頼んでもらった。結果としては上役だろう者たちを取り逃がしてる。翌早朝、船を強奪されたという通報があったから、それで逃げ出されたようだ。

「それでも、帝都の犯罪者ギルドはもう終わりですよ」

溜め息のように告げるレーヴァンがこうして来たのは、目途がついたからだろう。

暗殺未遂の実行犯であるヴァーファン組とその上位組織のクーロー組を潰し、支部も押さえて情報を手に入れた。あとは時間と共にと思っていたんだけど、どうやら蜜にたかる蟻《あり》が、蜜を取りあげられれば散っていくように、犯罪者ギルドは予想を上回る急速さで弱体化しているそうだ。

資金源と言ってもいいほどずぶずぶだったらしいエデンバル家当主が捕まり、音頭を取って結束を維持する上層の人間も逃げ出した。結果としてやりやすくはなったけど、急激な変化にストラテーグ侯爵のほうでも対応が追いついていないそうだ。

「だいたい、何処もかしこも汚職してる奴ら多すぎるんですよ。犯罪者ギルド押さえようってのに、まず治安維持してたはずの奴の手に縄かけることから始めなきゃなんないんですよ？」

人手が欲しい時に、人手として一番に働かなければいけない関係先が、一番に削られていくというのは確かに面倒そうだ。同時に、犯罪者ギルドも最初に口を閉じさせたい相手先として、捕り方を狙った結果なんだろう。

実際その辺りを上手くやったから、犯罪者ギルドなんてものが存在して、好き勝手していたわけだ。レーヴァンの愚痴を聞く限り、高位の人ほど犯罪者ギルドから黄金の菓子を貰っていたらしい。上を押さえれば下に命令させられるんだから、犯罪者ギルド側からすると効率的だったんだろうな。

「なんだかずいぶん私怨が混じってるように聞こえるけど、また警邏隊の偉い人でも捕まえたの？」

「違いますー。今度は水運関係のお偉いさんですぅ……！　はぁ………」

僕の予想が外れて茶化すように言うけど、レーヴァンは嬉しくはなさそうだ。と言うか、疲れを隠せてない。

「水運ってことは、港？　それとも倉庫街？」

「本当、それ…………自分の足で稼いだ情報とか言いませんよね？」

「さすがにそんなことは言わないよ。あそこは人の出入りが激しくて、子供の僕じゃ歩くだけで事故に遭いそうだもの」

「具体的過ぎるんですよぉ…………。不定期に、何度か、皇子が、宮殿出入りしてる……」

深掘りしなければいいのに、自分で聞いておいてレーヴァンは悩むように俯く。

「もしかして、まだストラテーグ侯爵に言ってないの？」

僕の疑問にレーヴァンは恨みがましい目を向けて来た。

「今、通常業務に差し障るくらい忙しいんです。余計なこと言う隙なんてないんです」

汚職関係のせいで人手が足りず、命令を出す人ほど汚職をしているという状況。さらに強硬に主張してねじ込んでるためストラテーグ侯爵も引けず、結果として全ての采配を監督する立場になってしまっているそうだ。

僕に言えることはただ一つ。頑張れ。……まぁ、言わないけどね。

「それって、言わないでいることでレーヴァンが怒られるんじゃないの？」

「できれば言いたくないんですが？　第一皇子殿下が二度としないって誓ってくださるなら、俺だって胸にしまっておくくらいの度量あるんですよ？」

「言わなくてもなかったことにはならないと思うけど。うん、今度はもっと見つからないように、余裕ができるくらいには精度を上げるよ」

「そうじゃない……。なんで本当に誰も気づかないんです？　俺が探っても全く痕跡もないなんて……………え、あれ？　これ以上できるんですか？　精度上げるっていったい何するつもりなんです？」

そんなことしてたんだ？　もちろん答えるつもりはないから、作り笑いではぐらかすけどね。

ただこうして改めてすごいってことを言われると、セフィラと一緒に頑張った僕としては鼻が高いね。

「なんで誇らしげな顔してるんですか？」

文句ばかりのレーヴァンに、牽制する様子でイクトが告げる。

「今は何処も騒がしいので自重していただいている」

さすがにね、犯罪者ギルドっていう手綱を握る相手がいなくなったせいで、一時的に治安悪くなってるらしいんだよね。

ただこれは本当に一時的なことらしい。わかりやすく悪事を働いているなら捕まえればいいし、汚職で捕り方も捕まっているから、残っている人は巻き込まれたくなくていつもより真面目に働くそうだ。

ちなみに今僕は側近たちにあまりお願いを聞いてもらえない。勝手に書類持ってきたし、ちょっと騙すような形で倉庫街調べたし。

「あなたの胸にしまうのも一つの選択ではありませんか？　他の誰も認識をしていないのですから」

ウェアレルはいっそレーヴァンが言わなければいいと言い出す。つまりは黙認だ。ばれても知らぬ存ぜぬを貫く厚顔さくらい、レーヴァンも持ってるだろう。

普段ならそんな暴論言わないウェアレルだけど、これに関しては露見しない可能性が高いと思っていそうだ。実際、見ないと光学迷彩なんてわからない。

それに側近たちは知っている。帝都の散策を楽しみにしてるのは僕だけじゃないってことを。宮殿を好き勝手探索してるセフィラは、帝都の探索も楽しみにしてるんだ。

なので、ここは僕がどうこうというよりも、倉庫街に興味を持ってしまったセフィラの関心を逸らすことを考えるべきだろう。

「レーヴァン、そんなに牽制したいなら、何か興味を引くような情報をちょうだいよ」

「………………俺を情報源扱いすること、隠さなくなりましたね？」

「最初からその方向で有用性を示してたじゃないか。僕を見張るつもりか、行動を操るつもりだったかは知らないけど」

「わー、可愛げないのも隠しませんねー。――犯罪者ギルドを形作る大物の組織犯罪集団には斬り込めたんです。そこに穴が開くとして、次の組織犯罪集団が居座っても困ります。だから集まる理由である金の流れを止めようと動き出していますよ。殿下がおっしゃるとおりに」

ちゃんと情報をくれるのはいいけど、そんなに僕に大人しくしておいてほしいの？　まぁ、人手足りなくてまた逃げられそうだなんて言われたら、動くつもりあったけど。

「ちょっと、ちゃんと聞いてくださいよ。また不穏なこと考えてません？」

レーヴァンがなんだか鋭いなぁ。

「資金源を断つには陛下の働きかけが必要で、エデンバル家を潰すことにも繋がるから、ルカイオス公爵も乗り気。ついでに足を引っ張って来たエデンバル家を中心とした反対派閥の切り崩しもやってるってことでしょう？」

聞いてる証拠に考えを伝えると、レーヴァンは何故か不服そうだ。いや、最初から寝不足のせいか機嫌悪そうだし今さらだよね。

「それで、捕まった人ってどうなるの？　刑罰ってもう決まってる？　裁判があるの？」

「やったことの大小で違いますけど、最高刑はさすがに出ないでしょうね」

帝国の最高刑は死刑だけど、ここ百年、判決も下らなければ執行もされないそうだ。帝国が支配して安定している社会では、よほどの戦争犯罪でもなければ急いで首を切る必要もないためらしい。

「エデンバル家当主は、引き受ける国があれば流刑でしょうね。財産没収、領地も没収、帰国は許されない、政治参加も許されず、結婚――は直系なら制限課せられます」

まぁ、今さら老人のエデンバル家当主はね。けど、その孫であるあの二十代くらいの人なら、貴族や富裕層としては死活問題だ。一生日陰者決定になる。

さらに聞くと、どうも引き受ける国って言うのも完全な味方ではないそうだ。罪人として見張る役割を負い、問題を起こした時には始末も込みで引き受けるという話らしい。

「つまり、死刑にはしないけど死んでもいいって扱いなの、流刑って？」

「それでもまだ温情あるほうですよ。他には過酷な鉱山労働に送られたり、重労働な公共事業の人足にされたりしますんで」

つまりヘルコフが言うには、単純に労働力として使い潰して短命に終わらせる刑罰もあるようだ。しかもこれ、男女関係ない刑罰なんだって。

「修道院送りとか聞くけど、そういうのは？」

「それもっと軽い罪での処分ですよ。警邏の隊長なんて、職権乱用の上著しく警邏隊の信頼性を損なったとして、奴隷落ちもあり得ますから」

レーヴァンが言うとおり、帝国に奴隷はいる。ただし借金奴隷と犯罪奴隷という二種のみだ。

借金奴隷はお金がないから自分の身を担保にする人で、犯罪奴隷は刑期が明けるまで無料奉仕的に働かされる人。どちらも社会的身分はないに等しいし、そこから這いあがるのはほぼ無理だとか。

その上で、一般的に生活しているだけなら奴隷を見る機会はないらしい。人の目に留まらない場所でひっそり奴隷として働いているそうで、帝都にもいるんだそうだ。

「まだまだ知らないこと多いなぁ」

「そういうところは皇子さまですよね」

レーヴァンがちょっとほっとしたような顔をする。

聞ける雰囲気じゃないけど、身売りされるような例はないのかな？　あとで側近に聞いてみよう。

僕が常識だと思っていても、前世に引っ張られてることあるだろうし。

「他に殿下の興味引くこと………あ、今回のことで穴が開くのは宮殿内部も同じじって言ってわかります？」

「もしかして、エデンバル家が埋めてた役職が空くってこと？　そこに陛下が自分の与党を押し込んで——いや、今の状況だとルカイオス公爵に美味しいところ持っていかれたとか？」

また聞かれたから答えたのに、どうしてレーヴァンは不服そうなんだろうね？

「家庭教師方、普段碌でもないこと教えてらっしゃるんで？」

「授業風景でも見に来ますか？　至って基礎的な学問しか教えていませんよ。皇子殿下に相応しくないと思うようでしたら、私ども以外にも専門の教師を雇い入れるよう具申していただきたいほどです」

ウェアレルの皮肉に、レーヴァンは聞こえないふりをする。

ただ基礎的な学問と言うには、最近僕はダンジョンの話をせがむようになってるから違うんじゃないかなと思うけどね。ウェアレルの学園での様子は聞いててとても面白い。ダンジョンでエッグハントをするなんていう話は続きが楽しみすぎて、課題を早く終わらせようと頑張ったくらいだ。

レーヴァンもそういう話し方してくれれば、僕も対応を変えるんだけど、僕のやる気を削ぎたい側だから思うだけ無駄なんだろう。

「それで、レーヴァン？　実際のところどうなの？」

「はいはい、皇帝陛下も頑張ってらっしゃいますがね、ルカイオス公爵は人脈が比べものにならないんで。予想どおり、ルカイオス公爵派閥が押してます。あとはユーラシオン公爵がしれっといくつか席持っていってますね」

わー、そういう抜け目のなさあるんだね。簡単に騙されてくれた人だけど、やっぱりルカイオス公爵と張り合うくらいだ。ユーラシオン公爵も甘く見ないほうがいいかもしれない。目に留まるようなことがないように気をつけよう。

「本当、これ以上の負担は無理ですからね」

そんな文句を残して、レーヴァンは寝不足な顔で帰って行った。宮殿での権力構造に変化が起きたことは聞けたし、僕も引き止めず見送る。

「陛下が少しでも力を得られたなら頑張った甲斐もあったかな？」

「殿下、今回は本当やりすぎですからね」

おっと、ヘルコフがレーヴァンみたいなこと言い出した。

「我々が揃って港のほうに飲みに行ってたまたま——そんな話を何処まで信用されるものか」

イクトも今回直接エデンバル家当主を押さえたことで、追及があることを警戒しているようだ。

確かに今回のことで変に警戒されて、また側近の引きはがしなんてされたら面倒だ。

ここはレーヴァンの警告に従うべきかもしれない。

十歳の今、十四歳で入学するルキウサリア王国の学園まであまり猶予はない。父が力をつけることで入学に文句を言われないようになるには、まだ時間がかかるだろう。

それでも一歩は近づいたと思いたい。興味深いダンジョンや、話にだけ聞く錬金術科。そして何より、楽しげに語るディオラの生まれた国に行けたなら、きっと今以上に楽しい。

そう思えた。

終章　弟とのお茶会

「いらっしゃい、アーシャ。早速で悪いけれど、こちらに着替えてちょうだいな」

「え？　……はい？」

僕は妃殿下のサロン室に着いた途端、妃殿下の侍女に囲まれ別室に移動させられた。

あれよあれよという間に着替えさせられたのは、紺色の上着に黒のベスト、銀糸で華やかに刺繍のされた一揃いの礼服だった。

「妃殿下、この服は？」

「私からの贈り物よ。そしてこれは、テリー、ワーネル、フェルからの招待状」

「招待状？」

僕は状況について行けず、差し出されたカード状の招待状とやらを受け取る。メッセージカードらしく、四阿《あずまや》を中心とした庭園の風景が描かれており、装飾的な文字が躍っていた。

「お茶会の……招待状…………。あの、これは――」

「さぁ、あの子たちが待ちかねているわ。行ってらっしゃい、アーシャ。楽しい時間を」

笑顔と共に唇に指を立てた妃殿下は、これ以上は言えないと示して僕をサロン室から庭園へと送り出す。僕の移動を告げられたらしいイクトが遅れて庭園へとやって来た。

「アーシャ殿下、そのお召し物は？」

「えっと、妃殿下の贈り物？　それで、これ…………」

イクトに答えながら、僕は招待状を見直す。つまり、これは、弟たちからのお茶会の招待状なのだ。

「ど、どうしよう？」

「この絵に描かれた場所ならばわかりますが」

「え、いや、その、僕行っていいのかな？」

「招待をされたのはアーシャ殿下のはずでは？」

全く心の準備ができてません！　何このサプライズ⁉

「大丈夫ですよ、アーシャ殿下。お似合いです。参りましょう」

「あり、がとう、うん…………」

気づけば無闇に袖の重なりを直していた。僕はイクトに促されて、浮足立ったまま庭園を歩く。

そんな僕の動揺に、イクトが苦笑してるのが目に入って、僕はまた無闇に袖を直し始めてしまった。

めちゃくちゃテンパってる自分が恥ずかしい。けど、それ以上にこんなこと用意してくれてた弟たちの気持ちが嬉しい…………！

「あ、ちょっと待って。これ、香水の匂い強すぎない？　大丈夫？」

「私は名ばかりの貴族なので、その辺りの教養は全く……食事の席とは言え野外ですから、たぶん、大丈夫かと…………」

いつにないイクトの弱気に僕も不安になる。香水を用意してくれたのは財務官のウォルドで、今

日妃殿下に会うということで振ってくれたのは侍女のノマリオラだ。たぶん二人は僕たちよりも宮殿や貴族に対応するスキルは高いはず。だから大丈夫だとは思うけど。

実はすでに、ノマリオラに香水について一度助言をもらってる。以前、ルキウサリア王国の姫であるディオラと会う時には、薔薇の抽出液を使った。あれは飲食の場で香らせるには強すぎる物だったそうだ。そのためノマリオラが気を利かせて、うるさくならない程度に調整してくれていたという。

その時はまだ僕に恩はなかったので、言われたことを言われたまま、自らの落ち度として後で責められないよう仕事をしただけだったそうだ。ひたすらお金を貰う仕事に真面目だったんだろうけど、本当、有能な侍女が来てくれて良かった。

ウォルドも真面目で、身だしなみを整える物がほぼないことを告げると、香水に限らず整髪料やボディクリームと言った一式を選んで用意してくれてる。

先日のエデンバル家当主確保では、少しでも見てくれを良くするための頭数で連れて行ったけど、その後セフィラを使って調べても情報漏洩をした様子はなかった。深入りすべきかどうか悩んでる様子はあるらしいけど、職務上知りえたことを吹聴して回る人物ではないので、こちらも来てくれて良かったよかった。

「アーシャ殿下、そろそろ落ち着かれたほうがよろしいかと」

また袖を弄ってしまっていた僕に、イクトが声を潜める。

「あちらも待ちきれずにいらしたようです」

照れくささに笑おうとした僕は、短く弾むような足音が近づくことに気づかされた。

「あ、兄上！」

「兄上だ！」

「やぁ、ワーネル、フェル。今日はお招きありがと――その服……………」

元気な双子の声に答えようとして、僕は言葉が続かない。ワーネルとフェルがお揃いの服を着ていることは珍しくない。けれど、今日着ているのは紺色の上着に黒のベスト、刺繍の模様が違ったり上着のデザインが変えられていたりするけれど、どう見てもそれは僕が着ている服とお揃いの礼服だった。

「これ？　お揃い！」

「みんなでお揃い！」

「みんなって、テリーも？」

「そう、兄さまが待ってるよ。今日はね、僕たちも手伝ったの！　えへへ、兄上も同じ服って初めて！」

「あのね、お菓子を選んでね、お皿を選んでね、あ、お花も選んだ！　兄上気に入ってくれるかなって！」

「そう………そう、なんだ。嬉しいなぁ……」

予想以上の歓迎に、僕は相槌を打つのがやっとだ。そんな僕の手を、両側からワーネルとフェルが繋いで案内をしてくれた。

ついて来ていた双子の宮中警護や侍従はもう咎《とが》めない。これは会う度にやってるからね。何より今日、僕は招かれた側なんだ。

双子に手を引かれて進んだ庭園の先には、白い四阿があった。招待状のカードにも描かれていたここは、一年くらい前にワーネルとフェルが迷子になった場所だ。

「――どうして、ここにしたの？」

イラストでそうかとは思っていたけど、華やかに飾りつけられた四阿に、僕は聞かずにはいられなかった。見下ろすワーネルとフェルは、あの時大粒の涙を流してしまっている。あまりいい思い出がある場所でもないだろうに。

そう思ったら、双子は顔を見合わせてから、僕に向かって満面の笑みを向ける。

「「兄上と初めて会った場所だから！」」

「兄さまが大聖堂で失敗したからやり直したいって」

「僕たちもあの時のお礼したいって思ってたの」

大聖堂でのことはテリーのせいじゃないし、フェルはアレルギーを起こして一番苦しんでた。それにワーネルには説明不足で怖い思いもさせたし、お礼なんて言われることじゃない。けど、それでも、弟たちの気持ちが嬉しい。

「それで、僕をお茶会に招待してくれたの？　とても嬉しいよ。あの時、二人に会えて良かった」

「うん、僕たちも兄上に会えて嬉しいよ」

「えへへ、僕たちも兄上来てくれて嬉しい」

元気におしゃべりをする双子の声に、四阿の中にいたテリーが気づいて駆け出して来た。もちろん着ているのは僕たちとお揃いの礼服だ。

「兄上――、あ、えっと……今日はお越しいただきありがとうございます」

笑顔で飛び出して来たテリーは、思い出したように立ち止まって仕切り直す。けど顔が失敗したと言わんばかりに赤くなってた。僕は双子に手を放してもらって、それらしく振る舞いを合わせた。

「こちらこそ、お招きいただけて光栄です。とても驚いたけど、すごく嬉しいよ。テリー、ワーネル、フェル。ありがとう」

改めて言えば、弟たちは揃って笑顔になってくれる。双子なんてまた僕の手を引いて四阿へと急かした。

「早く、はやく！」

「こっちこっち！」

「足元に気をつけないと、二人とも」

テリーもお兄さんらしく注意しているのが微笑ましい。

そんな三人と一緒に、僕は白い化粧石で覆われた四阿の段差に足をかけた。気になって周囲に耳を傾けても、僕を咎める声はない。肩越しに様子を窺っても、責める視線はなかった。

（あぁ………僕、ここにいていいんだ）

以前は近寄ることも憚られた四阿に足をかけただけで、僕は感動してしまう。

花や布で飾られた四阿、磨き上げられた食器の数々と、手間暇をかけただろう豪華なお菓子。この光景を見て、以前は眺めるだけしかできなかったんだ。

「兄上、こちらにどうぞ」

「僕そのお隣！」

「僕もお隣！」

席へ案内してくれるテリーは頑張ってホスト役を演じるのに、僕の手を放さない双子は浮かれ騒ぐ。この騒々しさが、楽しくて、嬉しくて、ちょっと目に来る。

僕はあの時イクトに言った。こんなお茶会ができる弟に成り代わりたいんじゃなくて、一緒にいられたらいいんだと。まさに今、僕は一緒にこの場にいられている。こうなることを、期待していなかったわけじゃない。けど僕は、実現するなんてあまり思っていなかったらしい。

「兄上、何食べる？　僕ね、このクリームのが美味しいよ！」

「フェル、その前にお茶を選んでもらうんだ」

「じゃあね、あのね、ミルクいっぱいが美味しいんだよ」

楽しげにおしゃべりをする弟たちの姿に、迫る実感が遅ればせながら胸を熱くする。

どうやらお茶は複数用意してくれたらしくて、お菓子に目を取られるフェルと同じ顔で、ワーネルが熱心にお勧めを教えてくれた。テリーはどんな味で何と合わせるといいかという知識と一緒に教えてくれる。

「もしかして、生産地も全部覚えてるの？　すごいね、テリー。僕はあまり詳しくないからお勧めがあれば教えてほしいな」

「その、用意する時に、説明してもらったから……すごくなんて……」

「ちゃんと聞いて覚えたんでしょう？　その上選んでくれたんだったら、そうか。全部お勧めってことだよね。最初に飲むのはどれにしようか迷うな」

テリーは一度嬉しそうにはにかむけど、すぐ何かに気づいた様子で僕を見る。どうやら聡いテリーはどうして僕が詳しくないかがわかってしまったようだ。

僕の不遇なんてテリーに非はないのに、優しいね。兄として見栄を張りたいところだけど、ここは素直に白状して恥をかく前に勉強熱心なテリーに頼らせてもらおう。

「テリー、僕も知らないことはある。だから、教えてくれたら助かるんだ」

「兄上、知らないことあるの？　なんでも知ってるのに？」

「そうなの？　だったら僕も教えるよ、ねぇ、兄さま？」

「うん、そうだな。僕が兄上を助けるよ」

ワーネルとフェルの元気な声に、テリーは確かに頷くと僕を見て応じてくれた。

「あのね、僕ね、ミルクたっぷり入れるマッサの好き！」

「僕はね、甘い匂いのするリンゴのが好き！」

マッサは覚えがある。父の側近のおかっぱに出題された紅茶の産地だ。つまり帝室に献上されるくらい上質な紅茶を、好き嫌いで語れるほど双子は飲み慣れているらしい。

マッサの紅茶は美味しかったけど、ここには知らないことを教えてくれる弟たちがいる。だったら知らないものから手をつけたほうがきっと楽しい。

「リンゴはフレーバーティーかな？　だったらそれからいただくよ」

テリーを見ると頷いてくれる。どうやらお茶には何を最初に飲むとかいう決まりはないらしい。日本の茶道みたいに堅苦しいことがなくて一安心だ。

ただ後から聞いた話では、実は三人で選びきれなくて複数用意することになったそうだ。本来こういうお茶会のお茶は、数を用意しないということをテリーが照れながら教えてくれた。

弟たちに囲まれて、僕のために用意されたお茶会をする。それだけでも夢のような時間なのに、さらなるサプライズが用意されていた。

「船遊び？」

「うん、母上が毎年夏になると、船を用意させて遊ばせてくれるんだ」

引きこもりの僕は知らないことだったけど、どうやら王侯貴族的な夏場の遊びらしい。庭園の向こうにある運河に帆船を浮かべるそうで、宮殿を出たことがないテリーたちは運河近くの離宮に泊まりで遊びに出かけるのが毎年の楽しみなんだって。

運河の存在は乳母のハーティがいた頃に聞いた覚えがある。帝室図書館にある宮殿内部の絵図にも、貯水池を兼ねて作られた広大な運河の存在は見たことがあった。

「兄上も誘いなさいって言われたの」

「兄上も行こう、船遊び。すごい速いよ」

「いいのかな？　僕、船って乗ったことないんだけど」

正直船遊びなんて想像がつかない。前世で大人の記憶はあるけど、経験していないことは経験していないし。

「遠く見られる筒二つのやつ覗いて見るの楽しいよ」

「釣りってね、お魚捕まえるの。知ってる、兄上？」

ワーネルは目の前に手で眼鏡のような筒を作って見せ、フェルは竿を振るように腕を上げる。はしゃぐ二人の話にテリーがフォローを入れてくれた。

「釣った魚や、オペラグラスで見つけた草花、動物、野鳥の種類を、図鑑を持ち込んで調べることもするんだ。凪はあるけど波はないから、船の上でお昼を食べることもあるけど、船室がない船だから、運河の脇の木陰に降りることが多いかな」

テリーは思い出しながら船遊びをした時の様子を教えてくれる。船の用意や操舵は全て宮殿に専用の人員がいるそうで、本当にテリーたちは遊ぶために乗るらしい。そこに図鑑での学習を取り入れたのは、妃殿下だそうだ。結構教育ママなのかな？

テリーの話に双子も覚えている限り、去年の様子を元気に語る。そんな兄弟の思い出語りを聞いていたら、疑問が口から零れ落ちた。

「……………僕がいていいいの？」

自分でも無意識で口を覆いそうになると、それより早く弟たちが声を揃えた。

「「もちろん！」」

「僕が教えるから、船遊び楽しいんだ。きっと兄上も楽しいと思う」

「あ、僕も、僕もね、釣りの竿のビュンって振り方教えるよ！」

「だったら僕はリスの巣穴教えてあげる！　木の上にあるの！」

前のめりで僕を誘うテリーに続いて、フェルが手を挙げるとワーネルも同じ動きで手を挙げる。弟たちの熱心なお誘いには、目が眩むような気分さえした。

それはまるで眩《まばゆ》いほどの日差しに似ている。けれど体どころか、胸の内まで温かくしてくれる笑顔は瞬きさえ惜しいほどだった。

あとがき

二巻です。たぶん一巻を読まずにこれだけ読んでいる方はいないと思うので、初めましてと言う必要はないでしょう。うめーです。

すでに読んだ方はごぞんじでしょうが、この二巻はｗｅｂ掲載から大きく加筆した内容となっています。

実は二巻の部分はｗｅｂ掲載を終わらせようとプロットを変え、せめて初期に設定したキャラクターだけは出してしまおうと書いていた部分になります。なので、その後幸運なことにレビューをいただき、読者が増えて、続ける方向に舵を切り直しました。結果、ｗｅｂでは大きく話をカットした状態で掲載しています。

こうして書き直せる機会が得られて嬉しい限りです。ｗｅｂで書いている時には、終わりに向けて十話ほど書いていた先の話をすべて投げ、慌てて書き直した思い出がよみがえります。

ストーリーとして、大まかな流れは変わりませんが、カットしたエピソードや人物を書き加えました。他にも、二巻を書くにあたって新たに加えた部分もありますので、楽しんでいただきたいです。

そしてこれを書いている今は梅雨時。一巻が発売された六月になります。発売から日が経って本屋に行ったところ、自身の書籍が並んでいる姿は見られませんでした。店内の書籍検索では棚の表示があったので、置かれてさえいなかったわけではないと思いますが、たぶん…………。心の平安のため、誰かが買ってくれたのだと思っておきます。同県の読者さま、お買い上げありがとうございました。

月を思えば去年の今頃には、『不遇皇子は天才錬金術師』をｗｅｂ掲載する準備をしていました。一年を早く感じると同時に、この短期間で二巻までよく書けたなと自分でも驚いています。それもこれもお力添えいただけるＴＯブックスの方々のお蔭です。また、イラストを担当していただいたかわくさまには、素敵なインスピレーションをいただきました。他にも書籍の制作販売に関わる方々の尽力あっての刊行であり、読んでいただいている方々の応援あってこそになります。

それではまた次巻、お会いできることを願って。

また
とんでもないこと
言い出した…
弟を皇帝にするため、
国際問題を
解決します！
コミカライズ
2023年
連載開始予定！
不遇皇子は天才錬金術師 3
～皇帝なんて
柄じゃないので
弟妹を
可愛がりたい～
Fugu oji ha tensai
renkinjutsushi
著 うめー
イラスト かわく

君のためなら
どこまでも、
いざ北の国へ！
2023年発売予定！

リーズ累計120万部突破!（紙＋電子）

TO JUNIOR-BUNKO

※第４巻カバーイラスト

イラスト：kaworu

TOジュニア文庫第4巻
2023年9月1日発売!

NOVELS

※第24巻書影

イラスト：珠梨やすゆき

原作小説第25巻
2023年秋発売!

COMICS

※第10巻書影

漫画：飯田せりこ

コミックス第11巻
2024年春発売予定!

SPIN-OFF

※WEB連載バナー

漫画：桐井

スピンオフ漫画第1巻
「おかしな転生～リコリス・ダイアリー～」
2023年9月15日発売!

小説
第14巻
2023年
9月9日
発売!
シリーズ累計
140万部
突破!
(紙+電子)
TVアニメ放送開始!
帝国物語
餅月 望——著
Gilse——イラスト
式HPへ!
原作HP
TVアニメHP